Veel plezier met lezen!

Sandra

TO

CW01636263

OOK VERSCHENEN BIJ DE BEZIGE BIJ

Novembermeisjes (verhalen, 2005)
Misfit (roman, 2008)

Vincent Overeem

Tobi

ROMAN

2013
DE BEZIGE BIJ
AMSTERDAM

De auteur ontving voor dit boek een werkbeurs van
het Nederlands Letterenfonds en een stipendium van
Schrijversvereniging 'De Bezige Bij'.

Omslagontwerp Brigitte Slangen
Auteursfoto Krijn van Noordwijk
Typografie binnenwerk Adriaan de Jonge
Druk Bariet, Steenwijk
ISBN 978 90 234 7164 6
NUR 301

www.debezigebij.nl

voor J., T. en A.

‘I know that I’m gonna get lost in those woods again tonight. I just know it.’

Laura Palmer, *Twin Peaks*

Proloog

Ik weet niet waar ze begraven ligt, die mooie Nickie, en ik wil het ook niet weten – het helpt niet voor zo'n steen te staan.

Nee, dat helpt niks als je bedenkt dat wij het waren die haar naar het bos hebben gedragen, Skunk en ik, op die vroege ochtend in augustus, jaren geleden, terwijl de regen met bakken uit de hemel viel. Dat helpt niet als je bedenkt dat wij het waren die haar ergens hebben neergelegd. Gewoon, ergens, omdat we moe werden. Dat ik het was die haar schoenen uittrok en in de beek gooide, om haar in godsnaam nog een laatste keer te kunnen aanraken.

Ik zie ons nog in de weer, twee magere veertienjarige jongens in dat dampende bos, met die roffelende regen, hoe kan het dat niemand ons betrapt? We schoppen de bladeren over haar lichaam zonder goed te kijken. We houden onze adem in bij ieder vreemd geluid dat we horen, we zijn keurig opgevoed, we weten dat we iets verkeerds doen. Misschien willen we zelfs wel dat er iemand aan komt, willen we dat het stopt. We schrikken als de een de ander per ongeluk aanraakt. We worden gek van elkaars gehijg.

En als we elkaar een moment aankijken begint Skunk te

praten. Hij zegt hoe we ons straks moeten gedragen. Wat we zullen gaan zeggen. Hij wil dat ik me geen zorgen maak, echt, zegt hij, er is niemand die aan twee bekakte jongens denkt. En terwijl Skunk op me inpraat kijk ik naar haar, ze is bijna onder de bladeren en het zand verdwenen. Ik zie haar verkrampte handen grijpen naar iets wat er niet is, handen die ik eerder nog had vastgehouden, en die me daarna hadden gestompt en geknepen en gekrabd.

Ik denk niet dat ik lieg als ik zeg dat ik iets van mezelf heb achtergelaten, daar, aan de rand van het bos, waar ik afscheid van Skunk moet nemen – hij woont aan de goede kant van het dorp en ik niet meer. Ik weet nog dat ik geen woord over mijn lippen krijg, terwijl we een laatste moment staan te schuilen onder de overhangende bomen. Skunk strijkt zijn natte haar naar achteren, richt zijn blik op de hemel en zegt dat het lijkt of de zomer nu voorbij is. Hij steekt zijn handen naar me uit en zegt dat hij zijn vingertoppen bijna niet voelt. Hij wijst me op die snee boven mijn kin die je de rest van mijn leven blijft zien. Er verschijnt een lach. Skunk kan nog lachen. En hij pakt mijn hand en schudt hem en ik ben te verward om te drukken.

Twee tellen later loop ik in mijn eentje door de lanen, langs de kasten van huizen met de diepe achtertuinen, ik herinner me vaag dat de regen voor even stopte. Misschien dat ik besef hoe moe ik ben. Misschien dat ik aan mijn moeder denk. Misschien dat ik me voor de honderdste keer afvraag waarom we zo snel uit deze villawijk moesten verhuizen na haar dood. Ik weet het niet meer. Ik weet alleen dat ze daar zit, die zus van mij, boven aan de trap als ik thuiskom.

Dat ik naar haar kijk en dat ze terugkijkt, dat mijn maag zich omdraait.

Ik wacht. Ik wacht tot ze opstaat en langzaam de trap afdaalt. Tot ze mijn hand pakt en me zwijgend de kleine zitkamer in trekt.

Ik kan niet zeggen dat het toeval is dat mijn moeder doodging en Nickie daarna volgde, ik zou alleen willen dat het zo was. Nooit kan ik aan de een denken zonder in mijn gedachten de ander te zien, en soms ook schuiven ze in elkaar.

Het lag aan die tuin, houd ik me dikwijls voor. Het lag aan die ellendige verwaarloosde tuin van ons oude huis, waar ik na mijn moeders dood steeds naar terugkeer, om te zwemmen in een zwembad dat met de dag troebeler wordt. Het lag aan dat gigantische huis, dat mijn vader direct na de begrafenis te koop heeft gezet. Het lag aan de dingen, niet aan de mensen, niet aan mij.

Ik hoef nauwelijks mijn best te doen om Nickie daar weer te zien staan, in het hoge gras dat boven haar enkels komt, op die allereerste middag samen. Ze heeft dat korte rokje aan en die kniekousen en die platte schoenen, ze lijkt een Japans schoolmeisje. Ze is zo fucking stoer. En ze komt op me afgelopen met dat kind in haar armen, ik klim uit het water en sta klappertandend voor haar, want die zomer komt zo moeizaam op gang. Je ziet haar kijken met die spottende blik: ben je bij de koop inbegrepen of zo?

Haar ogen, haar slanke benen en hoe ze daar staat.

En dat ik, geloof ik, probeer te lachen.

Een

De kale vertrekken als je naar binnen kijkt, je weet nog exact waar alle meubels stonden. De geluiden uit de omringende tuinen die hetzelfde zijn. En wanneer je langs de gevel omhoogkijkt zie je het afgeplakte raam van Harolds kamer, de ruit die mijn broer kapotsloeg, toen mijn vader binnenkwam en eerst niks zei, en wij hem ook aankeken van wat doe jij hier, jij woont hier toch al jaren niet meer? En dat hij het toen mijn zus liet zeggen.

Het is juni, de vakantie is begonnen en al mijn vrienden zijn weg. Ik lig in het gras en het wordt maar niet warm. Ik wil zo graag een felblauwe hemel zien, de zon in mijn gezicht voelen prikken en bedenken hoe ze daar altijd lag, verderop aan het zwembad, met onze hond Panter aan haar voeten.

Ik ben als de dood om mijn moeders lach te vergeten. Hoe ze liep. Welke dingen ze zei. Hoe ze naar me keek. Ik probeer zo ontzettend te denken aan de dagen dat het goed met haar ging. Dat ik als eerste van school kom en mijn naam hoor roepen en ik bij haar ga zitten op de warme tegels om een boek te lezen. Dat ik van tevoren al weet dat dat lezen niet lukt omdat ze er steeds doorheen praat, terwijl ze die ouwe blinde dove Panter in zijn nek masseert.

Gelukkig, ze lacht, ze heeft een goeie bui, ze stoot me aan met haar voet en zegt wat ze altijd zegt als je een boek in handen hebt: 'Wou je op je vader lijken?' En ik schud van nee, alsjeblieft niet, waarom breng je hem altijd ter sprake, houd je soms nog wel van hem? Ik buig mijn gezicht naar haar toe en zeg dat ik toch op *haar* lijk, of wou ze dat ontkennen? Felle ogen als die van jou, mamma, net zo fel als de lucht boven ons... Allebei donker haar... Geen sproeten op onze armen en handen, zoals bij Harold en Pam... En ze kijkt omhoog naar de lucht en knikt.

Het zijn zulke dingen waaraan ik in het hoge gras lig te denken. Ik sluit mijn ogen en hoor haast haar stem onder het ruisen van de bomen, en de piepende adem van Panter.

En op een ochtend is er opeens de zon die ik op mijn armen voel – ik herinner het me zo precies omdat het niet lang duurt. Ik open mijn ogen en kijk recht die zon in, het is alsof ik ontwaak uit een slaap van een paar weken. Ik doe mijn korte broek uit en mijn shirt, ik loop op het zwembad af. En ik duik in mijn onderbroek het troebele water in, dat belachelijk fris is, nog frisser dan de dag ervoor, ik zwem naar de bodem, en als ik weer bovenkom, staat zij daar.

Nickie. Ik herken haar meteen.

Ze staat een eindje van me vandaan in de zon met een scheef hoofd naar me te kijken, alsof ze zich afvraagt of ik wel besta. Ze heeft dat kind op haar arm, dat ik ook herken, het is het zoontje van de buren. Ze zet het jongetje in de schaduw en richt zich weer op, en op dat moment zie ik wat ze aanheeft, platte schoenen en kniekousen. Ik klim uit het zwembad en mijn onderbroek zakt af. Ik trek hem op, ik zie haar kijken.

'Heeee, daar hebben we Tobi,' zegt ze plagerig, en ik begrijp niet hoe ze mijn naam weet.

Ik moet hoesten.

Ze zegt: 'Goed kuchje. In de zomer nog wel.'

Ja, ik herinner me dat deze Nickie de dingen zegt alsof we elkaar al jaren kennen, dit meisje dat drie klassen hoger zit, dat me iedere schooldag opvalt tijdens de pauzes, in de dringende horde op de gangen tussen de uren, over wie ik van alle kanten hoor dat ze wild is en onbereikbaar, dat ze eigenlijk alleen met jongens omgaat. Dat ze het een keer met een leraar heeft gedaan.

Ze is het knapste meisje dat ik ooit heb gezien en ze staat bij mij in de tuin. Ze staat daar en ze praat en het brengt me niet van mijn stuk, omdat mijn moeder altijd exact hetzelfde deed. Ze zegt dat ze debiel wordt van dit kind. Maar ze lacht erbij. Het jongetje kruipt naar haar toe, alsof hij snapt dat het gesprek over hem gaat, en strekt zijn armen naar haar uit. Ze moet harder lachen. 'Zie je? Dit bedoel ik nou.'

Ze maakt een gebaar naar het huis van de buren en vertelt dat het vrienden van haar moeder zijn die daar wonen. Dat ze een stuk jonger dan haar ouders zijn. Dat iemand in de familie van die mensen op sterven ligt, dat ze haar nodig hebben om op deze hier te passen en dat ze er voor even logeert. Ze zegt: 'Kinderen en sterven, dat gaat maar slecht samen', en je merkt dat ze nu iemand napraat, ze heeft het zelf ook door, ze doet alsof ze moet gapen en lacht. 'Gisteren zeiden ze ineens dat het nog weken kan duren. Dat noem ik niet op sterven liggen.'

Ik wil haar zeggen dat we elkaar op die manier de hele zomer zullen zien, omdat mijn vader dit huis in de verste verte niet verkocht krijgt, maar ze loopt langs me, kijkt over de rand van het zwembad en merkt vast ook hoe mooi de zon in dat dode water schijnt, ze zegt: 'Ik zie je vanaf het balkon steeds met dat schepnet in de weer. Vind je het helpen? Wel grandioos, bruin water... Net een vijver. Waarom kom je hier zwemmen? Heb je geen vrienden?'

Ze draait zich om en kijkt naar ons oude huis. We kijken er beiden even naar, naar het torentje, de erker, de serre, de brede balkons.

'Wat een huis, hè?' zegt ze. 'Kende je die mensen?'

'Een beetje.'

Zie ik haar vanuit mijn ooghoek eventjes lachen?

'Heb je het gehoord... van die moeder?' vraagt ze.

Ik kijk haar aan, knik kort.

En terwijl ik mijn blik weer vestig op het huis moet ik denken aan hoe mijn vader de nacht voor de begrafenis een wake hield. Hoe lang was hij al niet meer bij ons binnen geweest? En eerst wou hij dat we meekwamen, maar mijn zus Pam ging voor mij en Harold staan, alsof we kleuters waren in plaats van veertien en zeventien, en ze zei: 'Waken? Get real... Dat is iets uit de vorige eeuw!' Ze had gelijk, je moest mijn vader de volgende ochtend zien. Een kop alsof er geen bloed meer in zat.

Ik denk ook aan de begrafenis. Die begrafenis waarbij ik alleen maar naar de bomen in de verte kon kijken, in plaats van naar de meute om me heen en de kist en die hoop zand voor me. Naar die grote eikenbomen waarvan de kruinen zo mooi heen en weer bewogen in de wind, alsof ze mijn moeder stonden uit te zwaaien – ja, bomen en ander groen genoeg in dit dorp, het staat erom bekend. En de priester maar praten en er vooral omheen lullen, ik luisterde niet.

Nickie knipt met haar vingers. 'Hé, hallo! Ik vraag je iets.'

Ik kijk haar aan, ik merk voor het eerst die moedervlek op vlak naast haar oog.

'Hoe het water is, slome... Of het koud is. Laat maar. Let jij op hem?' Ze knikt naar het jongetje in het gras. En zonder op antwoord te wachten schopt ze haar schoenen uit.

We hebben geen woord gezegd, Nickie en ik, toen ze haar kousen uittrok en de rest van haar kleren, toen ze in haar ondergoed voor mijn neus stond, met dat slanke lijf. Ik verwachtte zelfs even dat ze alles uit zou trekken. Ik dacht aan die leraar met wie ze het zou hebben gedaan, aan waar hij met zijn handen had gezeten. Ze was al behoorlijk bruin, zo aan het begin van de zomer. Donker, zoals mijn moeder donker was. En terwijl ze daar stond verdween de zon opnieuw en keek ze geïrriteerd naar de wolk die dat veroorzaakte. Ik merkte hoe ze nog mooier werd van iets wat haar ergerde. Deze rotzomer, moet ze hebben gedacht.

En toen dook ze het water in, heel beheerst, zoals Pam dat ook altijd had gedaan, ze liet een kring met slijmerige bubbels achter en ik volgde haar silhouet onder water, en toen ze een aantal slagen verder bovenkwam, slaakte ze geen kreet, wat ik wel verwachtte, geen schreeuw vanwege de kou van het water, of de muffe geur, geen kreet vanwege alle dode insecten die erin ronddreven, niks van dat alles, dit zeventienjarige meisje draait zich in het ondiepe gedeelte naar me om, strijkt haar haren naar achteren en zegt: 'Ze was jouw moeder. Jij woonde hier.'

Ik merk dat ik rood word.

Ze waadt door het roestkleurige water naar de rand en zegt: 'Wat had je dan gedacht, Einstein? Het hele dorp praat erover, wanneer maken ze zoiets gezelligs mee? Jij bent het broertje van Harold. Jullie woonden hier alleen met je moeder.'

Op dat moment zou ik haar alles willen vertellen, maar ik weet niet waar ik moet beginnen. Er is zoveel te zeggen. Dat we meteen moesten verhuizen, bijvoorbeeld. Naar mijn vader, in dat huisje aan het spoor, waar ik al niet graag kwam toen mijn moeder nog leefde. Waar ik nu met mijn broer op één kamer slaap. En dat mijn vader wel alsmaar *zegt* dat hij iets groters zoekt, maar zie je hem zoeken?

Ik zou Nickie zowat alles willen opbiechten wat me bezighoudt. Dat we weer zo moeten wennen aan een vader in huis. Dat ik die man niet ken. Dat Harold wel kan slapen en ik niet. Dat hij bovendien praat in zijn slaap, over mamma, dat ik lig te luisteren terwijl ik er misselijk van word. Dat hij dingen zegt die me bezorgd maken. Dat hij me opeens niet meer slaat, zoals hij normaal zo vaak deed, uit verveling of gewoon omdat hij drie jaar ouder is, een stomp op je arm, precies op de plek waar het pijn doet. Dat het geweldig zou moeten zijn om samen op één kamer te liggen, als je klein bent ja, maar dat er nu niks ellendiger is dan dat. Dat hij gek wordt van mijn zwijgen en ik van het zijne. Ik zou Nickie willen vertellen over het moment waarop we gaan slapen, en Harold, voordat hij zijn bril afdoet en het licht uit, nog een laatste keer de hechtingen in zijn hand bekijkt. Die hand waarvan de dokter zegt dat het nooit meer helemaal goed zal komen, omdat er pezen zijn geraakt, en waarnaar hij in het donker ligt te staren, terwijl hij hem open en dicht probeert te vouwen – heeft hij enig idee hoe fijn ik het zou vinden de rest van mijn leven zo'n aandenken aan mamma te hebben?

Maar ik vertel die dingen niet, ik krijg er de kans niet voor. Want ze klimt opeens uit het water, in dat natte ondergoed van haar, en je kunt echt alles zien, je ziet haar tepels en haar schaamhaar en ze laat me gewoon kijken. Ze gaat op de tegels zitten, wenkt het jongetje en terwijl ze met hem speelt, staar ik naar dit meisje, ik kan het niet helpen, ik ben meteen gek op haar zoals je gek bent op iemand die je heel lang kent. Ik vind haar niet wild of onbereikbaar, wie beweert dat? Ze drukt het jongetje tegen haar natte lijf, en hij gilt. Is dan plotseling weer stil. En in die stilte vraagt ze: 'Hoe is dat? Ik bedoel... Als je moeder doodgaat, hoe is dat?'

Ik weet niet direct wat ik moet zeggen en ik zeg ook heel lang niks. Opnieuw begint de zon te schijnen, het is een beetje of dat mijn moeder is, die zon langs de bomen, ik realiseer me dat ik haar nog overal voel. Ik laat me zakken in het gras, sluit mijn ogen en luister naar Nickie en dat kind. Ze kan het goed, een kind aan het lachen maken, het valt me op terwijl ik niks van kinderen weet. Pas na een poosje begrijp ik dat ik geen antwoord op haar vraag hoef te geven, omdat het geen vraag was maar een uitgesproken gedachte, en het klopt, want ik open mijn ogen en Nickie staart voor zich uit.

Ze zegt aarzelend dat haar ouders met vakantie zijn. Dat er, terwijl we hier zitten, iets zou kunnen gebeuren. 'Precies op dit moment. Dat mijn vader... Het zou zo in één keer...' Ze zwijgt en duwt het kind van zich af.

Heb ik toen iets in haar ogen gezien? Ik houd het mezelf zo

vaak voor. Ja, ik zag iets. Iets wat ik zo goed kende bij mijn moeder. En ik richt me op en wil zeggen dat iedereen wel eens zulke dingen denkt, dat ze zich er niet voor hoeft te schamen, maar de blik is alweer weg. Ze lacht en kijkt dan plotseling ernstig, en ik denk: jezus, drie moods achter elkaar, ze lijkt mamma wel.

Nickie buigt zich naar me toe, legt een hand op mijn been en zegt: 'Ik vond jouw moeder heel erg mooi. Iedereen vond dat. Laat je nooit iets anders wijsmaken.'

Mijn moeder. Die mij altijd om zich heen wil hebben, en ook weer niet. Die als ik bij haar zit na een tijdje zo raar doet. Alsof ze van schrikdraad is. Die jammert dat ik ouder word, die zegt dat ik groei en dat ik niet mag groeien, iedereen mag dat behalve ik. Mijn moeder die zo naar me kijkt.

Mijn mooie moeder, na school tref ik haar aan op de bank in een verduisterde serre, ze ligt nog in haar ochtendjas. Ik praat tegen haar, ik trek haar uit haar slaap, ze schrikt en wordt kwaad. Ik zwijg want ik wil haar vrolijk. Waarom is mijn vader niet hier om er iets van te zeggen? 'Ga je aankleden! Schaam je je niet dat je kind je zo moet zien?!'

Ik ga op de rieten bank tegenover haar zitten. Ik vraag me af wat ik kan doen om die blik uit haar ogen te laten verdwijnen, die angstige blik. De lichten aandoen? De gordijnen opentrekken en de deuren naar het terras opengooien? Binnen is het bij ons soms zo anders dan buiten, ik weet niet wat het is.

Ze richt zich op en vraagt of ik het fotoboek wil pakken, ik zit op deze vraag te wachten. Ik gehoorzaam, ik ben de grote pleaser, ik pak het boek, het rode, het moet van haar altijd het rode zijn. En eerst reik ik het aan, ik probeer het iedere keer, maar ze staart ernaar en zegt: 'Nee, *jij* moet kijken, dat weet je best. En je moet me vertellen wat je ziet.'

In kleermakerszit ga ik voor haar op het parket zitten en ik vertel wat ik zie, deze pleaser vertelt wat hij ziet, hij is tot niets anders in staat. Foto's uit de tijd dat ikzelf nog niet geboren ben. Foto's van Harold, van mijn zus Pam, en mijn vader en moeder die nog lachen en elkaar aankijken en lijken te praten. Alsof alles beter ging toen ik er nog niet was. En terwijl ik blader stelt ze vragen. Wat hebben ze daar aan, wat heb ik aan? Kijken we daar gelukkig? Laat ons alsjeblieft gelukkig kijken. Je mag het eerlijk zeggen, je *moet* het eerlijk zeggen. Had je vader nog die belachelijke snor? Hij heeft dat litteken boven zijn lip, dus die snor groeide heel idioot, zie je dat? We zijn jong daar, hè, vind je ons niet belachelijk jong? Jong en sterk. Dom ook. Dom en levend. Niet dood. Niet dood, hè, Tobias?

Ik schud mijn hoofd. 'Nee, niet dood, mamma,' fluister ik. Ik wil dit niet, maar doe er toch aan mee. Ik wil zo graag weten wat er met haar is, waarom ze zulke dingen zegt, waarom ze niet gewoon vraagt hoe het was op school, zoals iedere normale moeder, hoe mijn proefwerken zijn gegaan. Ze mag voor mijn part vragen of ik verliefd ben of iemand op mij, ze mag me er ook een beetje mee pesten, ik zal er niet mee zitten. Gewoon, vragen over de dingen die we nu meemaken.

En als ik het boek dichtklap is er altijd een moment van stilte. Dan richt ze zich op, pakt me bij mijn kin en vraagt: 'Waarom neem je nooit meer iemand mee, Tobias?' Ik geef geen antwoord en ze vraagt verder: 'Houden ze misschien niet van dit huis? Maar het kan toch niet aan een huis liggen? Het ligt aan de mensen, nooit aan de dingen. Ze vinden ons raar, hè? Ze vinden mij raar. En waarom zit je hier? Wat moet jij toch met mij?'

Het is zo'n gemene vraag en ze stelt hem regelmatig, iedere keer ben ik bang dat ik erom moet janken, dat ze weer een kind van zes van me maakt. Wat ik met jou moet? Ik druk mijn kaken op elkaar, sta op en zeg: 'Wat kunnen jou mijn vrienden schelen? Ga nou alsjeblieft douchen...' Ik probeer heel streng te kijken, maar dat lukt nooit echt. Ze is donker en mooi en ze is tenslotte mijn moeder. Ze zegt: 'Maar ga je wel mee? Je gaat mee, hoor.'

Tot mijn opluchting staat ze op en ik volg haar door de eetkamer, de hal in, naar boven, ik wil er zeker van zijn dat het gebeurt. En terwijl ik achter haar de trap op loop, en haar geur opvang en me afvraag hoe het kan dat ze ondanks alles zo lekker ruikt, bedenk ik dat het niet lang zo door kan gaan. Dat ik, iedere keer als ze deze dagen heeft, de laatste twee uur spijbel om als eerste thuis te zijn. Dat ik er niet voor kan blijven zorgen dat anderen niks merken. Hoeveel briefjes heb ik op mijn kamer niet al nagemaakt, hoe vaak heb ik haar handschrift overgetrokken uit wat papieren, een letter hier, een letter daar, hoe lang duurt het voordat ze op school vragen stellen, voordat ze gaan bellen? Ach, belden ze mijn vader maar. Want ze zouden het moeten zien, hoe ik het op een rennen zet, naar huis, door het bos is het snelst, die ellendige dennenbomen die je lijken te willen omsluiten, dat rennen met een knoop in je maag. Door het bos, het hek over, de achtertuin in, langs het zwembad, want je weet het toch nooit zeker, je voelt iets, zonder te weten wat precies.

Ik duw haar de badkamer in – voorzichtig, anders doet ze

het niet. Straks wil ze toch haar bed in. Ik zie haar blik ronddwalen, over de witte tegels, ze aarzelt. Het is of ze iets op die tegels ziet. Maar als ze uiteindelijk staat te douchen en haar ogen sluit, gaat de bui langzaam weg. En ik zit op de rand van het bad met mijn rug naar haar toe, ik praat over school, en ze zegt dingen terug. Haar stem is weer veranderd naar hoe die moet zijn. Ik beloof haar dat ik mijn vrienden weer eens mee zal nemen, morgen gaan we hier de hele dag zwemmen, we hebben het verdiend, we moesten veel te hard leren, alle proefwerken kwamen tegelijk, dat was het, en ze zegt: 'Tja, die bekakte griezels met wie jij tegenwoordig omgaat... Maar komt Skunk eindelijk weer eens? Hoe gaat het toch met hem...?' Skunk. Hoe weet zij dat we hem tegenwoordig zo noemen?

Even later zijn we in haar slaapkamer, ze zit zich op te maken voor de spiegel. Ze is even mooi als op de foto's van de tijd dat ik er nog niet was, ook al denkt ze misschien van niet. Ga boodschappen met haar doen en je weet niet wat je meemaakt, het hele dorp draait zich om als ze voorbijloopt. En we kijken elkaar aan in de spiegel en ze zegt: 'Wat zit je daar heerlijk te koekeloeren, zo zat je daar vroeger ook, pleasertje... Blijf je altijd zo zitten? Dat vindt je moeder fijn. Door jou denkt ze niet zo. Denkt ze niet aan nare dingen. Dingen, daar, buiten.' Ze steekt haar vinger op. 'Wacht, ik hoor iets. Is het Harold? Schiet op, ga kijken, Tobias.'

Tobias. Nooit Tobi. Of Toob. Ze is de enige van de familie die me aanspreekt bij mijn volle naam.

Nee, deze dingen, die vertel ik Nickie niet, tenminste, liever niet meteen. Ze trekt het kind weer naar zich toe. En terwijl ze hem kietelt en hij begint te lachen, kijkt ze me aan, alsof ze zeggen wil: toe, sukkel, lach 's mee, straks komt de zon en wordt het warm en verdwijnt die knoop in je maag, het gaat vanzelf. Ze pakt zijn polsen beet, bijt zachtjes in zijn buik, hij giert het uit. Dan richt ze zich plotseling op en zegt: 'Je weet het niet meer, hè? Ik dacht even: die zit me te dollen... Ach, het is ook niet gek, je was nog klein en ik ook... maar toch.'

Ze maakt een knikkend gebaar naar het zwembad. 'Ik ben hier vroeger eindeloos geweest, joh. Je vader woonde nog bij jullie. Nee, ik merk het al, je weet er niks meer van.'

Ze kijkt een tijdje voor zich uit en begint dan dromerig te praten, alsof ze de dingen eerder tegen zichzelf zegt dan tegen mij: 'Onze ouders waren bevriend... Ik heb met jou daar in mijn armen gezwommen toen je nog een baby was. Mocht van je moeder. Van je moeder mocht alles. Van je vader niks. Mijn ouders waren er ook bij. Ze keken. Toen keken ze als ik iets deed. Shit ja, toen keken ze me nog *aan*. Ze riepen me van alles toe. Ik liet niet los, hoor, als ik je los had gelaten... Zoiets is toch in een paar seconden gebeurd?'

Ik kijk naar het water. Probeer het me voor te stellen. Herinner ik me daar iets van? Nee, niks.

Ze zegt: 'Opeens kwamen we niet meer. Ik vroeg mijn ouders waarom dat was, maar kreeg geen antwoord. Denk je echt dat die iets gingen zeggen? Ik miste deze tuin. Ik miste je moeder. En op een keer stond ik heel vroeg op, mijn ouders lagen nog te slapen, en ik ben hiernaartoe gelopen. Vreemd, ik heb dat echt gedaan. En het was vast heel stil en de gordijnen waren vast nog dicht, ik liep langs het huis en... En daar zat ze. Het was net of ze wist dat ik zou komen.' Ze wijst naar de plek waar de ligstoelen hebben gestaan. 'Ze zat daar met jou op schoot. Ik zie jullie zo weer zitten, wat leek je achterlijk veel op haar. Je had meteen al haar ogen.'

Ze staat op, neemt het jongetje in haar armen en gaat op de rand van het zwembad zitten. Houdt hem boven het water en laat hem zakken. Zijn ogen worden groot en hij begint te huilen, maar daarna wil hij nog een keer. Nickie praat verder: 'Ze liet me opnieuw met je zwemmen. Ik vroeg wat er was tussen hen en mijn ouders, maar ze wou niks zeggen. Ze was zo aardig, ze keek naar ons. Naar jou vooral. Ik geloof dat ik trots was. En na die ochtend kwam ik vaker. Niemand had iets door.' Ze kijkt om. 'Het ging nooit echt goed tussen jouw vader en moeder, hè?'

Ik haal mijn schouders op. Liever laat ik haar praten. Want ze kan het goed, ze kan goed vertellen, ik zie mijn moeder voor me.

'Het duurde nooit lang, dat zwemmen,' zegt ze. 'Altijd kwam het moment dat je moeder nerveus werd. Dat ze alsmaar naar jullie huis keek. De anderen zouden snel wakker worden. Je vader zou wakker worden. Dan nam ze jou van me over en zei dat ik moest gaan. Ze keek opeens zo raar. Je voelde het gewoon: weg-weg-*weg*, jij!'

Ze staart over het water. 'Soms kwam ik jullie tegen in het dorp. Harold en je zus, hoe heet ze ook weer? Ze is natuurlijk het huis al uit... Ik zag jullie en ik wou er zo graag bij horen. Echt, ik wou bij jullie horen. En je moeder gaf me een knipoog wanneer de anderen niet keken. Je moeder is me altijd gedag blijven zeggen... Ze was anders dan de rest. Anders dan dit hele klotedorp.'

En dan buigt ze zich naar me toe en zegt: 'Iedereen ziet iets anders. Niemand ziet ooit wat er echt gebeurt.'

Ik knik maar een beetje. Begrijp haar niet goed. Waar haalt ze deze woorden opeens vandaan?

Ze zegt: 'Onze ouders hadden waarschijnlijk ruzie gekregen, weet ik het. Mamma maakt ruzie met iedereen. O jezus, ik kwam honderd keer liever in deze tuin dan dat ik thuis was, ik vond... Ik weet niet. Dit huis. Zelfs nu nog. Kijk om je heen hoe mooi. En je moeder, ze heeft nooit kwaad van ze gesproken. Dat had ze kunnen doen. Mijn fucking ouders...'

Er valt een lange stilte. Ze zucht. 'En toen stond-ie daar,' zegt ze. 'Die vader van jou. Stond hij opeens op de rand van het zwembad en hij joeg me weg zoals je een kat wegjaagt. *Ksssjt!* Alleen dat geluid. Je moeder stond daar met jou. Wat kon ze doen? Wat doe je daartegen? En toen ik het thuis vertelde begonnen ze te lachen. Mijn moeder zei: zie je wel? En mijn vader, die...'

Ze maakt de zin niet af. Ze drukt het kind in mijn handen, staat op en duikt nogmaals het water in. En ik begrijp dat het haar laatste duik van vandaag zal zijn, dat ze niet meer zal vertellen dan ze heeft gedaan. Maar ik snap ook dat ik haar morgen weer zie, en overmorgen, en daarna, dat we elkaar de hele zomer zullen zien. Ik weet gewoon dat het een begin van iets is. Dankzij iemand die op sterven ligt, denk ik, iemand die ik helemaal niet ken. Ik kijk het jongetje aan. 'Weet jij wie het is?' vraag ik hem. Hij probeert me in het gezicht te knijpen en ik buig naar achteren. Ik besef dat we met deze buren nooit echt kennis hebben gemaakt, hoewel ze daar al een paar jaar wonen. Nee, op het laatst zagen we niemand meer. Herinner ik me dat dit kind geboren werd? Jawel, maar we zijn niet gaan kijken. Het gezicht van mijn moeder toen ik het voorstelde...

Nickie klimt het zwembad uit, gaat voor me staan en ik vraag hoe oud dit joch nu is.

'Anderhalf. Hij loopt nog steeds niet, de sukkel. En ook praten, ho maar...'

Ze heeft snel haar droge kleren over haar natte lijf getrokken. Ze heeft gezegd dat ze de auto van de buren hoorde. Ze heeft de zomer vervloekt.

En als ze het kind van me heeft overgenomen en de tuin uit wil lopen, draait ze zich nog eenmaal om en ziet die kat. De kat van een paar tuinen verder. Ze wijst ernaar en zegt: 'Heb je het gehoord? Ze meppen die beesten. Iemand mept ze. Er zijn in het dorp in een paar weken tijd al vijf dooie katten gevonden.'

Ik zeg dat ik mijn vader en mijn broer er ook over heb horen praten.

Ze knikt en zegt: 'Ja, iemand mept ze en laat ze gewoon liggen. Eentje was nog niet helemaal dood... Wie doet er zoiets?'

We kijken naar de kat. Hoe ze zich in het gras met haar poot zit te wassen. Opeens komt ze miauwend onze kant op, het belletje om de hals rinkelt, en Nickie jaagt haar weg. *Ksssjt!* doet ze, ze kijkt me aan.

Daarna loopt ze weg. Op die platte schoenen van haar. En ze zegt zonder over haar schouder te kijken: 'Toedeloe, pleasertje...' Ik weet niet wat ik hoor.

Het is vreemd om weer alleen te zijn. Nickie blijft een beetje nazingen in mijn hoofd, Nickie zelf en de dingen die ze zei. En even later hoor ik het jongetje vanuit zijn kamer huilen, en ik hoor ook haar stem, en andere stemmen.

Ik sta op en loop naar de moestuin, waar de groente ligt te rotten, en waar al die insecten gonzen en zigzaggend om me heen vliegen, ik staar ernaar. Ik hoor muziek en snap dat het Nickie is die deze muziek heeft opgezet, dat het haar manier is om nog iets tegen me te zeggen. Ik kijk naar het balkon van de buren, verwacht haar daar, maar ze staat er niet.

Op dat moment merk ik dat bij ons huis de achterdeur openstaat. Ik loop erop af en een paar tellen later sta ik in de lege keuken. In de donkere hal. Het ruikt er nauwelijks anders. Ik roep, maar niemand antwoordt. Ik ga de trap op, zie de plekken op de muren waar de schilderijen hebben gehangen, en op de overloop zie ik de deur van mijn moeders slaapkamer openstaan. De kamer waar mijn vader die wake hield. Ik kijk naar binnen. Mijn broer staat voor het raam.

In de deuropening blijf ik staan. Ik staar naar zijn rug en hij zegt: 'Dus hier ben jij de hele dag.'

Hij kijkt over zijn schouder en glimlacht. Duwt de balkondeuren open en Nickies muziek klinkt luider. Hoe weet ik eigenlijk zo zeker dat het haar muziek is?

Mijn broer wenkt me en samen gaan we aan de reling staan. Harolds blik dwaalt over de tuinen en het is alsof hij de muziek niet hoort, hij zucht en trekt me naar zich toe. Hij zegt dat hij het gras moet maaien, van pappa. Voor de kijkers. 'Alsof die er zullen komen...' zegt hij. 'Hij vraagt te veel voor het huis, ik hoor het van iedereen.'

'Misschien doet hij het expres,' zeg ik.

'Wat bedoel je?'

'Om ons te zieken. Moeten we altijd samen op één kamer slapen.'

Zijn gezicht staat onbewogen. Dan laat hij me los en zegt: 'Je moet niet alles wat Nickie zegt geloven, snap je dat?'

Hij kijkt me aan en zegt: 'Ze is onhandelbaar. Een bitch. Dat zegt haar moeder zelf ook. En moeders moet je geloven.'

Ik weet niet of hij schrikt van die laatste zin, in ieder geval zwijgt hij verder en ik denk aan hoe Harold tegen zijn eigen moeder deed. Dat hij haar zowat niet aankeek. Nooit echt. Dat hij meestal weg was en zo laat mogelijk thuiskwam, dat ze er ruzie om hadden. Twee wezens die elkaar zo slecht begrepen. Hoe denk je nu over haar, Harold? Ik wou dat ik het durfde te vragen. Hij moest eens weten hoe ze over hem praatte als hij weg was, ze nam het voor hem op. Moet ik hem dat vertellen?

'Wat had Nickie allemaal te zeggen?' vraagt mijn broer.

'Haar ouders zijn met vakantie. Ze logeert bij de buren. Ze past op dat kind.'

Hij slaat opnieuw een arm om me heen en lacht. 'Nou, een fijne oppas dan...' zegt hij.

Ik vraag: 'Waren pap en mam bevriend met haar ouders?'

'She wishes... Wat zei ze nog meer?'

'Dat mamma mooi was.'

Zijn lach verdwijnt. 'Ja. Zo begint ze. Zo begint ze altijd. Niet intrappen, Toob. Je kent haar niet. Ze praat en praat en verzint de helft en ze heeft niet eens door dat ze die helft verzint. Ze is ziek.'

Ik wil me losmaken, maar hij zet kracht. Hij is zoveel sterker dan ik. Wie heb ik gezien zonet? Met wie heb ik gepraat? Iemand die alsmaar liegt? Ik geloof er niks van.

'Hoezo wou pappa dat Nickie hier niet meer kwam? Waarom mocht ze nooit meer komen?'

Hij laat me los, zucht en zegt dat hij blij is dat het nu vakantie is. 'Ik zie zo op tegen school, Toob. Ik zie zo op tegen die vragen... Jij?'

Ik kijk van hem weg. En terwijl mijn broer me een stomp geeft en ik om hem een plezier te doen een pijnlijk gezicht trek, moet ik denken aan school. Aan die ochtend een paar maanden terug. Eerste uur. Buiten valt regen. En mijn vrienden die dat onnozele spelletje doen: wie er als eerste wordt uit gestuurd. Wat is daaraan? Ze klieren, en de leraar zegt er iets van, ze klieren verder, en hup, die ene vriend wint, hij mag weg, hij zwijgt omdat het hem zo snel is gelukt. Gefeliciteerd. Een hele prestatie. En als hij het lokaal uit wil lopen en de deur opentrekt, schiet die hond naar binnen. De klas schrikt op en lacht. Het is onze hond. Panter. Ik zucht en denk: alsjeblieft niet weer, en de leraar kijkt naar mij en zegt: 'Breng je hem naar buiten?'

Met een rood hoofd trek ik Panter aan zijn halsband de gang op. Hij kijkt me met zijn doffe ogen aan. Hij stinkt van de regen. Hij stinkt eigenlijk altijd, ik zeg het mijn moeder maar nooit. Bij een paar lokalen staan de deuren open en ze roepen zijn naam – in hoeveel lokalen is hij nu weer geweest, hoeveel boterhammen heeft hij toegestopt gekregen? En die vriend van me loopt eerst nog lachend achter me aan, ik wil hem zeggen dat het stomvervelend is, dat spelletje – zeg eerder iets zinnigs tegen die leraar. Maar hij slaat al een andere gang in, richting conciërge.

Ik zie haar staan voor de ingang, mijn moeder, ze heeft haar regenlaarzen aan. 'Ma-am, godver...' zeg ik. Een paar leerlingen staan naar ons te kijken. 'Let dan op. Hij verdwaalt toch binnen? Wat *ziet* dat beest nou nog?'

Ze is doorweekt, nog erger dan Panter, ze ziet er niet uit, ze staat daar maar. Ze wil me een zoen geven, ik duw haar weg. Ik duw haar gewoon weg. En mijn moeder kijkt over haar schouder en ziet die leerlingen staan, ze kijkt weer naar mij. Ze staan daar. Ze kijken. Ze willen alles horen. En als we straks beiden weg zijn, zullen ze stikken van het lachen.

Hoe vaak heeft ze hier al niet gestaan, hoe vaak is het niet door anderen gezien? Er staan nu ook een paar leraren vanuit de lerarenkamer naar ons te kijken. Mooie moeder.

Ik stuur haar weg. Ik wijs naar het bos, ik zeg: 'Ik kom zo. Ik kom lunchen.' Ze knikt en glimlacht en draait zich om. Ze loopt weg in de regen. En natuurlijk wil ik haar achternarennen, ik wil zeggen dat ze mijn moeder is, *mijn* moeder, ik wil geen andere, dat mag ze nooit denken, want dat denkt ze nu, dat weet ik, en die leerlingen staan daar en ik verroer me niet.

Nogmaals stompt Harold op mijn arm. Deze keer doet het pijn.

Hij lacht. Hij is groot, mijn broer, en hij mag dan een bril hebben, hij is ook knap. En breder dan ik ooit zal worden. Zijn wenkbrauwen lopen door boven zijn neus, het staat hem goed. Ik weet dat ik nu iets moet zeggen. Dat ik moet vragen hoe het met *hem* gaat, dat ik moet zeggen dat die vraag me bezighoudt, maar ik doe het niet.

Ik kijk naar zijn hand en zie dat de hechtingen eruit zijn gehaald. 'Vanochtend gebeurd,' zegt hij en hij laat me het gezwollen weefsel zien. Ik vraag of het jeukt en hij knikt en krabt er meteen ook aan. Ik zie dat ik andere handen heb dan mijn broer, het is net of ik dat voor het eerst opmerk.

Zijn vingers zijn anders. Het zijn de brede vingers van mijn vader. Ik kijk naar zijn armen, waar al veel haar op zit, en sproeten als op een vogelei, ook die heeft hij van mijn vader.

Dan gaat Harolds hand de lucht in. Langzaam en aarzelend. Ik heb niet onmiddellijk door dat hij iemand groet. Ik kijk naar voren om te zien naar wie hij zwaait, maar er staat niemand en als ik mijn blik weer vestig op die hand, rust hij op de reling. Hij lacht en woelt door mijn haar. Is het een goocheltruc? En hij zegt: 'Zoals je altijd naar mamma keek, zo moet je aan haar blijven denken.'

Ik herinner me dat Harold even later beneden in de tuin verscheen. Dat hij in zijn blote bast het gras ging maaien. Dat ik neerkeek op zijn kruin. Dat de muziek opeens stopte en de zon voor langere tijd van achter de wolken tevoorschijn kwam. Dat het leek of deze dingen bij elkaar hoorden.

En in die loomheid doe ik mijn ogen dicht. Ik denk aan Harolds woorden. Zoals je altijd naar mamma keek, zo moet je aan haar blijven denken. Maar hoe keek ik dan? En wie zag ik precies? Moeder die ik niet begrijp.

Moeder die iets gedaan heeft wat ik haar moet vergeven. Die ons achterlaat met die man. Mamma, je wilt niet weten wat hij heeft gedaan. Hij rijdt Panter aan in de carport, die vader van ons, hij ging even een boodschap doen. Oké, het beest was blind en doof en vast volledig verrot vanbinnen, hij stonk er genoeg voor uit zijn bek – maar uitgerekend op de dag dat we dit huis moesten verlaten?

De verhuizers vinden hem op het pad. Ik kom erbij staan en denk: dat kan er ook nog wel bij. Panter ligt daar met een opengereten buik en de tong uit zijn bek, die goeie ouwe lobbes. De blauwe ingewanden puilen naar buiten. We kijken ernaar, de verhuizers en ik, we zeggen niks, en als mijn vader er ook bij komt staan, zeggen we nog steeds niks.

'Godverdomme,' zegt mijn vader, dat wel. Was Panter meteen dood of heeft hij daar nog heel lang liggen piepen?

Ik help hem de hond begraven, ik ben tenslotte zijn zoon. Mijn vader wikkelt hem in zijn jas, de verhuizers verdwijnen, gaan lachend verder met hun werk, en wij dragen hem naar de achtertuin – snel, opschieten, straks komen Pam en Harold terug. We graven zwijgend een kuil en mijn vader zweet. Hij schuift Panter met jas en al in die kuil.

Ik kijk naar mijn vader en denk: waarom zeg je niks? Je rijdt onze hond aan, mamma's hond, en je zegt gewoon niks. Ik ken jou niet. Ik begrijp jou niet. Ik *wil* jou ook niet. We willen je hier alle drie niet, we deden het prima zonder jou al die jaren. Ik wil helemaal niet staan staren naar die bebloede vacht, met jou hier naast me. Voor mijn part lig *jij* in die kuil en staat Panter aan je voeten te blaffen, en dat mamma er ook staat. Ik knijp mijn ogen dicht, omdat ik merk dat er tranen komen, om wat ik denk, om wat ik hem toewens.

Ik probeer te lachen en begin te praten. Ik zeg iets om in godsnaam iets te zeggen: 'Ik deed druppels visolie in zijn eten, iedere dag, voor de vacht.' Hij knikt. Ik zeg dat hij misschien een luie flikker was, maar dat zijn vacht mooi was en zijn naam goedgekozen. Hij knikt opnieuw. We horen de stemmen van Pam en Harold, en mijn vader begint snel te scheppen. De aarde komt met plofjes op de hond terecht. Mijn vader hijgt erbij. Ik kijk toe, en als hij klaar is legt hij een moment zijn hand op mijn schouder. Loopt dan weg. Hij loopt alsof hij gedronken heeft.

Nee, lang ben ik daar niet blijven staan, op dat balkon. Ik weet nog dat Harolds rug glimt van het zweet. Dat zijn bril ligt te blinken in de zon. Ik herinner me ook dat die kat opnieuw verschijnt, dat het dier mijn broer zit te bekijken. Dat Harold het niet onmiddellijk doorheeft, maar dan het maaien staakt. De kat miauwt en nadert hem, het belletje rinkelt. Ik denk: wat als ik mijn broer ook niet ken? Als hij degene is die dic beesten mept. Omdat hij kwaad is op mamma. Om wat ze heeft gedaan.

Mijn broer gaat door zijn knieën, maar de kat aarzelt. Harold steekt zijn hand uit. Kijkt dan over zijn schouder naar mij, richt zich op en gaat door met maaien.

Nog een laatste keer kijk ik naar het huis van de buren, naar dat lege balkon met de openslaande deuren en de wapperende gordijnen, waarachter ik Nickie vermoed. Ja, binnen is zo anders dan buiten. Ik doe mijn ogen dicht en luister naar het geluid van de grasmaaier. En op dat moment moet ik glimlachen, omdat ik besef dat de buren in de aangrenzende tuinen voor even een normaal geluid uit onze tuin zullen horen.

Twee

Mijn moeder is aan het werk in de moestuin, ik herinner me hoe ze bijen laat kruipen over haar hand. Ik ben zeven, het zonlicht zorgt voor vlekken in mijn ogen, er klinkt muziek uit een radio die is neergezet in het gras. En op een bepaald moment staat mijn vader aan mijn voeten, om hem heen schijnt al dat licht, hij zou net zo goed iemand anders kunnen zijn. Hij vraagt of ik meega naar het dorp, hij moet geld halen bij de bank, morgen vertrekken we voor zowat een maand. Wanneer ik achter hem aan loop, kijk ik om naar mijn moeder in die moestuin. Ze spreidt haar armen en doet een vogelverschrikker na.

Even later parkeert mijn vader de auto en staan we voor die bank, ik kijk naar het lege schoolplein aan de overkant. Ik steek de straat over, mijn vader laat me gaan, hij roept me iets na. De vogels die uit de bomen opvliegen jagen schuine schaduwen over de tegels. Een tijd lang lig ik op mijn rug op een van de bankjes te kijken naar het schoolgebouw, de ruiten flikkeren, het is een gebouw dat beweegt, dat lacht.

Ik voel me duizelig wanneer ik me opricht, alle kleuren trekken uit de dingen weg. Ik wankel naar de koelte onder de bomen en geef over. En een tweede keer. Het lucht niet op.

En als ik mijn mond afveeg en naar voren kijk, staat hij daar in het donker van de afgesloten schooltuin, die tuin waar de kinderen niet mogen komen. Het is heel stil en hij staat met zijn handen aan het hek, ik weet niet wie hij is. Hij wenkt door de spijlen, maar ik verroer me niet, zo staan we een poosje onder het bladerdek tegenover elkaar. Dan klinkt het geroep van mijn vader en loop ik weg, terug het licht in. Ik kijk nog om, zie hem in de verte staan bij het bankje waarop ik zo-even lag. Het is alsof hij iets zoekt. Hij kijkt naar ons, gaat op het bankje staan en spreidt zijn armen.

Op weg naar huis geef ik opnieuw over, op de achterbank. Mijn vader helpt me de auto uit, de anderen schrikken als we de tuin in komen lopen. Mijn moeder legt me in bed en praat over mijn vader, ze is kwaad, ik luister niet, ik ben het van haar gewend. En als ze de kamer uit is, verschijnen Pam en Harold, ze trekken me overeind, ze willen dat ik mijn koffer pak. Ze zeggen: 'Wie wordt er nou ziek in de zomer?' Ze noemen me spelbreker. Aandachttrekker. Straks gaan we vanwege mij niet met vakantie, ze zijn al zo belachelijk lang niet weg geweest, ze kijken elkaar boos aan. Ik geef over in de emmer naast mijn bed en ze doen een stap naar achteren.

Als ik wakker word, wapperen de gordijnen. Het is avond en koeler en mijn moeder komt een paar keer kijken, dan doe ik of ik slaap. De hele avond zie ik ze vanuit mijn bed zitten in de tuin, ik hoor ze praten, over mij, over wat ze zullen doen. Mijn vader steekt de vuurkorf aan en Pam loopt rond, ze houdt haar haren voor haar ogen en trekt gezichten, iedereen wordt volgens mij nerveus van haar. Mijn moeder zit een beetje alleen, en Harold ook, af en toe werpt ze een blik op mijn broer, ze zegt iets maar hij zegt niks terug. Langzaam wordt het donker, het licht van het vuur doet de tuin bewegen. Ik staar naar het bos, dat achter bij het zwembad direct begint voorbij het hek.

In die stilte zomaar een kreet bij de buren. Gevolgd door een lach. Beide geluiden lijken te blijven hangen in de tuin. Ze hebben zich alle vier opgericht en kijken naar elkaar. Daarna blaft Panter een paar keer, hij gromt ook. Mijn moeder kijkt naar het donker rondom haar en mijn vader staat op, buigt zich over onze hond en zegt: 'Niks joh. Die heeft een droom.'

Midden in de nacht word ik wakker, mijn moeder zit aan mijn bed, ze staart langs de wapperende gordijnen, ze zit daar vaker. Wanneer ik me beweeg geeft ze me een zoen, ik ruik de wijn, ik begin meteen te praten: 'Jullie moeten gaan, hoor, morgen. Pam en Harold zijn boos, ze zeggen het niet, maar het is zo. Het mag mijn schuld niet zijn. Ik ben oud genoeg, laat maar geld achter, ik ben echt niet bang voor het bos achter de tuin. Ook niet voor de man op het schoolplein. Wel af en toe bellen, goed? Ik wil weten wat jullie doen, of het mooi is waar jullie zijn...'

Zeg ik deze dingen omdat ik nog half aan het dromen ben?

De volgende ochtend stap ik de overloop op, ik verwacht dat Harold me laat schrikken, maar zijn deur staat open en de kamer is verlaten. Die van mijn zus en van mijn ouders ook. En de koffers die er stonden zijn verdwenen. Ik roep maar niemand antwoordt, ik herinner me weer wat ik vannacht tegen mijn moeder heb gezegd – zijn ze echt gegaan?

Ik zit in pyjama op een van de treden als van beneden die muziek opstijgt. Ik ga de trap af en mijn moeder zit aan de tafel op het terras met Panter aan haar voeten, ze neuriet mee met haar ogen dicht. Ik besluip haar en ze houdt de ogen gesloten, toch steekt ze haar armen naar me uit.

Ze pakt me bij mijn kin, bekijkt me van alle kanten, ze vraagt een beetje streng hoe het kan dat die kleur zo snel weer terug is in mijn gezicht. 'Heb je ons zitten belazeren?' Ze omhelst me en fluistert in mijn oor: 'Was je misschien net als je moeder een beetje bang om voor zo'n lange tijd weg te gaan?'

Ik maak me los, steek lachend mijn borst vooruit. En even later zitten we te ontbijten, ik heb honger en zij eet haast niks, ik zeg dat vogels niet veel hoeven te eten maar vogelverschrikkers wel. We zitten er behoorlijk lang, het zonlicht kruipt langzaam over tafel. Ze vertelt dat de anderen vooruitgereden zijn. Dat we kunnen vertrekken wanneer ik er klaar voor ben, dat ze het stiekem fijn vindt dat het zo is gelopen. 'Wanneer zijn *wij* nou eens alleen?'

Op een gegeven moment glijd ik van mijn stoel af en loop de tuin in, een tijd lang ben ik bij het zwembad, het zeil is eroverheen gespannen. Ik trek het iets omhoog, het bad is leeg en het galmt als je roept, je ruikt de rotte bladeren. In kleermakerszit staar ik naar het bos, ik verwacht hem daar aan dat hek. En als mijn moeder achter me verschijnt zegt ze: 'Hé, geduldige monnik, ga je mee iets leuks doen?' Ze steekt haar hand uit, ze wil al teruglopen, maar Panter begint te blaffen, steekt zijn neus omhoog in de richting van het bos. We zien hoe hij naar het hek rent, dat ene gat zoekt en eronderdoor kruipt, hoe hij langs de struiken en bomen verdwijnt. Mijn moeder vloekt. Een paar minuten later lopen we in het bos naar die hond te zoeken. We horen eerst zijn geblaf van de ene kant, dan weer van de andere.

Panter is lang kwijt, onder de dennenbomen is het donker en koel. Beneden bij de beek ligt het verlaten houten hotel, waar jaren terug brand is geweest, waar ik van mijn broer en zus nooit mag komen. We dalen af en staan ervoor, alle ruiten zijn ingegooid. Ik vraag mijn moeder waarom het niet wordt afgebroken maar ze zegt niks terug, ze nadert het gebouw zoals je een beest nadert dat ieder moment kan gaan bijten. Het glas knispert onder haar schoenen. Ik vraag hoe oud Panter eigenlijk is, uit welk nest hij komt, ik vraag waarom Pam en Harold daar niks over willen zeggen, waarom vooral mijn zus zo naar hem snauwt. Ze wil iets antwoorden, dat merk ik – alleen het gebeurt niet, en ze kijkt omhoog. De bomen kraken in de wind. En dan schiet Panter opeens langs mijn benen, hij blaft onrustig, loopt door het glas, mijn moeder schreeuwt. Ze grijpt hem, veegt het spinrag van zijn kop en bekijkt zijn poten. Daarna gaan we de heuvel op, mijn moeder rent zowat vooruit, ik probeer haar bij te houden, trek Panter aan zijn nekvel mee, hij piept.

Even later rijden we in haar auto, ik zit achterin, ik blaas zachtjes in haar nek. We komen langs school, ze vraagt er wat over, of ik vind dat ik er iets aan heb, ik vermijd te kijken naar dat plein. We rijden het dorp uit, langs de rivier, naar de steenfabriek, naar de afgraving waar je kan zwemmen, maar waar gek genoeg haast nooit iemand komt, misschien omdat je er met de auto niet kan komen en nogal een eind te voet langs de velden de dijk af moet.

Als we het strand op lopen ligt het water er vlak en donker bij, in de verte stoot de fabriek rook uit in de blauwe lucht. Eerst wil mijn moeder helemaal niet dat we gaan zwemmen, maar wat gingen we anders doen? Ze zegt: 'Jij was toch ziek gister?' Ze houdt haar hand tegen mijn wang en ik zeg: 'Ik had geen koorts, hoor.' Ze lacht, ze schudt haar hoofd.

Daarna zwemmen we toch en Panter komt blaffend mee het water in. Mijn moeder maakt mooie slagen, ze zwemt van me vandaan, ik laat haar gaan. Ik vergeet het schoolplein, ik vergeet het hotel in het bos. Ik roep: 'Wanneer rijden we ze achterna? Morgen? Maar hoe weten we waar ze zijn?' Ze roept terug: 'Ze zouden bellen... Vanavond vast al.' Haar stem draagt over het water. Ze laat zich drijven op haar rug en ik zwem onder water op haar af, probeer haar op te tillen, maar ze grijpt me en trekt me aan mijn enkel onder water, ze moet lachen als ik hoestend bovenkom.

Dan zien we in de verte op de dijk iemand lopen. Hij zwaait en ik wil meteen terugzwaaien, ze trekt mijn hand naar beneden, ze zegt: 'Niks daarvan, wij hebben niemand nodig.' 'Ook pappa niet?' vraag ik en je ziet haar even schrikken. Ik vraag waarom hij zo vaak weg is, waarom hij bijna nooit iets met mij doet. Ze antwoordt: 'Je vader leeft in zijn fantasie. Daarbuiten is hij zo goed als dood.' Ze kijkt om naar de dijk en wrijft het water uit haar ogen.

Na een paar uur lopen we op blote voeten terug naar de auto, over een net geasfalteerd stuk weg. Onze voeten worden vies, ik zeg dat we ze thuis niet mogen wassen, dat het hoort bij deze dag, maar ik weet niet of ze naar me luistert. Panter blaft een paar keer, hij ziet of ruikt iets, hij blijft daar staan. Mijn moeder kijkt om en speurt de dijk af. Zoek je hem ook, mamma? Of is het andersom en zoekt hij ons? Ze loopt door en ik blijf staan, Panter snuffelt aan mijn voeten, sjokt verder. De wind steekt op, de velden om ons heen beginnen te golven, verderop spreidt mijn moeder haar armen in het blinkende licht.

Thuis leest ze me voor op het balkon van hun slaapkamer, ze lijkt opgelucht, ze stopt een moment met lezen. Ze zegt dat ze het hier zo prettig vindt, waar je neerkijkt op de tuin, dat je altijd kan zien wie er komt. 'Wie moet er dan komen?' vraag ik, maar daarop antwoordt ze niet. Ik vraag waarom we dit jaar voor het eerst met vakantie gaan, waarom we al die jaren niet gingen, hoe het kan dat ik nooit de zee in het echt heb gezien. Ik zeg dat ik dat op school aan niemand durf te vertellen, zo achterlijk is dat. Ik zeg ook dat ik niet weet wie precies de vogelverschrikker is, zij of ik... Of hij. Ze vraagt: 'Wie is *hij*?'

En de zon staat hoog, ze leest nog een tijdje voor en ik begrijp wat haar plan is, ze wil dat ik in slaap val op haar stem, ze wil zelf natuurlijk ook even rusten, morgen moet ze de hele dag achter het stuur. Ze krijgt haar zin, de warmte drukt en mijn ogen worden zwaar.

Wanneer ik wakker word lig ik op iets zachts, ze heeft het matras het balkon op gesleept. Ze zit daar in de schaduw in de overkapte rieten stoel naar me te glimlachen, ze zegt dat ze hebben gebeld, dat we morgen kunnen gaan als ik dat wil. 'Ze waren wel een beetje boos dat je zo snel weer beter bent...' Ik kijk haar aan, hoe kan het dat ik niet wakker ben geworden van de telefoon?

Ik vraag: 'Hebben ze een hotel gevonden? Is het mooi? Is

het mooi genoeg? Zijn ze ver gekomen en ligt het aan zee?' Ze knikt, ze vertelt erover alsof ze er zonet vandaan komt. Dan verdwijnt haar glimlach en ik vraag: 'Heb je ook geslapen, mam? Waarom kijk je zo? Ben je boos? Wil je soms niet weg?' Ze staat op, kijkt de tuin in, knielt neer en zegt dat ik verbrand ben. Ze gaat naar binnen, komt terug en smeert me in, ze zegt: 'In de zon slapen is niet goed. Ik ben een slechte moeder.' Ze staart voor zich uit en mompelt: 'Ja, ik ben slecht.'

Daarna legt ze een handdoek over mijn rug en hoofd, en ik kijk langs de wapperende gordijnen naar binnen, zie hoe ze zichzelf in de grote hoge spiegel bekijkt. Nee, ze is geen slechte moeder, ze is allesbehalve dat, waarom denkt ze zulke dingen van zichzelf? Ze heeft gelijk: wij hebben niemand nodig. Niemand. Ik val opnieuw in slaap en als ik weer opschrik is ze weg, zijn er alleen die wapperende gordijnen en de lucht en de zon. Ik roep haar een paar keer, Panter beneden in de tuin blaft terug.

Met de handdoek over mijn hoofd en schouders loop ik door het trappenhuis naar beneden, ik merk hoe groot ons huis is als je er maar met zijn tweeën bent. De donkere eetkamer, de ornamenten aan het plafond boven de tafel, de parketvloer die kraakt bij iedere stap. Ik tik tegen de lambrisering, luister of er iets ritselt, de hamsters van mijn zus die uit hun kooi ontsnapten en daar nu wonen, die we horen tijdens het eten. Nog een keer roep ik mijn moeder. Ik trek de schuifdeuren open, stap de zitkamer in, denk aan mijn vader die altijd rondloopt of hij in dit huis helemaal niet wonen wil.

En als ik de tuin in loop is er die zwerm spreeuwen die de

lucht verduistert, Panter staat ernaar te blaffen, ik zwaai met de handdoek, maar ze gaan niet weg, ze strijken in de bomen neer, de takken buigen omlaag. Ik sta in de moestuin met die rennende hond en dat gefladder en gekwetter om me heen, ik weet niet goed wat ik moet doen. Ik snap nu dat mijn moeder de vogelverschrikker is en ik niet. En het klopt, want opeens klinkt er muziek, uit de studeerkamer van mijn vader. Mooie muziek van mijn moeder, het overstemt alle geluiden. Ik ga liggen en sluit mijn ogen, ik weet hoe ze daar zit in die stoel bij het raam, waarin ze alleen gaat zitten als mijn vader er niet is.

Op een gegeven moment voel ik dat ze voor me staat, ik voel haar schaduw, ze tilt me op. Ik open mijn ogen, kijk lachend naar de lege lucht en de bomen en zeg: 'Mamma, we hebben de tuin weer terug.' Ze zegt dat ik een oude ziel ben. 'Een oude ziel.' Dat ik soms wel ouder lijk dan mijn broer en mijn zus.

's Avonds zitten we te eten op de vloer in de serre, met de deuren open naar het terras, een paar laatste insecten gonzen rond, boven de bomen hangt een rode zon. Mijn moeder kijkt naar de borden op de grond en zegt dat het haar aan vroeger doet denken, dat alles met mijn vader ooit heel simpel was. Ze zucht en zegt: 'Je hebt ervoor en erna.'

Ik wijs naar haar hand en vraag waarom ze geen trouwring draagt en pappa wel. Ik laat haar mijn voeten zien, ze moet er gelukkig om lachen en ze laat ook de hare zien, ze zegt: 'We lijken een stel zigeuners.' Ze kijkt me aan en zegt dat ze voor het vertrek nog van alles moet doen. En toch blijven we al die tijd tegen elkaar aan zitten, pas als de schemering invalt krijg ik een por en ze zegt: 'Jij moest eigenlijk al-lang naar bed.' Ze staat op, sluit de deuren en mompelt: 'Eng donker gat.' We gaan naar boven, ze legt me in bed, ik zeg: 'Goed slapen, hè, mam? Anders gaan we gewoon niet, goed?' Ze zegt niks terug, ze knikt alleen, ze buigt zich over me heen en snuift in mijn nek.

Laat in de avond gaat de telefoon. Na een tijdje gaat hij nog eens. En nog eens. Ze neemt niet op.

De volgende ochtend liggen we steeds op het balkon, ze wil nergens anders zijn dan daar, ik vraag wanneer we gaan, of ik haar misschien had moeten helpen met koffers pakken, of ze daar boos over is, ze zegt niks terug. Ze kijkt door de spijlen van de balustrade naar het bos. Ik begin over de telefoon, ze schrikt, ze pakt me vast, ze zegt: 'O, waarom werd je ziek, Tobias? Wie wordt er nou ziek in de zomer? Waarom opnieuw? Waarom gebeurt dat juist nu?' En ze zegt dingen in zichzelf, ze zegt van alles, ze bekijkt haar buik, haar handen, ze zoekt iets om zich heen. Ze gaat staan, naar de tuin toe, houdt haar handen voor haar ogen, trekt ze weg en kijkt. Opeens lacht ze en zegt: 'Morgen, echt, dan gaan we, ik beloof het. Eerst... Eerst...'

Ja, ze belooft het. Maar het gebeurt niet. Ik sta voor haar in mijn pyjama, ik heb alsmaar die pyjama aan en zij ligt op dat matras, ik wuif haar koelte toe. Ik zeg dat ze uit de zon moet, dat ook vogelverschrikkers dat soms moeten, ik krijg haar mee. Even later staat ze op oud brood te kauwen voor de gootsteen en Panter piept, ze kijkt opzij, ze bukt zich, ze geeft hem eten. We staan in die keuken met de gesloten gordijnen in dat vreemde licht. De zon wil naar binnen, lijkt het wel.

We staan te luisteren naar dat geschrok van Panter. Gaan we nog, mamma? Waarom gaan we niet? Ze hebben toch gezegd waar ze zijn en ik wil de zee zo graag zien. 'Kijk niet zo!' zegt ze opeens. 'Je kijkt! Je kijkt steeds!' Panter piept opnieuw, ze bukt zich en geeft hem een tweede keer eten.

En als we terug zijn op het balkon, geeft Panter beneden over in het gras, ze kijkt verwonderd door de spijlen, daarna naar mij. Ze trekt een gezicht of ik dat heb gedaan. Ze pakt mijn boek, trekt me naar zich toe en begint voor te lezen, ik kan er moeilijk naar luisteren. Ze struikelt over woorden, slaat een bladzijde over en merkt het niet, ze leest door – opeens gooit ze het weg. Hoe lang, mamma, hoe lang heb je al niet geslapen, waarom heb je niemand iets gezegd? Waarom bel je niet bij de buren aan? Want ze ligt op het matras en ze sluit haar ogen, ze gaan vanzelf weer open, iedere keer. Ze trekt een pijnlijk gezicht. Waar heeft ze pijn? Ze schreeuwt een keer. Ze richt zich op, ze staart naar het zwembad en mompelt: 'Straks zwemmen, lieverd.' Is ze vergeten dat het leeg is? Ze pakt me vast, zoveel steviger dan prettig is.

En wanneer ik begin te huilen kijkt ze me zo aan, ik heb het gevoel dat ze me het liefst een mep zou geven en ik huil nog harder. Ze staat op en houdt haar handen tegen haar oren. 'Hou op – hou op – hou *op*!' Heeft ze het tegen zichzelf of tegen mij? Ze stapt haar kamer binnen en gaat op de vloer liggen, de gordijnen wapperen, steeds die gordijnen die wapperen. Ik durf niet weg van dat balkon, ik zie haar vieze voeten, ze bewegen nerveus, ik roep haar toe: 'Ja, liggen is goed, mamma, het maakt niet uit dat je niet echt slaapt, ik blijf hier, ik kijk door de spijlen, ik zie alles vanuit hier, als hij komt dan zal ik beginnen met schreeuwen, goed?'

Mijn moeder vloekt, ze gooit iets door de kamer. Op dat moment gaat de telefoon, ze schrikt op, kijkt me aan met een gezicht van als je het eens waagt, en ik durf ook niet, want wat moet ik ze vertellen? Het gerinkel houdt op en begint weer, ze trekt de lijn uit het contact, beneden gaat de telefoon nog door. En als het stil is kruipt ze naar me toe, ze pakt me bij mijn wangen, ik herken haar niet. Ze laat haar trillende handen zien. Ik wijs naar de blauwe lucht en zeg dat het gek is dat die handen zo trillen. En ook dat ze zo koud zijn. Ze trekt mijn hoofd tegen haar borst, ik weet niet of ze nu moet huilen of lachen, ik kan het niet zien.

Ze wijst naar het matras en zegt dat wij alle drie op dit matras geboren zijn. Dat dat iets bijzonders is. 'En van je vader moest het weg, na iedere bevalling, waarom? Het is een goed matras, het ligt nog lekker, jij viel er toch gemakkelijk op in slaap?' Ze zegt dat ze hier nooit weggaat, uit dit huis, wat er ook gebeurt, wat er ook... Ze zegt: 'Het ligt nooit aan de dingen. Het ligt aan de mensen.' Ze zegt dat ze het hier natuurlijk soms ook haat, maar er meestal van houdt, ze zegt: 'Alles is toch dubbel? Ik laat me niet wegjagen, hij wel.' Ze staart naar iemand die ik niet zie, ze zegt: '*Jij* wel. Waarom wou je weg voor een maand, wat is dat voor een onzalig plan? Waarom dram je verdomme zo door? Ik wil hier niet weg. Ik ga niet. Ze zijn hier geboren, Tobias is hier geboren. Die gekke Tobias. Zie hem nou zitten... Kijk hoe hij voor me zorgt... Zoveel beter dan jij doet. Lieverd, pak me eens vast... Jij kleine pleaser. Blijf je zo, alsjeblieft? Niet zoals je broer... Harold is zo boos... Zo lelijk boos. Ik ben bang voor hem, hij wordt zo eng groot. Jij knappe vent. Jij bent het knapst van allemaal, wist je dat?'

Ze grist het laken van het matras en laat me de bloedplekken zien, ze heeft niet door dat ik weer begin te huilen, ze wijst en zegt: 'Kijk, bloed... Bloed van jou. En bloed van mij. Ik had moeite jou op de wereld te krijgen. Maar daarna was ik zo gelukkig als wat. Zo ontzettend gelukkig. Maar niet voor lang. Nee, niet voor lang. Je werd ziek. Ik moest...'

De deurbel die gaat. Ik wil opstaan, maar ze houdt me tegen. Ik fluister dat ik voorzichtig zal doen, dat ik alleen maar wil kijken door het raam aan de straatkant, dat ik volgens mij weet wie hij is. Ze pakt me bij de polsen en drukt me naar beneden, nog eens gaat de bel. Even later roept er iemand vanuit de achtertuin. Het is een mannenstem, mijn moeder houdt me stevig vast, huilt ze nu toch?

De stem klinkt door de tuin, maar ik herken hem niet.

Geen idee hoe lang we daar verblijven, hoeveel dagen het zijn, ze ligt daar maar. Voor dood. In dat felle licht. Adem je wel, mamma? Wel ademen, hoor, je mag niet doodgaan, toe dan, in en uit, het is een makkie. Ah, gelukkig, je hoest. En niet te geloven hoe bruin jij wordt op dit balkon...

Het is raar hoe het went, deze moeder, die zwijgt en bij wie de ogen zo anders staan. Ik veeg het zand en de kruimels van haar voetzolen, ze trekt haar benen op. Alles is gaan plakken en de mieren en vliegen krioelen rond de glazen en de borden. Het laken op het matras wordt langzaamaan grauw. En als ik tegen haar aan kruip, beweegt ze alsof ze schrikt, ze duwt me weg. Ik vraag of ze weet waar Panter is – hoe lang hebben we hem nu al niet meer horen blaffen? Kan ze me echt niet zeggen hoe we aan hem komen?

Ze staat op, knippert met haar ogen en loopt wankelend

weg. En ik zit daar tegen de reling met die handdoek op mijn hoofd en schouders te wachten, ze komt gewoon niet terug. Denk ik werkelijk dat ze Panter is gaan zoeken? Achter me klinkt het geklapwiek van vleugels, maar ik kijk niet om, ik weet dat ze daar zijn. Staat hij daar nu in de moestuin, mamma, staat hij daar te kijken, hoor ik hem lachen, wat wil hij toch van ons?

Ik kauw op snoepjes die ik ergens heb gevonden, staar naar de wapperende gordijnen. Ik roep haar. De schemering valt in en ze komt niet terug, de vleermuizen scheren na een tijdje over het balkon en langs de gevel, het zijn er behoorlijk wat. En als het helemaal donker is brandt er nergens licht, ook bij de buren niet. Het is stil, ik krijg het koud en ga naar binnen.

In de badkamer laat ik het bad vollopen. De deur zet ik open, misschien hoort ze het water stromen, misschien komt ze erop af, komt ze af op het licht. Heel lang zit ik in bad en de deur is een donker gat waarin ik liever niet kijk. Ik probeer een beetje te zingen, ik was mijn voeten, ik was ze heel erg goed. Het water wordt langzaam koud. En als ik me klappertandend sta af te drogen klinkt van beneden opeens muziek. In pyjama stap ik het donker van de overloop op, ik voel een tocht door het huis.

Beneden is niemand, alleen de muziek. Die vanzelf weer stopt. De serredeuren staan open en ik sta daar te kijken naar het donker van de tuin, naar de kruinen van de bomen die zwart zijn en die bewegen in de wind. Staat ze nu in de verte aan dat hek? Of is ze eroverheen geklommen en Panter gaan zoeken in dat hotel? Toch niet op haar blote voeten, met al dat glas?

Dan die vreemde zucht die vanonder de terrastafel klinkt. Ik ga door mijn knieën, ik kan in het donker niet zien wie het is. Ik fluister: 'Mamma?' Ik strek mijn hand uit, voel de deken, ik knijp erin. Er beweegt iets, ik trek mijn hand terug en Panters tanden klappen op elkaar wanneer hij hapt in de lucht.

Ik trek de hond naar binnen, de bank op, hij piept. We gaan tegen elkaar aan liggen en zijn poten trillen, ik trek Panters stinkende deken over ons heen. Ik luister lang of ik iets hoor en val ten slotte in slaap.

Nee, ze staat daar niet aan mijn voeten, de volgende ochtend, ze staat niet lachend in het licht. Het is Panter die me wakker maakt. Hij bijt in mijn hand omdat hij honger heeft. Ik loop naar de keuken, geef hem eten, het is het laatste blik voer. Zelf eet ik toastjes en drink uit de kraan, en in de gang ga ik zitten op het houten bankje bij de telefoon. Ik kijk naar dat apparaat, ik staar ernaar en wil zo graag dat hij overgaat, maar het ding rinkelt niet. Waarom bellen ze niet? Waarom eerst tien keer achter elkaar en opeens niet meer?

Ik sluit mijn ogen en doe alsof mijn broer en zus hier voor me staan, of we met elkaar praten, ik zeg: 'Was het leuk, was het zonnig, hoe was de zee? Gaan we volgend jaar weer? Alsjeblieft, gaan we dan weer, ik kon het niet helpen dat ik ziek werd. En we hebben jullie gemist. Jullie ons? Jij ook, pappa, of vond je het stiekem fijn? Ja, mamma ligt boven en ik ben hier. Stoor haar niet. Ik was eerst ziek en nou is zij ziek, maar ze wordt vanzelf weer beter, ik werd het toch ook?'

Ik sta op en ga naar mijn kamer. Terwijl ik me aankleed luister ik. Misschien slaapt ze wel. Ja, natuurlijk, ze slaapt eindelijk en ze wordt vanzelf weer beter. Op de overloop kijk ik haar kamer niet in, maar ik zie vanuit mijn ooghoek dat ze er niet ligt, de beddenbodem is leeg. Ik kijk omhoog naar het trapgat van de zolder, hoor ik haar daar? En dan sluip ik naar beneden, loop door de keuken naar buiten. Ik pak mijn fiets uit de schuur, loop weg over het grind met de hand aan het stuur, kijk nog eenmaal om naar het huis en rijd weg.

In de lanen is het stil en de schaduwen van de bomen bewegen over de klinkers. Ik fiets langs de huizen van mijn vrienden, iedereen is weg. Ik sta voor het huis van het hoofd van de school, ik weet waar hij woont, maar ook hij is niet thuis. Had ik iets tegen hem gezegd als hij er was geweest?

Ik steek de hoofdstraat over en voor ik er erg in heb fiets ik langs school, langs het plein, en eerst kijk ik niet, maar dan klinkt er gejoel, een paar jongens zijn aan het voetballen, ze staan daar in hun blote bast. Ze zijn een paar jaar ouder dan ik, jongens van aan de overkant van het spoor die niet op deze school zitten, er staat ook een meisje bij.

Als ik mijn fiets neerzet en ze nader hoor ik een moment het ruisen van de bomen en stof waait in mijn ogen. Ze vragen of ik mee wil doen. Ze vragen ook waarom een rijke stinkerd als ik niet met vakantie is. Ik antwoord niet, trek mijn shirt uit en ze lachen omdat ik zo mager ben. Een van hen zegt dat ik net een meisje ben, een ander gooit de bal met een stoot tegen me aan, ik grijp hem nog net.

Twee tellen later zijn we aan het voetballen, ze trappen harder dan ik, rennen harder, duwen harder, eentje schopt me onderuit, trekt me weer op en geeft me een mep op mijn achterhoofd. Ik weet niet goed wat ik hier doe. Het duizelt me omdat ik zo weinig gegeten heb. Ik denk ook niet minder aan mijn moeder. En als we een moment rusten onder de bomen, zie ik dat mijn overgeefsel er nog ligt. De jongens praten tegen me met hun rare accent, ze weten hoe ik heet, en ze noemen mijn broers naam, ze kennen hem blijkbaar goed, ze zeggen dat ik voor geen meter op hem lijk.

Ze delen snoep uit, ze moeten lachen als ze zien hoe snel ik erop kauw. En alsmaar staat dat meisje naar me te kijken, ze zegt geen woord, de jongens negeren haar. Ik zeg dat ik de zee zo graag had willen zien, alleen het meisje lacht. Ik kijk opzij naar de tuin, naar waar die man stond, de insecten vliegen zigzaggend boven de planten.

Dan gaan de jongens weer voetballen, ze vragen niet meer of ik meedoe, ze geloven het wel met mij. Ik zit onder het bladerdek op het bankje, met dat meisje dat plotseling naast me is gaan zitten. Ik wijs naar de tuin en zeg dat ik het misschien niet goed heb gezien, dat er misschien helemaal niemand stond, dat ik alleen maar ziek was. Ik zeg ook dat mijn moeder inmiddels aan het inpakken is, ze knikt. Dat we straks met vakantie gaan, ik alleen met haar, dat ik hier gewoon nog even wacht, ze knikt een tweede keer.

Het meisje en ik kijken hoe ze voetballen, en ineens verandert het licht en begint het opnieuw te waaien, dit keer heviger. Een van die jongens legt de bal stil aan zijn voet, we kijken allemaal omhoog naar de donkere lucht. Het is een harde wind die het plein op blaast. Even later klinkt de donder en staan de jongens daar in de regen, ze spreiden stil hun armen. Ik luister hoe de regen roffelt op de bladeren boven ons, kijk opzij naar de tuin, de insecten zijn meteen verdwenen. Nog eens steekt een windvlaag op en we zien de bliksem en de regen zet aan, de jongens komen schuilen. Niemand zegt iets. Ik sta op, loop met opgetrokken schouders het plein af, eentje roept. Ik spring over het hek, pak mijn fiets en rijd weg.

Ik ben doorweekt als ik op het balkon sta. Ik probeer het matras naar binnen te trekken, het is al veel te zwaar door de regen. Het getinkel in de glazen, het getik op de borden. Ik leg mijn handen op de reling en luister naar het ruisen op de bladeren van de bomen rondom. Ik kijk naar het bos in de verte, naar de bewolking die tussen de bomen hangt. En op dat moment zie ik dat iemand het zeil van het zwembad er voor de helft heeft afgetrokken. Ik roep haar. Panter blaft, hij rent rondjes om het zwembad.

Als ik de serredeuren openduw staat het gras voor me te dampen van de regen. Panter blaft in de verte over de rand van het zwembad de diepte in. Langzaam loop ik erop af. Ik kijk langs het zeil, maar zie haar niet meteen, de bodem ligt vol bladeren en modder en kleine plassen. Er ligt ook een bezem. Pas als ik verder over de rand kijk zie ik haar, ze zit te schuilen onder het zeil. In kleermakerszit. Ze heeft haar nachtjapon aan. Panter springt tegen me op en blaft, ik schreeuw hem iets toe en nu kijkt ze omhoog. Ze knippert met haar ogen vanwege de regen, ze wrijft een pluk haar uit haar gezicht. Ze schudt haar hoofd en weert af.

Ik klim de zwembadtrap af, ik laat me vallen en ga op de glibberige bodem bijna onderuit, ik kniel bij haar neer. Ze kijkt me aan, maar het lijkt of ze me niet echt kan zien, ze spert haar ogen steeds. Ze rilt. Ze mompelt iets. Ze ziet bleek. 'Ben je misselijk?' vraag ik. 'Ben je net zo misselijk als ik was? Zag ik er ook zo uit?' Ik pak haar vast en fluister haar dingen toe. Dat ik niet wist wat ze wou. Dat ik niet wil dat pappa boos op haar is. Dat ik voor haar zorg. En ze probeert me weg te duwen, maar ik blijf haar vasthouden, ik laat haar niet meer los. Ze huilt. Ze zegt dat ze niet slecht is. Dat zij begonnen, niet wij. Ze vraagt of hij er nog is, of hij er nog staat. Ik zeg nee, maar ik weet het niet, ik durf ook niet omhoog te kijken. Ze zegt dat hij gegroeid is, dat iedereen groeit, dus hij ook. Dat hij weet, dat hij alles weet. Ze zegt dat hij donker haar heeft, en donkere ogen, dat hij groot zal zijn en grote handen zal hebben, dat ik dat voor altijd moet onthouden. 'Altijd... Hoor je me? Donkere ogen. Grote handen. Hij zal niks zeggen. Hij zal niks zeggen, want dat kan hij niet. En als je hem ziet moet je gaan rennen, hoor je me? Je moet rennen. Hij wil jou zien, hij wil mij zien, hij wil ons allemaal zien. Snap je dat?' Ik antwoord dat ik die dingen al weet.

Ik veeg haar gezicht schoon met mijn shirt, ze laat het toe. Ze kijkt me aan en het is alsof ze me nu pas herkent. Ze lacht, ze zegt mijn naam, ze zegt hem wel tien keer. Nee, ze is niet slecht, ze is mijn moeder, ik houd haar vast. Knijp ik haar nu fijn, net zoals zij mij heeft fijngeknepen? Zo koud, mijn moeder voelt zo koud, ze beeft hevig, en nu zet de regen ook weer aan en het onweer dondert, en we kruipen verder naar achteren, onder het zeil. Ik kijk naar haar voeten, ze zijn nog veel smeriger, en ze ziet dat ik kijk, ze wil zich oprichten, ik trek haar omlaag.

We blijven lang zo zitten, in het ondiepe gedeelte van het bad, en in het diepe vormt zich een grote bruine plas water, de regen ruist en maakt bellen. Ik wrijf haar warm, en als het beven stopt, als haar handen langs haar lichaam zakken en ze eindelijk in slaap lijkt te vallen, kijk ik naar haar witte nachtjapon. Hij is overal vies, ik pak haar handen en die zijn ook vies, ik veeg ze schoon en dan zie ik die blauwe plekken bij haar polsen, ik kijk haar aan en ook in haar hals zie ik ze nu, ik hef mijn hoofd omhoog de regen in, ik schreeuw. Heeft hij dat gedaan? Waarom? En wanneer? Ze is mijn lieve vogelverschrikker, ze doet echt niemand kwaad! En nu schrikt ze weer wakker, ik kijk haar aan, ik wijs naar die blauwe plekken, en ze begint te huilen, ze duwt me ruw van zich af.

Ik ren naar het trappetje, spring ernaartoe, maar het is te hoog. Ik kruip terug onder het zeil naar het ondiepe, ik wurm mezelf in de hoek onder dat zeil vandaan. En op het gras springt iemand tegen me op, ik weer hem af, het is Panter, hij probeert me in het gezicht te likken en hij blaft, ik duw hem weg. Ik doe het te hard want hij probeert me te bijten. Ik ren over het gras richting ons huis. Ik moet iets doen, denk ik, straks staat hij daar weer, als de regen voorbij is en de zon verschijnt en de vogels ook, straks staat hij daar weer. Ik moet iemand bellen, wie dan ook, en dan slaak ik een kreet, want ik zie iemand van opzij opduiken, hij grijpt me vast, ik worstel en zet het op een schreeuwen, hij legt een hand op mijn mond, ik bijt erin, maar hij laat niet los, hij draait me om, ik kijk hem aan, het is mijn vader.

Hij duwt me naar binnen, hij duwt me de serre in en sluit de deuren. Pam en Harold staan daar voor mijn neus, ze zeggen niks, mijn zus staat te huilen met een hand voor haar mond. Ze zijn allebei bruin geworden en ze worden nooit echt bruin. Ze kijken naar mij, naar de rotzooi om ons heen.

En dan slaan de poten van Panter tegen de ruit, zijn nagels krassen, hij jankt, en Pam begint te gillen, ze schreeuwt naar mijn broer: 'Doe dan iets! Die hond is van jou! Jij wilde die rothond toch zo graag houden?!'

Mijn vader die me naar mijn kamer brengt. Die niks over mamma zegt. Mijn zus die in de deuropening staat toe te kijken. Waar Harold is weet ik niet. En mijn vader kleedt me uit op bed en bekijkt me, hij bekijkt me grondig, mijn armen en mijn schouders, mijn gezicht en hals, mijn rug. Ik vraag waar hij naar zoekt, hij geeft geen antwoord. Ik vraag het Pam, ze schudt alleen haar hoofd en ik denk: maar hij heeft *mij* toch niks aangedaan? Ik heb hem maar één keer gezien, en pappa was daar bij.

Hij duwt een pil in mijn mond en zegt dat ik moet slikken.

Ik doe het en vraag: 'Wordt mamma snel weer beter? Waar is ze naartoe?'

Hij kijkt om naar Pam.

Ik zeg dat ik die auto op het grindpad heb zien staan, die auto die nu weer weg is. Dat ik snap dat ze meegenomen is. Ik zeg ook dat hij donkere ogen heeft, en grote handen, dat je moet rennen als je hem ziet, maar ik heb er meteen spijt van dat ik het heb verteld – vertel ik die dingen omdat ik die pil heb geslikt? Kan zo'n ding dan zo snel werken?

'Probeer je te slapen, Toob?' zegt mijn vader. 'Ik blijf hier wel een tijdje zitten.'

'Net zoals mamma altijd doet,' zeg ik en ik lach, maar mijn vader lacht niet terug.

Hij drukt me omlaag, hij legt zijn handen op mijn ogen. Ik probeer ook echt te slapen, maar het lukt natuurlijk niet. Ik open mijn ogen weer, richt me op en zeg: 'Ik ben nog niet moe. Mamma, *die* was moe...'

Hij knikt en zegt: 'Ja, ze was heel moe. Ze was zo moe dat ze er niet meer van kon slapen. Het is heel erg wanneer zoiets gebeurt. Ze kon er niks aan doen. Ze slaapt nu, dat weet ik zeker...'

'Gaan we wel snel naar haar toe?' vraag ik.

'Natuurlijk.'

We zwijgen.

'Toob?' vraagt hij dan.

'Ik heet Tobias,' zeg ik.

Hij glimlacht. 'Je kon het niet beter doen dan je deed. Je moeder heeft er nog iets over gezegd. Toen ze weer wat rustiger werd...'

'Wat dan?' vraag ik.

'Dat je bij haar bleef al die tijd,' antwoordt hij. 'Dat je dapper bent.' Hij kijkt opzij. 'Van tevoren weet je nooit of iemand dapper is. Maar jij bent het.'

'Hoe was het hotel waar jullie waren?' vraag ik. 'Was het warm? Ja... want jullie zijn hartstikke bruin. Lag het aan zee?'

Hij schudt van nee.

'Gelukkig maar,' zeg ik.

Hij fronst zijn wenkbrauwen.

'Maar was het mooi?' vraag ik.

'In het begin. In het begin was het er prachtig.'

'Net als hier,' zeg ik.

Hij knipt het lampje uit. Pam staat niet meer in de deuropening. Er schijnt licht vanuit de gang de kamer in.

'Pap?' zeg ik.

'Ja?'

‘Kunnen alle moeders dit krijgen?’

Hij zucht en zegt: ‘Alle moeders. Alle vaders.’

‘Ik ook?’

‘Nee, dat geloof ik toch niet,’ antwoordt hij.

‘Ik ben moe nu.’

Hij glimlacht en zegt: ‘Da’s mooi... Da’s goed...’

‘Pappa?’

‘Ja?’

‘Ga je niet weg?’

‘Nee, ik blijf hier zitten.’

‘Dat bedoel ik niet. Ik bedoel uit huis. Ga je niet meer steeds weg? Dat wil ze niet.’

Ik kan zien dat hij me aankijkt.

‘En daarom komt hij hier,’ zeg ik. ‘De tuin in. Ze zag hem steeds. Hij komt als jij weg bent.’

Ik voel een hand op mijn mond en hij zegt: ‘Slapen, jij. Aan betere dingen denken...’

Hij staat op, draait zich om in de deuropening. Je ziet hem twijfelen. En dan zegt hij: ‘Hij is weg, Tobias. Gelukkig. Al jaren. Je moet me geloven. Hij komt niet terug. Hij kan niet terugkomen. Zie het als een droom. Een enge droom die blijft spoken in je kop terwijl je allang weer wakker bent. Soms denkt je moeder dat de droom echt is, maar dat is niet zo.’

Hij zegt ook dat ik gelijk heb dat hij hier moet blijven. Hij zegt dat hij dat zal doen. Hij belooft het ook. Hij zegt: ‘Wij blijven hier allemaal. Afgesproken, jochie?’

Niemand zegt me waar mamma is en dagen ben ik binnen. Ik hoor de anderen in de tuin, ik zit in de serre, ik doe of ik lees, soms komt mijn vader kijken, hij geeft me weer zo’n pil.

Ik kijk naar zijn handen en vind ze groot. Van de dagen met mamma is niks meer te zien, ze hebben opgeruimd, op een ochtend staat er een nieuw matras in de gang, Pam en mijn vader dragen het naar boven.

Ze zeggen niks, ze vragen niks, willen ze dat *ik* erover begin? Eén keer komt er een man op bezoek en mijn vader heeft een lang gesprek met hem in zijn werkkamer. En daarna stapt die man in zijn eentje zomaar bij mij de serre binnen, ik zie de anderen kijken vanuit de tuin. Hij gaat door zijn knieën en neemt mijn boek uit mijn handen, hij bladert erin. Hij zegt dat ik nog heel veel weken vrij heb. Hij heeft kleine handen. Hij vraagt wie ik heb gezien, toen in de tuin met al die regen, ik zeg niks terug. Ik vraag naar de voeten van mijn moeder, ik vraag of ze gewassen zijn, hij zegt ja. Ik vraag ook wanneer die auto weer terugkomt. 'Welke auto?' vraagt hij. 'De auto waarmee ze mamma hebben meegenomen,' antwoord ik, hij kijkt over zijn schouder uit het raam. Ik zeg dat ze netten hebben gehangen over de moestuin, pappa en mijn zus. Hij kijkt ernaar en knikt. Ik zeg dat ze ook het zwembad hebben schoongemaakt, maar dat niemand durft te zwemmen. Dat Panter soms van dat water drinkt, dat hij buikpijn krijgt van het chloor. Ik zeg dat de tuin nu felgroen is, groen en anders. Hij vraagt hoe de tuin er dan eerst uitzag, ik haal mijn schouders op, ik zeg dat ik dat vergeten ben. 'Zoals je een droom vergeet?' vraagt hij. Ik antwoord dat de lucht vol vogels was, dat ik dat nog wel weet, en dat mamma de vogelverschrikker was. Hij vraagt of ik bang ben voor de vogelverschrikker, maar ik snap hem niet, hoe kan ik bang voor mamma zijn? Dan bladert hij weer in mijn boek. Hij wrijft het zweet uit zijn gezicht en zegt dat het hier warm is. Ik zeg dat het op het balkon pas warm was, op het balkon in je pyjama, hij geeft me het boek weer terug. Hij vraagt of ik boos ben. Ik haal mijn schouders op. 'Op je moeder,' zegt hij, ik schud mijn hoofd. Hij wil natuurlijk horen dat ik boos op pappa ben, maar ik kijk wel uit. Ik zeg dat hij gekke dingen vraagt, hij glimlacht. Hij zegt dat als ik hem nog een keer wil spreken, ik dat aan mijn vader moet vragen. Daarna duwt hij de serredeuren open, zegt gedag en loopt de tuin in, naar de anderen die daar in stilte staan te wachten.

En op die ochtend staat mijn vader in mijn slaapkamer, het is nog heel erg vroeg, hij trekt de gordijnen open. Hij zegt dat ik me moet aankleden, dat de anderen wachten. Als ik de voordeur uit loop zitten ze al in de auto. Even later rijden we het dorp uit, we hebben de radio aan en de ramen open. We komen langs de velden met de grote bomen in het midden en de bossen erachter, en als we afslaan zien we een moment de rivier glinsteren in de ochtendzon. Iedereen kijkt naar voren, naar de kronkelende weg die voor ons ligt, ik vraag aan Harold of we naar de steenfabriek gaan, omdat niemand meer in ons eigen zwembad wil zwemmen, hij schudt zijn hoofd. Mijn vader slaat een weg in die ik niet ken, een stijgende weg met overhangende bomen. Ik vraag of we misschien een nieuwe school voor mij gaan bekijken, Pam kijkt om. Ik zeg dat ik dat snap, maar dat het toch niet nodig is. Dat ik mijn mond zal houden, over mamma, dat ik... Mijn broer geeft me een stomp.

We slaan een bosweg in, mijn vader geeft gas, we suizen langs de bomen. De weg is lang, lang en donker, je ruikt het bos. Op een gegeven moment zet mijn vader de radio uit, hij mindert vaart. En het doemt daar op, achter de beboste heuvel, dat grote houten gebouw, het doet me meteen denken aan het verlaten hotel achter bij ons huis. We rijden een hobbelig pad op en niemand zegt een woord, mijn vader parkeert de auto, we stappen uit. In de verte zien we mensen lopen tussen de bomen. Mijn vader slaat een arm om Pam, hij fluistert haar iets toe. Hij roept Harold, die een eindje van ons vandaan naar die mensen staat te kijken.

En als we binnen staan, op een krakende houten vloer, loopt die man op ons af, de man die bij mij in de serre stond, hij legt een hand op mijn hoofd. Mijn vader moet wat papieren tekenen bij een vrouw achter glas. Ik hoor voetstappen op de eerste verdieping boven me en Harold ook, hij kijkt naar het plafond, is hij bang? In de lange gang die we door moeten komen we niemand tegen, die man loopt mee en zegt dingen tegen mijn vader, ik loop achteraan.

Dan is er die grote zware deur waar we door moeten, we stappen in het licht van de tuin, ik zie haar meteen. Ze zit in een stoel, met in de verte de maïsvelden. Ik blijf staan en de anderen lopen naar haar toe over het grasveld, behalve de man van de serre. Hij wacht met zijn handen in zijn zakken op mij. Pam is er als eerste en ze vliegt mamma om de hals. Mijn vader gaat bij hen staan en kijkt op ze neer, volgens mij lacht hij. Harold staart op een afstandje naar zijn schoenen.

Mijn moeder die om zich heen kijkt, haar blik die me ten slotte vindt. Ze staat op, en die man pakt mijn arm, hij zegt iets, hij trekt me voorzichtig mee. Mijn moeder lacht.

En als ik voor haar sta stamelt ze iets, ze mompelt mijn naam, ik zeg dat de blauwe plekken bij haar polsen en hals verdwenen zijn. Ze trekt me naar zich toe, ze moet huilen. En iedereen kijkt naar ons, zij heeft het ook door, ze lacht door haar tranen heen. Ze pakt me op en draagt me een eindje weg van de rest. Ze ruikt anders, maar het is niet erg, ze is mijn moeder, mijn mooie vogelverschrikker, en ik fluister in haar oor dat ik niks heb gezegd. Dat ze natuurlijk alles wilden weten, dat ze steeds van alles vragen, dat pappa een nieuw matras heeft gekocht. Dat ik tegen niemand ooit iets zal zeggen, over wat wij samen hebben gezien, en nu houdt ze me stevig vast, ze zegt dat ik moet stoppen met praten, en ik stop ook en ze zegt dat ze mijn moeder nog niet echt is, dat ze tijd nodig heeft, dat ik geduld moet hebben en samen kijken we een moment over de velden, en naar het bos erachter en de wolkeloze lucht.

We zijn daar nog maar een paar minuten bij elkaar. Mijn moeder gaat zitten in de stoel waarin ze zat, ze zegt dat ze moe is en de anderen praten, ze kijkt al die tijd naar mij. En als mijn vader ons wenkt en we teruglopen over het gras, draai ik me om en spreidt ze haar armen.

We zeggen niks tegen elkaar als we opnieuw de gang door lopen. Ook niet als we even later aan de andere kant van het gebouw op het grindpad staan. Ik kijk lang naar het gebouw, en dan naar het bos, waar nog steeds die mensen rondlopen. Een van hen roept iets. En ik sluit mijn ogen als de zon een moment verduisterd wordt door de zwerm vogels die over het dak komt aangevlogen.

Drie

Nee, met die herinneringen in je kop, da's niet heel prettig praten. Want ik sta in onze achtertuin te kijken naar Harold die nog steeds in z'n blote bast het gras aan het maaien is, en ik strek mijn hand naar hem uit – opeens draait mijn broer zich om. Zou er wat veranderen als we werkelijk iets tegen elkaar zeiden? Ik zou hem kunnen vertellen dat zijn moeder bang voor hem was. Ik zou kunnen vragen of hij soms weet waarom ze uiteindelijk in dat bos daarachter is gaan dwalen met tachtig pillen in haar lijf. Zijn er mensen die zulke dingen met elkaar bespreken?

Het zal best, maar wij doen het niet, ik doe het niet, ben je gek? In plaats daarvan kijk ik naar Harolds bezwete gezicht met die stevige kin, naar die brede schouders vol sproeten, naar hoe hij daar staat met beide voeten in het gras, ik merk dat hij zo gegroeid is dat we nog maar weinig op elkaar lijken, of misschien deden we dat wel nooit.

Ik denk aan straks, aan hoe we over een paar uur aan pappa's krappe keukentafel zullen zitten. Hij en ik en Pam en mijn vader. Aan dat de een de ander per ongeluk schopt. Je schrikt ervan, we schrikken alle vier. En mijn vader, die grijze man die snuivend zit te eten, waar je gek van wordt, die zal zijn mes en vork laten zakken en verzuchten dat ik een hap moet nemen. 'Eentje... Eentje is voor mijn part genoeg.' Hij zal zeggen dat ik veertien ben en broodmager, dat hij mijn ribben kan tellen. Is dat nu echt zijn grootste zorg?

Ik heb zo weinig zin in dat tafereel. Harold zet zijn bril op, kijkt me aan, en zonder hem gedag te zeggen loop ik de tuin uit. Ik voel dat hij me nakijkt, misschien wil hij nog wat roepen. Even later fiets ik door de stille lanen richting bos. En ik sta een tijdje aan de rand van de hei, daar waar ik een keer met vrienden rondhing toen iemand die hei in brand had gestoken, waar we bleven wachten tot het donker werd en we het zagen gloeien in de verte, ik weet nog dat ik me afvroeg hoe de wind precies stond voor als we strakjes gingen slapen.

Daarna zet ik mijn fiets neer en loop dat hele eind door het bos, tot ik aan de achterkant van de begraafplaats kom. Onder de bomen ga ik zitten kijken of iemand mijn moeders graf bezoekt. Ik denk aan de steen die klaar is en die er sinds een paar dagen ligt en die ik lelijk vind – waarom hebben de anderen mij daarover niks gevraagd? Ik kijk naar de eiken aan de zijkant van het veld, waar nog nieuwe graven moeten komen. Ik kijk naar de bladeren waar de wind doorheen gaat, ze bewegen en glinsteren in de zon alsof ze van zilver zijn. Misschien wordt het toch een behoorlijke zomer. Nu moet ik aan Nickie denken, aan hoe ze met dat bruine lijf aan het zwembad zat. Aan haar donkere ogen waar je aan bleef haken en aan haar mooie mond, aan die benen en die slanke enkels en aan alles wat ze zei. Ik weet zeker dat zij me wel zou snappen als ik haar vertelde hoe zinloos een begrafenis is. Dat het niet uitmaakt met z'n hoevelen je komt, drie of driehonderd.

Terwijl ik daar zit gebeurt er wat al een paar keer is gebeurd: mijn broer verschijnt aan mijn moeders graf. Hij staat daar in de avondzon en kijkt om zich heen, alsof hij iets doet wat niet mag, ik zie zijn lippen bewegen terwijl hij op de steen neerkijkt. Wat ik er niet voor zou geven om te horen wat hij zegt. Op een bepaald moment kijkt hij naar voren en ik ben bang dat hij me opmerkt, maar dat kan niet, het is donker waar ik zit.

En als hij zich omdraait, omdat die man met die bezem op het pad verschijnt, als mijn broer ten slotte wegloopt tussen de rijen oude coniferen door, vraag ik me af of hij het zich herinnert, die dagen voordat mijn moeder thuiskwam, en die ene lange dag samen over de velden met Panter, hij tien, ik zeven jaar oud – zou hij ooit nog aan die momenten denken?

Het zijn de laatste zomerweken, waarin geen druppel regen valt. De bladeren aan de bomen krijgen inktachtige vlekken, we hebben mijn moeder een hele tijd niet meer gezien. Over een paar dagen moeten we weer naar school. 's Nachts schrik ik wakker en wil haar aan mijn bed. Ik kijk naar buiten, naar de netten van de moestuin die bewegen in de wind. Ik roep maar niemand komt, al moeten ze me hebben gehoord.

Een paar keer belt mijn moeder met mijn vader, of mijn vader belt haar. Ik kom bij hem staan, hij zegt heel weinig en zij praat, ik luister naar haar stem door de hoorn. Mijn vader stuurt me weg – vraagt mamma dan helemaal niet naar mij?

Ik heb het over haar onder het eten, ze kijken elkaar aan en zijn vervolgens stil. Het is alsof ze hun moeder helemaal niet missen, alsof ze haar niet terug willen in dit huis. Ik vraag Pam of dat zo is, ik vraag het Harold, ze worden kwaad. Ze kijken naar me of ik ziek ben, alsof ik ze aan kan steken, ze lopen van me weg. Mijn vader neemt me apart en zegt dat ik als mijn moeder thuiskomt maar beter niet kan beginnen over die dagen met haar alleen. Hij zegt: 'Niet goed voor haar, niet goed voor jou...' 'Komt ze dan toch terug?' vraag ik.

Soms staat Panter 's avonds in de serre voor het raam te blaffen, mijn zus houdt haar handen tegen haar oren. Ze kijken allemaal naar mij. O, ik zou best willen praten, ik zou ze willen vertellen wie ik denk dat mamma zag daar in de tuin. Ik zou ook willen zeggen dat niemand bang hoeft te zijn, dat ik weet dat hij er nu niet staat omdat pappa hier is en van plan is te blijven, dat die ander dat weet en voelt. Dat hij wacht. Ik kijk naar mijn vader, hij trekt onze hond ruw aan zijn nekvel de kamer uit, de nagels krassen over het parket.

Op een ochtend word ik heel vroeg wakker, ik schuif het gordijn opzij en de tuin is gehuld in een blauw en mistig licht. Ik voel de tocht door de kier van het raam, het wordt steeds frisser en mijn moeder is nog steeds niet terug.

Wanneer ik in mijn pyjama op blote voeten naar beneden loop hoor ik hem, ik hoor mijn vaders stem, de eetkamerdeur staat open. Voorzichtig stap ik naar binnen en kijk onder de tafel door en langs de stoelpoten. Hij zit op de vloer in de serre met zijn rug naar me toe, hij zit daar in de schemering en hij rookt. Hij praat tegen iemand, ik kan niet zien wie het is. Na een tijdje zegt die ander iets terug, ik schrik, het lijkt de stem van mijn moeder. Lager maar toch hetzelfde. Ik kruip onder de tafel door, ik wil mijn ouders laten schrikken, maar als ik er bijna ben, zijn ze opgestaan en gaan de serredeuren open, de benen verdwijnen uit het zicht.

Ik blijf zitten onder die tafel, ik denk: ze komen vast weer terug. Ik hoor hun gedempte stemmen in de tuin, ik twijfel opnieuw, is dat mamma?

Op een gegeven moment hoor ik haar lachen. Nee, ik weet het zeker, zo lacht mijn moeder niet. Ik wil me oprichten, ik wil kijken wie het wel is, ik wil weten hoe het kan dat ze zo op haar lijkt, maar achter mij komt iemand de kamer binnen en ik laat me weer zakken. Die ander sluipt om de tafel, ik herken de schoenen van mijn broer. Er klinkt ook het zachte janken van een dier. En als Harold de serre in loopt en de tuin in kijkt, zie ik dat hij Panter in zijn armen heeft, hij houdt hem vast bij de snuit en drukt zijn kaken op elkaar.

Hij staat daar lang en Panter spartelt en piept, maar mijn broer laat niet los. De stemmen verdwijnen en hun voetstappen klinken op het grind aan de zijkant van het huis, mijn broer wil naar buiten gaan. Ik richt me op en stoot mijn hoofd aan de onderkant van het tafelblad, hij ziet me zitten. Hij staart me aan door zijn bril. Dan loopt hij weg, de blauwe schemer in. Hij steekt snel het gras over, met Panter tegen zich aan gedrukt, langs het zwembad richting hek.

Het duurt lang voordat mijn vader terug de serre in stapt. Ik weet niet waarom ik me blijf verbergen onder tafel. Ik hoor hem mompelen en volg zijn stappen, zie ik die vrouw daar achter bij mamma's moestuin staan? Mijn vaders benen benemen me het zicht. Dan klinkt die blaf uit het bos en mijn vader stapt het terras op, hij kijkt met zijn handen in zijn zij naar het hek. Heeft hij de blaf herkend? Ja, want hij roept hem, hij roept Panter zacht, hij wil natuurlijk niemand van ons wekken. Hij wacht, schudt zijn hoofd en loopt voor een tweede keer weg over het grind.

Wanneer ik onder de tafel vandaan kruip klinken hun stemmen aan de straatkant. In het halfdonker loop ik door naar de zitkamer en mijn vader staat in de voortuin. Hij tuurt langs de gevel en zegt iets, ik kan het niet verstaan. Vindt hij ons huis weer eens niks? Heb ik hem daar een paar dagen terug met Pam over horen smoezen, zwegen ze daarom toen ik binnenkwam? Mijn vader kijkt opzij, ik hoor de vrouw iets zeggen en hij glimlacht, maar z'n ogen zijn somber. Hij wrijft over zijn gezicht en verdwijnt. Is hij soms toch weer van ons weg aan het gaan?

Na een tijdje ga ik ze zoeken. Ik loop de hal door, de keuken in, ik struikel over een onbekende tas. Bij de achterdeur doe ik mijn gympen aan en stap naar buiten, het is koud zo in pyjama. De hemel is al lichter boven de bomen en ik kijk ernaar, en naar dat hek waarachter Harold met Panter verdween.

Ik wil alweer naar binnen gaan als voor een tweede keer dat geblaf klinkt uit het bos. Daarna een kreet, het is Harolds stem. Ik steek het gras over en loop naar het hek en Panter komt door het gat gekropen. Hij blaft en draait onrustig aan mijn voeten. Ik ga door mijn knieën, hij likt me in het gezicht, ik duw hem weg – stil nou, Panter, ssst, heeft Harold je laten gaan? Heeft hij je pijn gedaan? Welk stom spel wou hij nu weer met je spelen?

Ik richt me op en mijn broer staat aan de andere kant van het hek, zijn ogen staan vreemd. 'Geef die hond hier,' zegt hij zacht, ik schud mijn hoofd. Hij trekt aan het hek, hij zegt dat hij het meent, dat dat rotbeest van hem is, dat hij met hem mag doen wat hij wil. Ik doe een stap naar achteren en zeg dat hij van niemand is. Ik zeg: 'Of anders van mamma misschien het meest.' Harold geeft Panter een commando, hij vloekt als die als antwoord aan mijn voeten gaat liggen en naar hem opkijkt met zijn kop op de grond. Ik vraag: 'Was je naar het hotel? Er ligt glas... Wat als hij erin trapt?' Nog eens trekt mijn broer aan dat hek, hij wil eroverheen klimmen.

Dan laat hij los. Ik draai me om om te zien waar hij naar kijkt. Ze staat in de serre, ze staat daar aan het raam. Ze heeft iets wits aan en staart naar ons. Ik zwaai en lach, pak Panter aan zijn halsband en trek hem mee.

Ben je daar toch, mamma? Wou je ons verrassen, had je me liever wakker willen maken door daar te zitten aan mijn bed? Jammer, nu ben ik al op. En ik kijk naar haar en het is gek want ze lacht niet, hebben ze in die inrichting niet goed voor haar gezorgd? Ze duwt de serredeuren open en stapt de tuin in. Ik blijf staan, want het is mijn moeder niet. Panter blaft en kwispelt en trekt aan de halsband, ik houd hem tegen.

Als mijn vader over het grind komt aangelopen in dat rode jack en ons opmerkt, houdt hij zijn pas in. Hij kijkt naar ons, hij kijkt naar die vrouw, hij zegt iets tegen haar. Ze stapt naar voren en roept mijn naam. En dan is er opeens Harold die aan het hek begint te rammelen, die begint te schreeuwen: 'Geef hier! Schiet op, geef hem hier, geef Panter! Hij gaat dood... Pappa... Hij wil hem laten afmaken!'

Ik reageer niet meteen. Mijn vader ook niet, hij staat daar als verstijfd, je ziet aan zijn blik dat hij Harold heeft verstaan.

Mijn broer schreeuwt nog eens, ik draai me om. Ik geef hem Panter aan over het hek, klim er zelf overheen en we horen mijn vader en die vrouw roepen terwijl we het bos in rennen.

We lopen het bos uit, over een braakliggend veld, het is licht geworden. Panter rent voor ons uit. Ik heb honger, maar durf er niks over te zeggen. Ik vraag wat die vrouw daar deed in de tuin, hoe het komt dat ik het idee heb dat ik haar ken. Ik vraag ook waarom pappa zoiets zou willen doen, die hond is jong en nooit ziek, zeg ik, hij wil alleen altijd eten en luistert nooit, maar dat hebben heel veel honden. Mijn broer kijkt naar mijn pyjama, doet zijn jack uit en geeft het aan mij.

Ik heb moeite hem bij te houden over de droge kluiten aarde. Geërgerd draait hij zich om. Hij zegt dat het niet opschiet zo, dat we ook veel te veel opvallen omdat ik in die domme pyjama loop. 'Please, kan jij niet teruggaan?' zegt hij. 'Alles draait toch altijd om jou? Kan het pappa iets schelen als *ik* weg ben? Het was een grap, ik zei maar wat. Ze doen Panter niks, waarom zouden ze? Flikker op, ga terug!'

Ik schud van nee en hij kijkt langs me, naar dat bos waaruit we zijn gekomen, je ziet hem denken. Ik vraag hoe hij weet dat pappa dit met Panter wil doen. Hij pakt me beet, duwt me vooruit en zo lopen we een tijdje, ik voorop, hij achter mij. Wanneer ik omkijk heeft hij zijn handen onder zijn oksels gestoken, hij wacht op de warmte van de zon. Ik vraag of we haar eindelijk gaan halen, mijn moeder, ik zeg: 'We gaan nu toch de kant van de inrichting op?'

'Wou je daar aanbellen in je pyjama?' zegt mijn broer.

We plukken bramen aan de rand van de spoorlijn, ze zijn verdroogd en smaken naar niks, toch proppen we er zo veel mogelijk naar binnen. Panter zit kwijlend naar ons te kijken. Er komt een trein langs razen die een stoffige wind meeneemt. Knipperend kijk ik naar de hemel, ik zeg dat het pas gaat regenen als mamma weer bij ons woont.

En op een gegeven ogenblik horen we het geluid van een auto, ook Panter hoort het, het beest spitst zijn oren. In een grote boog rijdt de auto om ons heen, steekt de spoorlijn over, verdwijnt uit het zicht. Mijn broer zucht en gaat zitten, en een hele tijd zit hij zo met zijn rug naar me toe, hij gooit steentjes voor zich uit. Hij zegt dat hij haar niet mist. Dat hij heeft geprobeerd haar te missen, maar dat ze wat hem betreft voor altijd weg mag blijven. Dat hij wil dat niemand ooit meer naar haar vraagt, dat hij dat misschien nog het meeste wil. Hij staat op en kijkt me aan. 'Jij bent toch die oude ziel? Dat zegt ze altijd. Rot toch op... Het is haar schuld... Jij met je... Jij met je *moeder*.' Panter komt blaffend aan zijn voeten staan.

Harold staat op, stapt op me af, grijpt in de zakken van het jack dat hij me gegeven heeft, haalt er die hondenkoekjes uit en steekt er een in Panters bek.

De zon breekt door de nevel en we lopen daar maar, de velden om ons heen lijken van stro, op een gegeven moment ken ik de omgeving niet meer. Harold wel, hij doet zijn bril af en steekt hem in zijn zak. Zijn blik is anders, zijn manier van lopen ook, een paar keer doet hij een bokser na.

Ik zit in het gras op een afstand naar mijn broer en Panter te kijken als er van achteren een schaduw over me heen valt.

Er staat een man met een fiets. Hij is grauw en mager en hij zegt niks, hij kijkt naar mijn pyjamabroek. Ik wijs naar de uitgestrekte bossen, ik zeg dat we daar straks onze moeder gaan halen en hier nog een beetje wachten, dat we niks verkeerds doen, nog steeds zegt hij niets terug. Ik vertel dat ik buikpijn heb en ook een blaar heb, en dat het nog een ontzettend eind lopen is. Hij kijkt langs me naar Harold die daar met Panter ligt te stoeien, of kijkt hij meer naar onze hond?

'Kent u hem? Kent u Panter?' vraag ik, en even heb ik het idee dat hij knikt, dat hij lacht in zichzelf. 'Broers?' vraagt hij. Ik antwoord dat mijn vader vindt dat je dat kunt zien. 'Mamma niet,' zeg ik erachteraan. Hij kijkt naar Harold en vervolgens weer naar mij. Dan draait hij zijn fiets om en loopt weg. Even later staat mijn broer hijgend voor me, hij zet zijn bril weer op, kijkt de man na en vraagt wat hij wou. Ik antwoord dat hij kleine handen had, dat er dus niks kan zijn.

Wanneer we over dat zandpad lopen met al die kuilen zien we hem opnieuw. Hij loopt in de verte, met z'n fiets aan de hand. Hij kijkt om, blijft staan en wij ook, we kijken over en weer naar elkaar. Dan loopt de man door, stapt op zijn fiets en rijdt weg langs de bosrand. Maar bij een bocht staat hij daar weer. We gaan het pad af, in de richting van het maïsveld dat grenst aan de bossen verderop.

We lopen dat maïsveld door, Panter zit ons al aan de voet van de heuvel op te wachten met zijn tong uit zijn bek. Meteen draaft hij blaffend omhoog, door de dichte struiken, het bos in – weet dat beest hier soms precies de weg? Halverwege de heuvel kijk ik om, de man is nergens meer te zien.

We gaan het bos in, waar het koeler is, we zien dat lage

huis liggen, mijn broer wijst ernaar. Hij zegt dat het iemands vakantiehuis is, maar dat hij er nog nooit iemand heeft gezien. We naderen het en Harold gaat het hek door, wanneer hij merkt dat ik aarzel draait hij zich om. Ik kijk naar de dunne bomen in de voortuin, er hangen spinnenwebben tussen.

Ik zeg hem dat hij vast alles verkeerd heeft verstaan. Dat pappa best gek op Panter is, al laat hij het niet merken. Mijn broer schudt zijn hoofd. Ik zeg ook dat we mamma zouden gaan halen vandaag. 'Ja, daarom was pappa natuurlijk zo vroeg op,' zeg ik. 'Nou missen we dat.'

Even blijven we zo staan. Ik bekijk het huis, de muren zijn groen aangeslagen en de ruiten zien dof. Ik denk: wat moeten we daar, ik wil het niet, ik wil terug. Harold draait zich om, loopt langs het huis, even later gaat de voordeur open en Panter schiet blaffend langs zijn benen naar binnen.

Het kraanwater is bruinig en smaakt naar bloed, maar ik drink er lang van. Harold zet Panter op het aanrecht en laat de kraan open, de hond hapt het water naar binnen. Intussen zoeken we in de keukenkastjes naar iets te eten, maar we vinden niks.

En daarna zitten we op de grond in de lage zitkamer met een paar stoffige meubels om ons heen. Ik vraag hoe lang hij hier wil blijven, hoe het kan dat pappa ons niet zoekt. Harold mompelt: 'Hij zoekt wel, maar hij vindt ons niet.' Ik vraag mijn broer hoe vaak hij hier komt, hij begint maar wat te lachen. Ik sta op en plof neer op de bank, het leer voelt vochtig en stinkt. Ik doe mijn schoenen uit en wrijf over mijn blaar. Harold zit te kijken hoe ik eraan pulk.

'Ik heb honger,' zeg ik.

‘Hou je mond nou maar.’

‘Het is donker hier. Ik heb het koud.’

‘Jij wou toch niet naar huis?’ zegt hij.

Ik ga liggen en we kijken naar elkaar. Na een tijdje is het net of ik niet meer weet wie hij is. Ik gooi het jack naar hem toe en doe mijn ogen dicht, ik voel mijn voeten branden.

Ik weet niet precies wat me wakker maakt. Ik open mijn ogen en blijf liggen zonder me te bewegen, ik merk dat mijn broer iets over me heen heeft gelegd, een deken. Hij zit in de hoek bij Panter. Hij zit daar en hij huilt. Ik kijk er lange tijd naar, naar hoe hij Panter zit te aaien, hoe hij zich over hem heen buigt terwijl hij steeds zijn neus ophaalt. Hij zoent het beest op zijn kop. Hij kijkt naar me om, meteen doe ik mijn ogen dicht.

Minutenlang zit hij daar, hij staart naar Panter, hij drukt op de kussentjes van zijn poten, hij veegt zijn tranen weg. En opeens begint hij te praten, heel zachtjes en toch versta ik alles, hij zegt: ‘Weet je het nog? Weet je nog dat we je die ene middag vonden? Je was zo klein. Je woog bijna niks. Je leefde nog, maar we waren al bijna te laat. Ik mocht je houden. Of nee, ik heb het gewoon gedaan. Ik heb ze niks gevraagd, je moet pappa en mamma nooit iets vragen. En eerst merkten die sukkels niet eens dat je er was, ze letten nooit op. Nou willen ze je dood. Pappa moet het doen. Pappa doet altijd alles voor mamma. Al zegt ze van niet. Ze wil je dood, maar je bent van mij, niet van haar.’ Hij kijkt om en opnieuw sluit ik snel mijn ogen. Hij zwijgt even, dan hoor ik hem zeggen: ‘Ik weet waarom ze het wil. Als ze jou ziet dan... dan... dan ziet ze alles weer. Ze wil het niet zien. Ze wil er niet aan denken.

Het bestaat niet, en toch is het er de hele tijd, snap jij hoe dat kan? Godver, Panter, kon je maar iets zeggen. Kon je het maar. Want je bent zo vaak bij ze. Je ligt bij pappa en mamma aan hun voeten wanneer ze praten, waar hebben ze het over? Wat zeggen ze? En nou moet je dood... Alsof dat helpt. Alsof het iets verandert. Wat moeten we nou? Je bent van mij... van *mij*!'

Ik houd mijn ogen gesloten en Harolds stappen klinken over de plankenvloer, voorzichtig gaat hij naast me zitten. Heel lang zit hij me te bekijken, ik *voel* het gewoon, mijn hart gaat als een idioot tekeer. Hij fluistert: 'Ik haat ze, Toob, ik haat ze allemaal. Ik haat Pam. Ik haat pappa. Ik haat mamma vooral. Ik kan er niks aan doen. Vind je het hier eng, nee toch? Je mag hier altijd komen. Jij wel. Je hebt gelijk, ik ben hier vaak.'

Hij aait me en zegt: 'Klein maf broertje dat je bent. Jij bent toch bang voor niemand? Nee, jij bent nooit bang en ik snap niet hoe je het doet, we snappen het geen van allen. Als je niet weet, als je niks weet, hoe zou dat zijn? O, als ik eens niet... Als wij die dag met z'n allen hadden overgeslagen... Binnen waren gebleven, bij elkaar, weet ik het. Dat stomme tuinhuis dat pappa...Als we op elkaar hadden gelet. Was het dan...?'

Hij zucht.

'Ze kijken zo, ze kijken wanneer je weet. Pappa kijkt. Mamma kijkt. Ze kijken en daardoor zeg je niks. En ze vragen zich natuurlijk af *wat* ik precies nog weet. O, Toob, ik denk aan hem als ik naar bed ga en als ik opsta. Hij kon er niks aan doen. Hij heeft me gered uit dat water en mamma sloeg hem en het was net of hij dat niet voelde, hij was al heel erg sterk.

Hij zei niks. Hij kon het niet. Waar was hij ineens? Heeft pappa iets met hem gedaan? Is het... is het iets ergs? Pappa huilde en mamma was steeds zo boos. Op ons. Waarom op ons? Ik wou dat we...'

Al die tijd beweeg ik me niet. Panter piept vanuit de hoek en mijn broer zoekt in de zakken van het jack, even later hoor ik het beest weer op zo'n koekje kauwen. Ik spied door mijn wimpers. Een tijd lang staat mijn broer me te bekijken vanuit het midden van de kamer. Dan loopt hij opeens weg, de gang in, de voordeur valt dicht.

Ik zit op de bank bij het raam te wachten, hij komt niet terug. Het wordt donkerder en kouder, ik trek de deken strak om me heen. Buiten geeft de zon een gloed boven de bomen, geen idee hoe laat het is. Ik hoor geluiden vanuit de keuken en het is niet Panter, want die ligt weer te slapen in de hoek. Ik luister naar het geritsel, er valt daar iets op de grond, je hoort het schuiven over de vloer. Ik houd mijn handen voor mijn ogen en op een gegeven moment heb ik in mijn pyjamabroek geplast, heb ik het echt zomaar laten lopen? Ik loop door de kamer in een natte koude broek, ik probeer de lampen aan te knippen, ze doen het geen van alle. Ik roep een paar keer om mijn moeder. Waarom komt mijn broer niet terug?

Dan trek ik Panter aan zijn halsband op, hij schrikt van mij. Ik sleur hem mee naar buiten, langs de dode bomen, langs de spinnenwebben, ik voel de kou. En zodra ik door het hek gekomen ben hoor ik iemand roepen en zie ik iets roods in de verte, het kan niets anders dan het rode jack van mijn vader zijn. Meteen schiet ik de struiken in, daal op mijn billen de steile heuvel af. Beneden gekomen kijk ik omhoog en van boven klinkt geblaf, Panter is me niet gevolgd. Nogmaals dat geroep, ik hoor mijn naam en durf niet terug, maar wil Panter ook niet achterlaten. Een paar seconden weet ik niet wat ik moet doen. Opnieuw zie ik daar boven iets roods tussen het gebladerte en ik zet het op een rennen.

Ik moet een heel eind door de varens, ik waad erdoorheen zoals je door water waadt. Ik struikel, krabbel op, ren door en voel het al heel snel steken in mijn zij. Ik sta stil en luister en eerst hoor ik niks anders dan mijn eigen gehijg. Ik merk dat ik duizelig ben geworden en houd mijn hoofd vast. Klinkt er op dat moment van verschillende kanten geroep? Ik kijk om me heen, zie alleen het groen en begin opnieuw te rennen, de lucht is zo droog dat ik nauwelijks adem krijg. Even later kom ik weer bij dat maïsveld uit. Zou die man met die fiets daar nog staan? Ik probeer door de rijen planten te kijken.

En opeens klinkt er geritsel uit de struiken, ik draai me om en Panter staat kwispelend voor me. Hij blaft. Hij blaft nog eens. Ik wil hem beetpakken, maar hij maakt een schijnbeweging en schiet tussen mijn benen door. Hij verdwijnt het maïsveld in. Rothond, denk ik, je snapt het niet, pappa loopt hier rond, hij wil je dood! Ik hoor hem blaffen en een groep kraaien vliegt uit het maïsveld op. Ze verspreiden zich krassend in de avondlucht. Weer klinkt Panters geblaf en de stengels ritselen en zwiepen heen en weer. Stof waait op. Gefladder. Geblaf. Plotseling een korte jank. Daarna is het stil.

'Harold?' fluister ik.

Ik tuur langs de maïsplanten.

'Pappa?'

Geen antwoord.

Ik zet een paar stappen in het maïsveld. Please, pap, doe het niet. Doe het niet. Het is zo'n lief beest, hij doet zo zijn best en mamma wil het niet, jullie hebben het mis. Misschien heeft mamma iets gezegd, iets geks, maar ze zegt wel vaker gekke dingen. En wat moeten we haar vertellen als ze weer thuiskomt? Het is het eerste wat ze dan hoort. Alsjeblieft, mamma, waar blijf je toch, waarom kom je niet terug? Waarom duurt het allemaal zo lang? Alles is droog, alles lijkt donker, ik begrijp niet wat dat is.

Ik wankel over de kluiten aarde. Opeens hoor ik een mannenstem en ik aarzel. Panter jankt opnieuw.

Gehurkt blijf ik luisteren, het is heel stil. Is het gebeurd en heeft pappa hem nu afgemaakt? Ik richt me op en als ik het maïsveld uit stap staat daar een man met Panter aan zijn voeten. Hij is groot en hij heeft een baseballpet op, ik kan zijn ogen niet goed zien. Panter piept en de man gaat door zijn knieën. Er ligt iets naast ze. Het is een vogel en de vleugels bewegen nog. De man pakt Panters poot, die trekt hem grommend terug. 'Rustig... rustig...' klinkt het. Hij aait over zijn kop.

Langzaam loop ik op hem af en de man kijkt me aan, zijn blik is donker. Hij ziet mijn pyjama, hij zegt er alleen niks van. Opnieuw pakt hij Panters poot, voorzichtiger nu, het beest slaat met zijn staart tegen de grond.

Hij maakt een knikkend gebaar naar onze hond, hij zegt: 'Houd 'm eens vast bij zijn kop.'

Ik kijk naar de man zijn handen. Het zijn grove handen en de nagel van zijn duim is zwart.

Hij herhaalt zijn woorden met zijn zware stem en ik ga door mijn knieën, pak Panter bij zijn kop, hij gromt opnieuw en trekt zijn lip op, ik zie het bloed bij zijn tanden, ik laat weer los.

De man begint te lachen. ‘Zeg, held, ik dacht het jouw hond was?’

‘Van mijn broer,’ zeg ik. ‘Of mijn moeder. Ze weten het zelf niet. Ze maken ruzie. Hij moet dood, hij is vals geworden.’

Hij trekt een wenkbrauw op en zegt: ‘Praat geen onzin. Hij heeft pijn. Toe, pak zijn hoofd nou vast.’

En als ik me over Panter heen buig en zijn kop voorzichtig tegen de grond druk zijn onze gezichten dicht bij elkaar. Ik durf de man niet aan te kijken. Wel zie ik de grijze gloed van zijn stoppelbaard en voel ik zijn warme adem, of is het die van Panter? Hij wroet met zijn brede vingers tussen de kussentjes, ik moet kracht zetten, want Panter piept en probeert te happen. De man trekt er iets uit, hij laat het zien, het is een dikke splinter.

‘Een stukje maïsstoppel,’ zegt hij.

Hij wrijft over de poot, er komt bloed aan zijn duim. Panters ogen zijn vochtig geworden en zijn tong hangt uit zijn bek.

Ik richt me op en zeg: ‘Als het gaat regenen, komt mijn moeder terug.’

Zonder me aan te kijken zegt hij: ‘Was ze weg dan, Tobi?’ Je ziet hem lachen. Wanneer heb ik hem mijn naam verteld?

Hij knikt omhoog naar de lucht, hij zegt: ‘Het wordt snel donker. We moesten maar eens gaan.’

‘Nee,’ zeg ik meteen.

‘Wil je hier blijven?’ vraagt hij verbaasd.

Ik haal mijn schouders op. ‘Panter... en pappa...’ stamel ik. ‘Ze vinden elkaar niet leuk...’

Hij zet zijn pet af en zijn haar is grijs. Het zweet staat op zijn voorhoofd. Als hij merkt dat ik ernaar kijk, veegt hij het weg met de rug van zijn hand en zet mij die vochtige pet op. Hij lacht omdat hij veel te groot is.

'Wou je even wachten?' vraagt hij.

Ik knik en hij glimlacht en we luisteren naar het gekras van de kraaien verderop in het veld. Het is net alsof we aan het bidden zijn. De zon is bijna achter de heuvel verdwenen en de vogel naast ons beweegt niet meer, zijn vleugel steekt omhoog.

Ik zeg: 'Panter had honger. Hij heeft altijd honger. Daar kan hij toch niks aan doen?'

Hij schudt zijn hoofd. 'En jij? Heb jij geen honger?'

'Ken je soms mijn moeder?' vraag ik.

Hij geeft geen antwoord.

'Ze komt terug,' zeg ik. 'Mamma, bedoel ik. Ze kan niet blijven waar ze is. Ze denkt te veel aan ons. Aan ons en aan het huis. Ze houdt van ons huis.'

Hij knikt. 'Dat wil ik wel geloven.'

'Ken je haar toch? Ken je ons?'

'Nee, dat niet,' antwoordt hij. Hij glimlacht en woelt door mijn haar. 'Helaas,' zegt hij erbij.

Ik kijk om naar het maïsveld. 'Waarom is alles zo droog?'

De man antwoordt dat hij dat niet weet. Dat niemand dat weet. 'Zoiets heeft geen reden,' zeg hij.

'Maar het moet gaan regenen.'

'Dat moet het zeker,' zegt hij.

'Wacht hij?' vraag ik.

'Wie?'

'Pappa,' zeg ik. 'Wacht hij nou ergens tot we Panter zelf komen brengen? Hij is kwaad, hè? En mijn broer is kwaad op hem. Pappa heeft iets gedaan. Wat heeft hij gedaan?'

Hij tuurt langs de bosrand en zegt: 'Dat weet ik werkelijk niet, jochie.'

We gaan staan en hij ziet mijn trillende benen, hij zegt: 'Jij bent uitgeput zowat. Kom, er gebeurt niks... Niemand is kwaad. Niemand heeft iets gedaan. Het is niet ver. Hooguit vijf minuten lopen.' Hij tilt Panter op, legt hem over zijn schouder en duwt me met zijn vrije hand vooruit.

En als ik in de schemering naast hem over het veld loop kijk ik af en toe naar hem op, hij lijkt oud en toch ook niet. Hij grinnikt een paar keer, of hij dingen weet die ik ook zou moeten weten. Panter heeft zijn ogen gesloten, ik vraag of hij dood is. De man schudt zijn hoofd en antwoordt: 'Het komt goed met jullie hond. Het komt ook goed met jou.'

Ik zeg hem dat hij grijs haar heeft en geen donker haar, maar wel een donkere duim. Ik raak de duim eventjes aan. Hij zegt dat hij nooit eerder een jongetje in het bos is tegengekomen met zulke vreemde praatjes.

Hij vraagt naar mamma, hij vraagt waar ze was, maar zegt er meteen achteraan: 'Nee, dat hoef je me niet te vertellen.'

'Weet je het dan al?'

Hij schudt zijn hoofd. 'Het gaat me niks aan,' antwoordt hij.

Het is langer lopen dan hij heeft beloofd, en één keer zak ik door mijn knieën, ik probeer te lachen, hij kijkt bezorgd. Ik moet van hem zijn hand vasthouden. Hij zegt dat ik moet volhouden, dat hij weet wat hij doet en dat ik niet bang moet zijn. Waarom zegt hij dat?

Het is bijna donker als we de auto tussen de bomen zien staan, de koplampen beschijnen de bomen en de struiken. Ik zie hem meteen, ik zie mijn vader en de man knijpt harder in mijn hand, hij is vast bang dat ik weg wil rennen. Ik ben het niet van plan, ik heb honger, ik begin meteen te huilen. Mijn vader komt op me afgelopen en tilt me op, hij snuift in de zijkant van mijn hals. 'Ben je kwaad?' vraag ik. 'Nee toch, alsjeblieft?' Hij kijkt naar die man en bedankt hem, hij bedankt hem een paar keer. Ik zeg: 'Harold zei van alles, maar het is niet waar, hè, pappa? Hij probeert me bang te maken. Je hebt toch niks gedaan?'

Daarna begint Panter te blaffen, en het portier gaat open en ik hoor die stem mijn naam roepen. Een stem die niks veranderd is. En mijn moeder loopt op me af en pappa zet me neer, ze heeft zijn rode jack aan. Ik heb het koud, ik ril en ze pakt me bij mijn schouders en de man en mijn vader lopen door naar de auto.

Ik kijk naar haar en zie dat ze heeft gehuild, ik schrik want ze is heel erg mager. Ze lijkt ook boos, of moe, ik weet niet wat het is. Ik zeg meteen dat het me spijt, en eerst zegt ze niks terug.

'Zeker Harolds idee, hè?' vraagt ze na een poosje.

'Ik weet het niet meer,' antwoord ik.

Ze gaat door haar knieën, ze omhelst me en ik hoor haar zeggen: 'Wat dachten jullie nou? Dachten jullie nou echt dat we Panter iets... Ik bedoel, *Panter*. Jongen toch.'

Ik geef geen antwoord.

Ze fluistert: 'Zoiets mag je niet denken. Dat mag niet. Hoor je me, Tobias?'

'Ja,' zeg ik.

En ze zwijgt weer een tijdje, terwijl ze me bekijkt, en ik bekijk haar ook. Ze glimlacht gelukkig en zegt: 'Mijn god, wat zie je eruit. Van wie is die pet? Heb je het niet koud?'

'Hij is gewond,' zeg ik. 'Panter is gewond.'

Ze kijkt over haar schouder en knikt.

'Ben je weer helemaal terug?' vraag ik.

Ze aarzelt even, waarom aarzelt ze nou?

'Ja,' zegt ze. 'Ja, ik geloof van wel.'

'Maar het regent nog niet,' zeg ik.

'Nee, het regent niet.' Ze kijkt om zich heen. 'Weet *jij* nou eigenlijk waar we zijn?' vraagt ze.

Ik schud mijn hoofd.

Ze glimlacht en pakt me weer vast. 'Ik ook niet,' zegt ze. 'Deze akelige bossen. Ik verdwaal hier al mijn hele leven. En jullie kennelijk ook. Ga nooit meer zo ver, Tobias. Beloof je dat? Nooit meer zo ver. Je zult opnieuw verdwalen, en wat dan? We hebben niet altijd geluk. Kom, ga mee, ik wil hier weg.'

Ik houd haar tegen. 'Waren ze aardig voor je, waar je was? Was het fijn?' vraag ik.

'Fijn is niet het juiste woord,' antwoordt ze.

'Goed, dan?'

'Ja, wel goed. En was het ook goed bij jullie?'

'Soms.'

'Niet altijd?'

'Misschien,' antwoord ik. 'Waar is Harold? We moeten hem zoeken.'

Ze lacht en zegt: 'Je bent een rare, weet je dat? Hoe kom ik toch aan jou?'

Verderop leggen mijn vader en de man Panter in de achterbak van de auto.

Ik wijs. 'Die man... Wie is dat?'

'Dat wou ik net aan jou vragen,' antwoordt ze. 'Nieuwe vriend van je?' Ze tikt tegen de klep van de pet.

'Hij is het niet hoor, mam,' zeg ik. 'Hij is niet die ene.'

Meteen kijkt ze weg, haar wenkbrauwen in een frons, ze mompelt iets. Ze richt zich op, kijkt op me neer en zegt: 'Vreemd. Je bent kleiner dan ik je al die tijd in gedachten heb gehad.'

Ik geef haar een stomp.

'Wat is er?' zegt ze. 'Ik bedoel, gelukkig maar...'

Ze gaapt.

'Ben je moe?' vraag ik en ik wil haar jas een stukje opendoen om te zien hoeveel ze is afgevallen, maar ze slaat mijn hand weg en trekt me vervolgens mee.

In het donker lopen we naar de auto, ze doet het portier voor me open. Harold zit op de achterbank, hij eet een boterham, wanneer ik naast hem kom zitten groet hij me zacht. Mijn moeder gaat voorin zitten en geeft mij ook een boterham. Ze kijkt toe hoe ik er meteen van begin te eten.

Nog een poosje praat mijn vader met die man in het licht van de koplampen, ten slotte geven ze elkaar een hand. De man loopt langs mijn raam, tikt ertegen en steekt zijn hand op. Hij zegt door het glas dat ik zijn pet mag houden. En mijn vader neemt plaats achter het stuur en draait zich om. Hij kijkt naar ons, hij wijst naar mijn broer. 'Jij bent de oudste. De oudste, godverdomme.' Harold wendt zijn gezicht af naar het raampje. 'Nee, Pam is de oudste,' zegt hij dan.

'Nee, jij, pap,' zeg ik.

Mijn vader zucht, steekt zijn hand naar me uit en trekt de pet van mijn hoofd. 'Veel te groot,' zegt hij.

Wanneer hij de auto wil starten horen we Panter piepen, en nog eens, en mamma kijkt hem aan. Hij stapt uit en opent de klep van de achterbak. Mijn moeder duwt haar portier open en mijn vader legt Panter bij haar op schoot, het beest likt haar hand. En ik zie hoe mijn broer de bewegingen zwijgend volgt, ik pak zijn arm en fluister: 'Zie je wel, *haar* hond.'

De geur van de velden door de open ramen, daar waar ze met grote spuiters sproeien, je voelt het vocht tegen je gezicht. Harold die al snel met open mond in slaap valt, met dat stuk boterham nog in zijn hand. En al die tijd kijkt mijn moeder om naar mij en haar mond beweegt, ik versta haar niet door het suizende geluid van de wind. Mijn oogleden voelen zwaar en toch blijf ik terugkijken, ik mompel dingen, ik begrijp dat ze mij ook niet kan verstaan. Ik zeg dat er een vrouw in de tuin stond die op haar leek. Ik zeg dat het soms is alsof Harold andere ouders heeft dan ik. Dat vogelverschrikkers heel veel moeten eten en dat ze dat in het tehuis vast niet wisten. Dat pappa er wel voor zorgt dat we niet verdwalen. Ze lacht terwijl ik die dingen zeg.

Het is lang rijden, ik probeer te zien of we ergens hebben gelopen, maar ik herken het niet, het is te donker ook, en langzaam vallen mijn ogen dicht.

Dan die schreeuw. Ik open mijn ogen, het is mamma die heeft geschreeuwd. Ze kijkt naar haar hand en daarna naar Panter. Naast me slaapt Harold door. Even aarzelt ze, dan slaat ze Panter en duwt zijn kop naar beneden. Ze vloekt. Mijn vader pakt de achteruitkijkspiegel vast, verzet hem, en vlug doe ik mijn ogen dicht.

Het valt zo vreselijk tegen, die volgende ochtend, ze zit niet aan mijn bed wanneer ik wakker word. Ze zit in haar nachtjapon op haar kamer aan het voeteneind en ze kijkt zo vreemd en zo leeg naar me op – waar is haar lach van gisteren gebleven? Ze houdt haar vuist voor zich uit, opent hem en laat me die pillen zien. Ik vraag of ze die van pappa moet slikken en ze staart ernaar. Ze steekt ze een voor een in haar mond en slikt ze door zonder water.

Ik loop met haar de trap af, ze lijkt veel ouder. Mamma, je voelt zo anders, je bent nog magerder dan ik dacht. En de anderen weten niks te zeggen als we samen de keuken in komen lopen. Ik wijs voor haar naar de dingen op de tafel, naar de dingen om ons heen, ik vraag of ze het allemaal nog herkent. Ik praat en praat, want ik wil deze rotstilte niet, maar ik praat te snel, ze kan me niet goed volgen. Mijn vader legt zijn hand in mijn nek en knijpt erin zodat ik zwijg.

Ik haat de dagen daarna. Ik heb een moeder die niet meer lacht, die niet meer boos wordt, gesprekken dringen nauwelijks tot haar door. Soms houdt ze opeens haar mond, midden in een zin.

Ik zit bij haar op de bank in de zitkamer, ik kruip tegen haar aan en het is net of ze na een poosje pas merkt dat ik er zit. Ik wil zo graag praten over die dagen, die dagen met haar alleen. En één keer doe ik het ook en ze luistert ernaar en geeft me een por en schudt ongelovig haar hoofd.

Mijn moeder slaapt veel. Ze krijgt haar avondeten meestal op bed. Op een dag komt die man van het gesticht, hij tilt me op, hij geeft me een zoen. Hij praat lang met haar aan de keukentafel en niemand mag erbij. En wanneer hij in de schemering vertrekt kijk ik hem na door het raam aan de straatkant, mamma komt naast me staan. We staan in het donker, ze fluistert dingen, ik versta haar niet. Ze pakt mijn hand en leest erin en ik weet zeker dat ze iets wil zeggen, dat ze iets *gaat* zeggen, maar we kijken om en ze staan daar achter ons, met zijn drieën, mijn vader knipt de lampen aan.

Ik ben bij haar, ik wil niet weg, ik wil het niet. Mijn vader brengt me naar bed en zegt dat ik haar een beetje los moet laten, dat ze daar beter van wordt, ik moet het beloven, ik trek het dekbed over mijn hoofd.

Ik ga met haar mee, die eerste keer dat ze boodschappen doet. Ik ga haar voor, de winkels in. En de mensen vallen stil en ze kijken naar mij en naar haar, wenden hun gezicht vervolgens af, ik lach naar mijn moeder. Niet op ze letten, mamma, ze zijn er niet, deze mensen zijn er niet. Als we terugfietsen laat ze die tassen vallen. Ze kijkt ernaar, ze schopt het gebroken glas en de groente in de goot. Ze huilt niet. Ze lacht niet. Ik zeg haar dat ze naar huis moet gaan, dat ik wel terugga voor die paar nieuwe spullen.

Een hele week staat er een groep jongens aan het hek bij het zwembad. Ze roepen, ze joelen. Pam moet erom huilen en mijn vader wordt kwaad op haar.

Soms die muziek. Muziek als je in je bed ligt, het is net of ze me daarmee roept. Maar ik durf mijn bed niet uit, want ik zie hem door de kier van de deur, Harold, ik zie hoe hij in zijn onderbroek zit te luisteren op de trap.

En dan die nacht dat ze me wekt, die eerste zomernacht, één jaar later. Ik voel haar hand en schrik, ik denk meteen dat alles van voren af aan begint. Ze fluistert: 'Je moet heel stil zijn. Kom je mee?'

We sluipen de trap af en ze trekt me het donker van de tuin in en ze lijkt helemaal niet bang en ik ben het ook niet, op blote voeten lopen we over het koude gras. Ze zegt dat ze wil zwemmen, ik kijk haar aan, ik geloof haar niet. Ze fluistert: 'Het water is warmer dan de buitenlucht.' Ik kan haar ogen zien in het licht van de maan, ze lachen me toe, haar ogen lachen me eindelijk toe. Mijn moeder kleedt zich uit en ze heeft haar bikini onder haar kleren aan. Ze zegt dat we dit nog te goed hadden, samen zwemmen in het zwembad. Ze zegt dat ze daar idioot vaak aan heeft gedacht, in de weken dat ze weg was, dat het haar heel erg hielp. Ze begint me uit te kleden en ik duw haar lachend weg, ik kan die dingen toch immers zelf?

Met een zucht laat ze zich in het water glijden, het is vast toch kouder dan ze dacht. Ik volg haar, ik slaak een gil, ze fluistert: 'Stil, oen. Stil.' En ze pakt me vast en we deinen door het water, want zo maken we het minste lawaai. Ik probeer de bodem te zien en zeg dat het gek is dat we daar ooit samen zaten. Eerst zegt ze niks op die woorden terug. Ik vraag of ze er werkelijk niks meer van weet en ze antwoordt dat haar ogen beginnen te wennen, dat ze langzaam de hele tuin kan zien, de struiken en de bomen en de bladeren. 'Moet je de heldere lucht zien,' zegt ze.

Opeens knijpt ze me in mijn wang en vraagt of ik er dan nog vaak aan denk. 'Weet je het toch nog?' vraag ik en ze antwoordt: 'Tuurlijk, alles. Wat dacht je dan?' Ik vraag of ze zich de vogels ook nog herinnert. Ze antwoordt: 'Ja, die ook. Alles, zeg ik toch?' 'Was je bang?' vraag ik. Ze knikt en fluistert: 'En jij?' Ik knik ook. En ze drukt me tegen zich aan en ik zeg dat ik ineens dacht dat het niet was gebeurd, dat ik het... 'Dat je het wat?' vraagt ze. 'Dat je het had verzonnen?' Ik knik. Ze zegt dat ik de enige ben die mag weten dat ze het zich herinnert. Ze zegt dat ze iedereen voor de gek houdt, behalve mij. Ze zegt dat ze zich eindelijk weer levend voelt. Dat ze soms kwaad is en verdrietig, maar dat dat zoveel beter is dan helemaal niks te voelen. Ze pakt me vast en zegt: 'Niemand vertellen, hoor. Beloof je het? Ze zijn jaloers, Tobias. Snap je wat ik zeg? Ze zijn gewoon stinkend jaloers.'

Ik vraag waar ze was, waar ze was toen ik haar zocht in huis en niet kon vinden, en of ze het fijn vond dat ik die dagen bij haar was of juist niet, maar ze lacht en zegt: 'Stop. Niet te veel kletsen. Straks worden ze nog wakker. Dat wil je niet.' En nu klinkt er geklapwiek uit een van de bomen en ze zegt: 'Zie je, dat bedoel ik.'

We lopen terug over het gras, onze lijven nog nat. Mijn moeder ziet mijn vader als eerste. Hij staat op het balkon, naast de hoge rieten stoel. Ze kijken naar elkaar en ze duwt me ruw naar binnen.

De ruzies die volgen in de hal. De voordeur die vervolgens dichtslaat, hij is soms weer dagen weg. Mijn moeder kijkt fel. Felle ogen. Gek genoeg vind ik ze mooi. Soms trekt ze me naar zich toe en zegt: 'Lieve kleine pleaser.' Pam en Harold kijken.

Ze eet veel meer, ze komt aan, het staat haar goed. Haar haar wordt dik. Dik en mooi en donker. Ze tilt me met gemak weer op, ze loopt met mij van de anderen weg. Ze fluistert in mijn oor: 'Niks zeggen, hè? Je hebt het beloofd, je mag niks zeggen. Ons geheim. Laat hem. Laat je vader. Vergeet hem. Weet je wat hij over jullie zegt? Hij zegt: een kind is alleen goed als het slaapt. Hij wil jullie niet. Niet werkelijk. Niet zoals *ik* jullie wil.'

De anderen kijken naar ons en ze kijkt brutaal terug. Ze loopt met mij door de tuin en opeens houdt ze haar pas in en zegt: 'Niet groeien, jij, Tobias. Je bent goed zoals je bent. Als je groeit word je slecht. Slecht, zoals wij. Jij bent levend en wij niet, hoor je me?'

Ik vind het helemaal niet fijn dat ze die woorden uitspreekt en ze merkt het en zegt: 'Oké, dat neem ik terug, ik leef wel. Kijk maar.' En ze draait rondjes met mij in haar armen, bijna tot ik er duizelig van word.

Ja, ik ben bij haar, ik laat haar niet los, of is het andersom? Want soms is het alsof ze me bewaakt, ik weet niet wat het is. Dan zit ik bij haar en lacht ze, maar wanneer de anderen naderen, verdwijnt de lach meteen en trekt ze een gezicht of ze ieder moment naar ze kan gaan bijten.

Mijn vader kijkt toe. Er komt haast nooit meer iemand langs. Je ziet de buren kijken vanaf hun balkons, mijn vader groet ze niet meer.

Het duurt een paar jaar voordat hij vertrekt. Op een ochtend vraagt hij ons een voor een in zijn werkkamer, eerst Pam, dan Harold, dan mij. Mijn gesprek duurt het kortst. Hij staat daar tussen al die dozen met boeken. Ik vraag me af of ik moet vertellen wat ik van mijn moeder niet mag zeggen, of dat nu nodig is.

Hij zegt dat hij weet wat hij doet, dat we niet bang hoeven te zijn. Dat hij gaat verhuizen naar een huis vlak bij het spoor. Dat ik mag langskomen wanneer ik maar wil. Ik kijk hem aan, zou hij echt willen dat ik dat doe? Hij zegt dat hij doodmoe is, dat we doodmoe worden van elkaar, hij zegt iets over afstand. Hij zegt ook dat mijn moeder mooi is, ik haat het dat hij dat zegt, ik wil dat hij ophoudt met praten.

Ik kan me niet herinneren dat hij me een zoen geeft die ochtend dat hij vertrekt. Volgens mij is hij opeens weg. Je loopt naar buiten en zijn auto staat er niet meer.

Hij neemt niet veel spullen mee, maar laat ook niks achter wat ons aan hem doet denken. Zijn werkkamer blijft een lege kamer.

In zijn nieuwe huis kom ik nauwelijks. Ik slaap er nooit. Ik zou niet weten wat ik hem voor het naar bed gaan zou moeten zeggen. Let je wel op, pappa? Let je op haar en op ons, al is het van een afstand?

Het is vreemd om hem in het dorp tegen te komen. Ik zie hem wel eens fietsen in de verte, ik roep nooit. Misschien doet hij hetzelfde bij mij.

Toch word ik soms wakker. Ik word wakker van zijn stem. Heb ik het gedroomd? Ik richt me op, kijk naar buiten en denk aan hem. Ik vraag me af of we zullen gaan verdwalen nu hij er niet meer is. Of ik hem mis zoals Pam hem mist. Ik sta op en luister aan de muur. Hoop ik hem te horen aan de andere kant? Hoop ik hem in mijn moeders slaapkamer te horen lachen? Ik weet het niet. Ik weet dat ik heel lang luister en dat ons huis een graftombe lijkt, zo stil is het.

En ik zit daar en ik denk aan Panter die nooit van iets wakker wordt, en aan mijn broer en mijn zus en ook mijn moeder die nu alle drie slapen.

Vier

Ook al is het jaren later, voor je gevoel zit je twee weken daarna 's avonds bij je vader aan die keukentafel, in dat pokkenhuisje, terwijl je zit te denken aan Nickie en die eerste middag met haar in de tuin. Mijn vader vraagt waar Pam en Harold zijn, maar ik weet het niet. Gewoon, weg, ben je iets anders van ze gewend?

Er rijdt een trein voorbij en je voelt het huis bewegen, mijn vader houdt zuchtend de tafel vast. Hij trekt een gezicht alsof het mijn schuld is dat we hier nu wonen, en misschien is dat ook wel zo. Ik kijk naar die grauwe kop van hem en vraag me af wie er eigenlijk dood is, hij of mamma, want ik weet het even echt niet. Ik zou hem moeten vertellen dat *ik* me dan tenminste levend voel, omdat ik Nickie heb om naartoe te gaan. Dat ze iemand is die begrijpt wanneer ze iets moet zeggen en wanneer juist niet, precies het omgekeerde van hier. Dat ze niet zo moeilijk doet zoals die moeder van mij. Dat ze er zo nodig tussenuit moest piepen – noem je dat normaal? En mijn maag draait zich om en mijn vader merkt het, want even legt hij zijn hand op die van mij.

Hij schuift die brief over tafel, het is een brief van school. Hij tikt erop en zegt dat hij die vandaag ontvangen heeft, hoewel we nog midden in de vakantieperiode zitten. Hij zegt dat ze met hem willen praten voordat het nieuwe schooljaar begint. 'Waarover?' vraag ik. 'Over jou,' antwoordt hij. 'Over je broer. Over wat er is gebeurd. Toe, kijk niet zo, ze bedoelen het niet slecht.'

Hij wil weten hoe ik het daar doe. 'Op school?' zeg ik en hij knikt, maar ik heb geen antwoord. 'Kwam je de brugklas een beetje door?' vraagt hij. 'Ben je goed in leren?'

Weet hij dan niet hoe ik het haat, dat leren, snapt hij niet dat ik me iedere schooldag afvraag waarom we in dat gebouw moeten samenkomen? Is het om te zien wie er gepest wordt en wie niet? Wie meekomt en wie niet?

Ik zou hem moeten vertellen over de wezens die daar rondlopen. Over de leraren die zeggen: dit is dit en dat is dat. Je stelt ze een vraag en ze geven antwoord, of andersom, echt, het is het belachelijkste spelletje dat er bestaat. Dit is dit en dat is dat... Was het maar waar, want hebben ze ook een antwoord op de vraag waarom ik mamma vandaag haat en gisteren niet?

Mijn vader vraagt of ik vrienden heb gemaakt. Ik kijk hem aan en denk: zie je ze hier dan zitten? Hebben ze me ook maar één keer opgebeld? Heb je niet gezien hoe snel ze er na de begrafenisdienst vandoor gingen? Mooie nieuwe vrienden. Bekakte griezels, noemde mamma ze. En nu pakt mijn vader opnieuw mijn hand en vraagt of ik die ene jongen nog zie. 'Van de lagere school. Hoe heet hij ook alweer?'

Ik trek mijn hand weg en haal mijn schouders op.

'Jawel, een kleine jongen. Jullie lijken verdomd veel op elkaar.'

Nogmaals haal ik mijn schouders op.

'Die op de heuvel woont aan de andere kant van het dorp. Die stinkend rijke mensen.'

'David Nowak,' mompel ik.

'Ja, die... Dat was toch je beste vriend?'

Ik sluit mijn ogen en denk: moet je daar nu echt over beginnen?

Ik sta op en loop naar buiten, hij vraagt nog iets, maar ik versta hem niet. En ik vraag me af of hij zou schrikken als ik vertelde wat er het afgelopen schooljaar is gebeurd. Zou hij me nog wel aan die keukentafel willen hebben als hij die ellendige dingen wist?

Ik zie die twee zo weer zitten, nog maar één zomer geleden, mijn moeder en David Nowak. Mamma zit aan de ene kant van het zwembad, en David aan de andere kant, hij leest in een strip met zijn smalle voeten in het water. Ik trek baantjes borstcrawl en mijn moeder roept naar me, ze wil weten waarom ik me zo uitsloof. Ik negeer het en zwem door, moet ik haar antwoorden dat ik even breed wil worden als mijn broer? Dat David en ik over drie weken naar de brugklas gaan en dat ik bang ben?

En als ik ophoud en in het midden op de rand ga zitten, voelen mijn armen zwaar en de spieren onder mijn oksels trekken. Mijn moeder trekt een kwaad gezicht, ze noemt me een ijdeltuit, ze laat zich in het water zakken en zwemt naar me toe. Ze zegt zacht: 'Waar ben jij de afgelopen dagen met je kop? Je bent thuis. Ik ben je moeder en hij is je beste vriend. Wat is er nou? Wil je soms weg?'

Ze kijkt lang naar die vriend van me, en ze lacht meteen ook weer. Hoe krijgt David dat voor elkaar, hij doet niet eens iets, hij bladert in die strip die hij allang kan dromen, hij krabt aan zijn hoofd met die zwarte krullen.

Ze wijst naar hem, hij merkt het niet, ze fluistert: 'De wereld is hier hartstikke simpel, Tobias. Neem een voorbeeld aan die jongen. Doet-ie moeilijk?'

Ik schud mijn hoofd.

Ze zwemt terug, neemt weer plaats op de rand en ik kijk hoe het water nadeint en geleidelijk een spiegel wordt. Ze bewegen niet, mijn moeder en David, ze lijken twee wassen beelden en misschien snap ik nu voor even wat ze bedoelt. Het zonlicht weerkaatst tegen het water, je ziet de bomen er ondersteboven in. Het is warm, je hoeft niks aan te trekken. We hebben nog drie weken, we zijn vrij.

Ik zucht en lach en David legt de strip weg. Hij rekt zich gapend uit en staat op, hij kijkt vrolijk. Opeens loopt hij naar Panter, die in de schaduw ligt, hij trekt aan zijn halsband en tilt hem op met dat bruine lichaam. Hij is mager en klein maar toch sterk, zo kan het dus ook. Hij loopt met hond en al op het zwembad af en breekt de spiegel met een grote plons. Mijn moeders ogen vreten David op. En als hij happend naar adem bovenkomt, springt mijn moeder ook het water in en Panter snuift en blaft en hapt in het water, werkelijk, die snuit boven het water, als het beest kon lachen zou hij het doen.

Maar als ze het water uit gaan klinkt de stem van mijn broer vanuit het bos en mijn moeders gezicht staat meteen bedrukt. Hij komt over het hek geklommen met die jongen achter zich aan, het is Eduard Nowak, Davids oudere broer.

Hij is nog een stuk groter dan Harold en heeft donkere lokken voor zijn donkere ogen, hij trekt zijn T-shirt uit en kijkt eerst zijn broertje aan en vervolgens mijn moeder, hij groet haar niet. Mijn moeder staat op en gaat naar binnen. Mijn broer stapt op me af, werkt me tegen de grond en drukt mijn polsen in het gras. Eerst grinnik ik nog, maar dan likt hij over mijn kin, mijn wang. Ik worstel me los en nu is hij degene die lacht en Eduard Nowak lacht ook, want hij slingert zijn jongere broer het water in, en daarna zijn handdoek en zijn kleren en ook die strip.

Mijn broer zegt: 'Nog even en je moet naar school... Een *echte* school. Leuk hè?' Hij kijkt naar het huis waarin mamma is verdwenen en dan weer naar mij, hij vraagt of ik er zin in heb. Ik zeg niks terug. Hij gaat staan en zegt: 'Je moet er iemand uitpikken, dat is wat je doet. Zo snel mogelijk. Er is altijd iemand de lul. Zo gaat dat. En jij bent het niet, begrepen? Verpest het niet. Ik wil niet de broer van een sukkel zijn.'

Pam verschijnt ook bij het zwembad, en we hangen daar een tijd lang rond. Ik let een beetje op mijn zus, hoe ze doet en hoe ze beweegt, na de zomer gaat ze het huis uit. Ze gaat zitten op de ligstoel en Eduard komt voor haar staan met zijn handen in zijn zij, Pam kijkt geërgerd naar hem op en zegt: 'Oprotten, horzel, je staat in mijn zon.'

David vist de strip uit het water, schudt hem uit en legt hem te drogen. Hij kijkt naar zijn broer en naar Pam, en hij loopt naar binnen. Het is net of ik nu moet kiezen en dat wil ik niet. Het water in het zwembad wordt langzaamaan weer die spiegel en ik bekijk mezelf erin, ik bekijk mezelf er heel lang in, ik weet niet of ik blij ben met wat ik zie. Zo dun, zo slap, hoe kan *ik* er nou iemand uitpikken op school, wat kan ik doen? En de anderen lachen me uit, Harold zegt: 'En niet ziek worden, slome, niet meteen al die eerste schooldag, hè?' En Pam zegt: 'Hou je bek, Harry. Jij was toen ook geen held, weet je nog?' Mijn broer slaat naar me met de punt van zijn handdoek, hij slaat me gierend de tuin door, ik ga naar binnen.

In de serre blijf ik staan, ik zie ze zitten op de bank in de zitkamer, David en mijn moeder, ze praten zacht. Ik vraag me af waarom David altijd hier wil zijn.

Als mijn moeder opkijkt zwijgt ze, ze lijkt weer dat wassen beeld van zo-even. Ik ga bij ze zitten, en mamma lacht om de dingen die David zegt, niet om mij. Ondertussen luister ik half naar de geluiden bij het zwembad.

Opeens vraagt ze: 'Gaan jullie eens naast elkaar op de bank zitten?'

We doen wat ze vraagt.

'Nee, dichter,' zegt ze, en we schuiven beiden op. 'Nog dichter,' zegt ze. 'Hoofden tegen elkaar aan. Als een Siamese tweeling...'

Een tijdje zit ze geamuseerd naar ons te kijken, met haar hoofd een beetje schuin. En dan wordt haar gezicht strak en ze zegt: 'Welke van de twee zou ik het liefst willen houden? Degene die aardig uit zijn ogen kijkt, of degene van wie ik schrik? Welke denk je, Tobias?'

Ik sta meteen op.

David durft niks te zeggen, ik merk het, ik loop weg, door de eetkamer en de serre. Op het terras blijf ik besluiteloos onder de luifel staan. Ik kijk over mijn schouder en naar voren.

Als ik maar weer bij de anderen ga zitten, praten Pam en

Eduard met elkaar, mijn zus lacht en slaat tegen zijn hand, hoe kan het dat ze opeens om hem moet lachen? Mijn broer ziet me kijken, hij ziet ook dat ik een paar keer omkijk naar ons huis, dat ik iets wegslik. Hij kruipt naar me toe en fluistert: 'Heel goed, Toob. Fuck je moeder. Fuck dat wijf.'

Ik sta op en raap mijn kleren bij elkaar en vraag hem of we nu eindelijk gaan.

We lopen de lanen door, mijn broer en ik en Eduard, ze vragen: 'Waar wou je heen dan, mafkees?' Ik weet het niet meteen, maar zij wel, ze beginnen te lachen, Eduard fluistert iets in Harolds oor. 'Kom maar mee,' roept mijn broer.

Even later zijn we bij Eduards huis, bij dat immense huis op de heuvel, het is nog zoveel groter dan het onze. We liggen in die enorme tuin, met dat halve bos dat er ook bij hoort, hun ouders zijn weer eens voor weken weg. Harold neemt me mee naar het hek, we kijken naar de paarden beneden in de wei, hoe ze draven in de schittering van de zon. Hij slaat een arm om mijn schouder, hij zegt dat als iemand me op school met een vinger aanraakt hij nog niet jarig is.

'Wat is er toch?' vraagt hij. 'Ben je kwaad?'

Ik haal mijn schouders op.

'Waarom is David niet mee?' vraagt hij.

'Hij wil altijd maar daar zijn,' zeg ik.

'En jij niet, hè?' Hij kijkt blij, ik snap hem niet.

Opnieuw haal ik mijn schouders op. 'Ik weet niet. Soms. Soms ook niet. Maar als ik weg ben dan... Ik weet niet. Laat maar.'

We kijken naar die paarden.

'Zei ze iets?' vraagt hij.

Ik geef geen antwoord.

Dan stompt mijn broer me en zegt: 'Op school houd je je bek over haar, begrepen? Het is anders dan op de lagere school. Ze zullen... Je snapt het snel genoeg. Zeg me na: ik houd mijn bek.' En ik zeg het, ik probeer er zelfs nog bij te lachen, voor hem, niet voor mezelf, ik kan wel janken. Hij tilt me op, draagt me over zijn schouder de tuin door. Hij knijpt me en roept uit: 'Ga eens eten, scharminkel. Ga toch eindelijk eens eten. Luister niet naar mamma. Hoor je dat? Ze is... Ze wil... Eduard! Is David ook zo achterlijk licht? En dat gilt hier als een meisje, hoor je dat?'

En daarna gaan we de heuvel op, naar de privétennisbaan, op het plateau aan de rand van het bos. Ik kijk toe hoe ze spelen in hun blote bast, zonder hun schoenen, hun voetzolen worden rood van het gravel en ze raken snel bezweet. Eduard slaat een stuk harder dan mijn broer, maar Harold plaatst zijn ballen beter, hij wint alsmaar. Ik knijp mijn ogen samen, ze zijn net dansende schimmen op die manier. Ik merk dat de dingen hier tenminste bewegen. Na een hele tijd gooit Eduard zijn racket weg en zegt: 'Fuck you.' Hij hijgt.

We gaan liggen in de schaduw op de houten banken rondom, onder de hoge bomen, en af en toe ploft er een dennenappel op de baan. Het is heel prettig, waarom wil David hier nooit zijn? We zeggen niks en vallen alle drie half in slaap volgens mij, of ik in ieder geval. Als ik me opricht zijn ze verdwenen, ik kijk nog een tijdje naar de wiegende bomen, naar de rackets en de ballen op de grond.

In huis is het donker en koel. Ik loop tussen al het antiek door, langs de banken waar nooit iemand op lijkt te zitten, de houten vloer glimt. Ik kijk naar de foto's op het dressoir en denk aan hun ouders, aan die vader die ik al heel lang ken, maar die als ik hem zonder David in het dorp tegenkom geen idee heeft wie ik ben.

Dan loop ik de trap op naar Davids kamer, ik zit in zijn open raam, met die wapperende gordijnen. Er klinken stemmen op de trap, die van mijn broer en Eduard, maar ook die van iemand anders, het is een meisjesstem, ze lacht.

Even later gaat de deur open en ze wordt naar binnen geduwd, Ciel Taminiau, ik verslik me direct in mijn speeksel. Ze staat daar op haar blote voeten voor me, in een rokje en een strak shirt. Ciel Taminiau, die aan de verkeerde kant van het spoor woont, die van rijke jongens houdt, maar de rijke jongens houden geloof ik niet van haar. Ze is mooi en ook niet, het is alsof ze sneller ouder wordt dan een ander. En ze zegt iets met dat rare accent van haar, ze kijkt kauwgom kauwend van mij naar Harold en Eduard in het gat van de deur, en nou komen ze binnengelopen, even hangt er een stilte in de kamer.

Mijn broer gaat voor haar staan en houdt zijn vuist naar voren, ze kijkt er vol verwachting naar. De vuist gaat open, ze glimlacht, er ligt iets in Harolds hand. Maar als ze het eruit wil pakken, gaat de vuist weer dicht. 'A-ah,' zegt mijn broer. Hij buigt voorover en ze weet meteen wat ze doen moet, ze begint Harold te zoenen. Als het zoenen stopt duwt hij haar op bed, behoorlijk ruw. 'Braaf ben je,' zegt hij en ze haalt haar kauwgom uit haar mond, mijn broer legt het pilletje op haar tong. Ze kijkt langs mijn broer naar mij. Ze legt haar hoofd in haar nek, slikt het door en doet de kauwgom terug in haar mond.

Ciel Taminiau, je ziet haar af en toe lopen met haar moeder, die zware vrouw met die donkere kringen rond haar ogen en dat vette haar, een vader heeft Ciel Taminiau niet meer, die is met auto en al aangereden op het spoor. Wel twee jongere broertjes, tweelingen met wie je niet wilt praten, die de gekste dingen doen. En ze zit daar op dat bed met gesloten ogen, ze deint heen en weer op de muziek die Eduard heeft opgezet.

Eduard doet de gordijnen dicht, er verschijnt een gloed in de kamer. En misschien moet ik Ciel Taminiau op dat moment zeggen dat ze weg moet gaan, omdat Eduard en Harold zo anders uit hun ogen kijken dat ik ze zelf ook niet herken. Schiet op, ga toch weg, rijke jongens zijn ook niet aardig, misschien nog minder aardig dan de jongens uit je eigen buurt. En nu gaat ze op bed liggen, ze ligt daar maar voor dood. Van wie moet ze dat doen? Eduard kruipt vanaf het voeteneind over haar heen, ze opent haar ogen en kauwt op haar kauwgom. Hij zegt zacht: 'Waar is pappa, Ciel? Waar is je pappa nou?' Ze richt zich geschrokken op, hij duwt haar terug. En terwijl hij haar zoent, zet ze haar nagels in zijn blote rug, ze kreunt meteen, mijn broer kijkt om naar mij.

Eduard staat op, hij blaast een bel met de kauwgom die nu in *zijn* mond zit. Zij richt haar ogen op het plafond, ze doet weer of ze dood is. We zitten om haar heen en staren naar haar alsof we een wake houden.

Ze is duizelig wanneer ze na een hele tijd opstaat. Ze wiegt heen en weer met die domme grijns van haar en gaat met haar handen onder haar shirt, ze voelt over haar buik, je kan haar beha even zien. Ze is ontzettend in de war en de andere twee lachen, ik kijk naar mijn broer en begrijp niet waarom hij lacht. Ze mist haar vader, vind je dat leuk? Hij kijkt terug en lijkt te zeggen: jij blijft hier toch ook zitten?

Hij heeft gelijk, ik blijf hier zitten, want Ciel trekt haar shirt uit en staat daar in haar beha, ze draait op haar voet, ze wankelt, ze stapt op me af en trekt me op. Ze omhelst me, ik voel haar borsten en ze fluistert: 'Voelt goed, jochie. Voelt zo *eng* goed...' Ik hoor de anderen lachen. 'Toe dan,' zegt Harold. 'Goed zo, brugpieper,' zegt Eduard. Ik wil me loswurmen en toch ook niet, en ik kijk Ciel Taminiau in haar groene ogen, ze lijken lichter nu. En dan, als onze lippen elkaar een halve seconde raken, hoor ik haar zeggen: 'Nou even niet aan die lijpo van een moeder van je denken.'

Het is mijn broer die schreeuwt, die haar vloekend wegtrekt, haar een mep geeft ook, ze krabt hem met een gil in zijn gezicht. Hij duwt haar de kamer uit. We horen hem haar de trap af werken, en een paar tellen later slaat de voordeur dicht en is het stil. Eduard Nowak zet de muziek af en gaapt.

Nee, ik ben daar niet gebleven, ik weet niet hoe snel ik die heuvel af moet gaan. Als ik bij de wei kom, waar de pluizen zweven boven het gras, staat Ciel Taminiau bij de paarden. Ze ziet me en wil eerst weglopen, maar ze doet het niet. Ik ga bij haar staan, terwijl ze staart naar de paarden, je ziet dat ze heeft gehuild.

Ik trek haar mee, ik zeg haar dat ze iemand moet zien, en ze stribbelt vreemd genoeg niet tegen, misschien heeft ze niet echt door wat ik doe. We lopen het bos in en ik wil haar zo graag vragen wat er daar gebeurde, maar haar ogen staan zo raar. En als we bij het hek aankomen en ik naar mijn moeder wijs die aan het zwembad zit te lezen, kijkt ze heel lang naar haar. Op een goed moment pak ik het hekwerk vast en wenk ik Ciel Taminiau, maar ze schudt haar hoofd. Ze zegt dat ze zich nog zo fucking vreemd voelt, ik lach en zeg dat zoiets mijn moeder niet uitmaakt, en nu lacht ze met me mee. Ik help haar over het hek, we lopen langs de struiken en ik fluit, want ik weet dat mijn moeder dat fluitje meteen herkent en niet zal schrikken. Ze ziet ons aan komen lopen, ik steek mijn hand op en ze legt haar boek op de grond.

Ik lach naar mijn moeder, ik buk en geef haar een zoen, ze kijkt verbaasd naar me op, alsof ze me daarmee vraagt of ik nog boos op haar ben. Eerst zwijgen we alle drie, maar dan praten we toch, mamma vooral, en ze doet het goed, gewoon maar wat praten. Ik luister naar haar zachte stem, ik wil haar steeds onderbreken en zeggen dat ze mij moet kiezen en niet David, maar het hoeft al niet meer, want ze knijpt me lachend in mijn neus. En je ziet Ciel Taminiau naar mijn moeder kijken, eerst zegt ze niet veel terug, maar op een gegeven moment wel. Haar stem klinkt weer haast normaal.

Ciel aait Panter en mamma vertelt over hem, je voelt de zon. Het is net of Ciel een beetje verandert, alsof ze rustig wordt. Ze lijkt mooier. Mooier en jonger. En op een gegeven moment staat ze op en zegt beleefd gedag, ze doet het een beetje onhandig, ze weet niet hoe dat moet. Maar mijn moeder lacht haar niet uit en ik loop nog een eindje met Ciel Taminiau mee. Ze kijkt naar ons huis, ze blijft staan en zegt dat dit het mooiste huis is dat ze ooit heeft gezien, veel mooier dan dat achterlijk grote huis waar ze zo-even was. Ze knijpt me in mijn arm. Ze draait op haar voeten zoals ze in die kamer deed. En ze loopt weg over het grindpad langs het huis.

Als ik terugkom bij het zwembad, zegt mijn moeder eerst niks. Panter ligt te hijgen, we kijken ernaar. Ze begint weer te lezen, maar na een tijdje laat ze het boek zakken, ze vraagt waarom dat kind hier was.

'Is David weggegaan?' vraag ik terug.

Ze knikt en vraagt niet verder, ik ook niet.

Ze kijkt naar me alsof ze zich een beetje schaamt. Ze probeert normale vragen te stellen, ik merk het, ze vraagt: 'Wat was je aan het doen? Wel leuke dingen doen, hoor, lieverd. Straks kan het niet meer. Dan zit je op school. Al dat leren, waar is het goed voor?'

Ze buigt zich naar me toe en zegt: 'Het gaat om wat je niet weet. Wat je *niet* weet...' Ze kijkt of ze van haar eigen woorden schrikt. 'Maar hoe kom je te weten wat je niet weet,' mompelt ze.

Ze lijkt een gedachte van zich af te schudden, ze zegt: 'Sorry, onnozel grapje van vroeger. Kom je bij David in de klas?'

'Weten we nog niet.'

We zwijgen.

'Mam?' vraag ik.

Ze kijkt me aan.

'Nee, niks...' zeg ik.

Ze vraagt: 'Is Harold weer vervelend?'

Ik schud mijn hoofd.

'O, gelukkig,' zegt ze. Opnieuw buigt ze zich naar me toe. 'Je was aardig tegen dat meisje, weet je dat? Dat kan je goed. Je hebt er talent voor. Raar kind wel... Ik weet niet. Gekke blik. Of zeg ik nu iets gemeens?'

'Ze vond ons huis mooi,' zeg ik. 'Ze vond het het mooiste huis dat ze ooit heeft gezien.'

'Ben je verliefd?' vraagt ze.

Ik schud direct mijn hoofd en ze pakt mijn been vast, ze zegt: 'Kan toch best?' Ze kijkt omhoog naar de lucht en zucht. 'Aardig blijven, Tobias. Altijd aardig tegen ze blijven. Het is niet makkelijk een meisje te zijn.'

'Ja, mam,' zeg ik verveeld.

'Hé!' zegt ze kwaad. 'Ik meen het.'

Ik pulk aan het gras, en als ik opkijk zie ik dat ze nog steeds boos is. Ik wil haar iets zeggen, maar ik weet niet wat. Misschien moet ik zeggen dat ik iets goeds heb gedaan, dat het goed was Ciel Taminiau hier mee naartoe te nemen, voor ons, maar vooral voor Ciel. Mijn moeder staart met die kwade blik naar de bomen en de struiken om zich heen. En opeens trekt ze me naar zich toe, omhelst me en zegt: 'Sorry, lieverd.'

Ik vraag waarom ze dat zegt en ze antwoordt: 'Omdat ik boos word. Omdat ik boos ben. Dat moet ik niet zijn. Het spijt me wat ik vanochtend tegen je zei. Je wordt ouder, Tobias, dat is alles. Dat vindt je moeder moeilijk, let maar niet op haar. Laat me eens naar je kijken. Je wordt knap. Je wordt met de dag knapper. Je stem is aan het veranderen. En je wordt nog lang als je niet oppast. Het is of er iemand uit je tevoorschijn komt, ik schrik er soms van. Laat me maar een beetje, ik bazel maar wat. Doe je voorzichtig op school? Doe niemand pijn, alsjeblieft. Niemand pijn doen... Het gebeurt overal. Ook als je het niet verwacht. Ach, Tobias. Je moeder heeft het direct door als je iemand pijn doet, hoor je me?'

'Ik ben niet sterk,' zeg ik zacht.

Ze houdt me steviger vast. 'Goed zo,' zegt ze. 'Goed zo.'

Wanneer ze me loslaat staat Harold daar. Hij staat ons van een afstand te bekijken. Hij durft ons niet goed te naderen. Mamma roept hem, maar hij draait zich om en gaat naar binnen.

Hij zit op zijn kamer als ik naar boven loop. Hij wenkt me en ik ga op zijn bed zitten. Hij lacht, maar het is geen echte lach. Hij laat de kras in zijn gezicht zien die Ciel hem heeft bezorgd. Hij balt zijn vuist en houdt hem dreigend omhoog. Hij zegt dat ik mijn bek over vanmiddag moet houden.

Hij zegt dat sommige meisjes dit nou eenmaal willen. Dat ze het gewend zijn, van thuis, dat het niet uitmaakt omdat ze toch zoals haar moeder wordt. Hij zegt: 'Ze vergeet het ook meteen. Ze vergeet het iedere keer. Trouwens, ze begint zelf.'

'Waarmee?' vraag ik.

Hij haalt zijn schouders op.

Ik zeg dat ik haar heb zien huilen, beneden aan de heuvel, en dat ze het dus niet zal vergeten. Hij kijkt me aan. Ik vertel ook dat ik Ciel Taminiau mee naar huis heb genomen. Om haar mamma te laten zien.

Hij schrikt. 'Met die pil op? Waarom?'

'Gewoon.' Ik kijk hem in zijn ogen. 'Het ging goed,' zeg ik.

Je ziet hem denken. Dan woelt hij door mijn haar. 'Maf broertje,' zegt hij, en hij pakt zijn kussen en gooit het tegen me aan.

'Eduard is gek,' zegt hij lachend. 'Wat een figuur.'

'Wat is daar leuk aan?' vraag ik, en nu verdwijnt zijn lach meteen. Hij ontwijkt mijn blik en er valt een lange stilte.

'Hé, luister 's?' zegt mijn broer.

En eerst zucht hij alleen. Dan zegt hij zacht: 'Het deed me niks wat Ciel zei, weet je dat? Over mamma. Het deed me niks en ik sloeg haar, waarom deed ik dat? Ciel heeft toch gewoon gelijk? Ik was niet kwaad, ik *was* het gewoon niet.' Hij begint te fluisteren, hij huilt nu bijna, hij zegt: 'Ik zou haar meer kunnen aandoen. Ik zou het kunnen, Toob. Ik ben er benieuwd naar, ik wil weten hoe dat is. Het is creepy wat ik soms denk, ik schrik er zelf van. Tegen jou durf ik het te zeggen. Tegen jou wel. Niemand zal je ooit iets doen, niet bang zijn. Ik blijf hier. Ik kijk goed uit, oké? Ik let goed op, ook op school. Voor jou... Je bent mijn broertje, mijn *broer*tje.'

Hij kijkt me aan met tranen in zijn ogen, ik weet niet wat ik terug moet zeggen.

Dan horen we voetstappen op de trap en Harold gaat snel liggen, met zijn rug naar me toe, het is Pam die naar haar kamer loopt. Hij pakt een boek en zegt dat ik op moet rotten.

De volgende morgen sta ik aan zijn bed. Ik zeg dat ik ons een goeie dag ga bezorgen, niet zo'n ellendige als gisteren, hij kijkt slaperig om zich heen. Hij zet zijn bril op, alsof hij niet meteen begrijpt wie voor hem staat.

Een uur later staan we voor de zandafgraving bij de steenfabriek, ik ben er sinds die keer met mijn moeder niet meer geweest. Het water is zoveel minder weids dan in mijn herinnering. Ook zoveel minder diep. Hebben mamma en ik hier echt in kunnen zwemmen?

Harold klaagt dat hier niemand is. Ik antwoord dat dat juist de bedoeling is, maar ik geloof er zelf ook niet in. Hij lacht me uit, hij waadt door het water en zegt dat het net een pierebadje is. Ik spreid mijn armen maar hij ziet het niet.

Ik mompel dingen, ik mompel ze terwijl hij me niet hoort. Ik zeg dat ik hier met mamma was, en lang is er niks anders dan die knoop in mijn maag en het blinkend licht en Harolds donkere schim in het water, hij doet het opspatten met zijn voeten.

Als hij terugkomt gaat hij naast me op zijn buik liggen, hij tuurt met zijn kin rustend op zijn handen in de verte. Ik zeg dat helemaal niemand op school in moeders is geïnteresseerd. Ik zeg ook dat hij niet bang voor zichzelf hoeft te zijn, dat ik hem hartstikke goed ken. Ik merk dat hij naar me kijkt. Ik zeg dat hij Panter wou redden, en dat die nu nog leeft. 'Fuck, ja,' zegt hij. 'Die dag. Jezus. Lekker lachen.' Hij haalt diep adem, hij wil iets zeggen, maar hij doet het niet. Hij richt zich op, je merkt dat hij nerveus wordt, dat hij nu direct weg wil.

Ik zeg: 'Mamma wou toen ook alsmaar weg.'

'Waar heb je het over?' vraagt hij.

'Toen. Hier. Ik was hier met haar. In die vakantie dat jullie vooruit waren gereden. Een paar dagen voordat ze in het lege zwembad zat.'

'En? Was het leuk?' zegt hij bits.

'Dat zeg ik toch: ze wilde alsmaar weg. Net als jij nu.'

'Dus ik lijk op haar?' zegt hij kwaad. 'Wou je dat soms beweren?' Hij geeft me een tik op mijn arm, ik moet erom lachen. Ik zeg dat hij niet zo stoer moet doen, voor mij niet in ieder geval.

'Deed jij maar een beetje stoer,' zegt hij. 'Waarom wil je een kleuter blijven?'

'Mamma vindt me geen kleuter,' zeg ik.

'Mamma is een lijpo, weet je nog?' Hij staat op, trekt me

omhoog en zegt dat hij nog nooit zo'n dooie plek heeft meegemaakt als deze hier.

We fietsen terug en bij de rivier zien we al die mensen, Harold heeft in ieder geval meteen weer praatjes. Hij zegt dat hij erheen wil. 'Of wou je bij je fijne moeder aan het zwembad zitten?'

Ik schud mijn hoofd, hij heeft gelijk.

We gaan zitten op een betonnen plateau en staren in de diepte, naar het donkere stromende water. Alsmaar zie ik Harold kijken naar een paar meisjes in bikini, zijn het meisjes van school? Er staan ook wat jongens bij van aan de overkant van het spoor.

Mijn broer wijst naar die jongens, hij zegt: 'Iedereen is bang voor die gasten, maar ik niet. Gewoon niet. Ze zijn dom, daardoor durven ze meer, da's alles.'

Hij staat op en laat me alleen. Een tijdje zie ik hem tegenover die jongens staan, ik kan niet horen of hij met ze praat. En dat schip vaart voorbij en Harold springt meteen de rivier in, hij is de enige die durft. De jongens kijken toe. Ik laat mijn hoofd zakken, ik hoef het niet te zien. Ik vraag me af waar David Nowak is, of hij even gek wordt van zijn broer. Of hij even gek wordt van zichzelf.

Heel lang blijft Harold weg, het beton wordt warmer en ik lig daar te verbranden en te luisteren naar het gejoel beneden me. Wanneer ik me opricht zie ik Harold nergens meer, aan de waterkant niet en ook niet in de rivier. Ik kijk om naar onze fietsen, maar zijn fiets staat er nog. En net als ik op wil staan verschijnt Harold daar, zijn blik is gejaagd. Hij raapt zijn spullen bij elkaar, ik vraag wat er is, hij zegt dat we beter kunnen gaan. 'Je vindt het hier toch eindelijk leuk?' vraag ik. Hij zegt dat vooral *ik* moet gaan, ik snap niet wat hij bedoelt. Als we langs de bestofte struiken naar boven lopen, vloekt hij omdat ik niet hard genoeg opschiet. Hij wacht en trekt me mee.

Op de parkeerplaats, tussen een paar auto's, staat die groep jongens daar, ze zien ons niet meteen, maar wanneer ze het wel doen, roept iemand mijn naam. Ik blijf staan. Harold ook. Ik heb de stem herkend. Eduard Nowak steekt zijn hand op en hij loopt een paar meter onze kant op.

Dan fluit hij op zijn vingers naar de groep. De andere jongens doen een stap opzij en er komt iemand uit de groep tevoorschijn. Het is Ciel Taminiau, ze loopt langzaam op me af. Wanneer ze voor me staat kijkt ze me eerst niet aan, ze staart naar de grond. Ze doet haar haar opzij en heft haar hoofd op, ik zie de schaafwonden en de zwelling bij haar wang, de bloedkorsten op haar lip, ook op haar handen. Ze glimlacht voorzichtig. Ik kijk haar in de groene ogen, bij haar linkeroog is het rood waar het wit moet zijn. Een van de jongens lacht, Ciel kijkt niet naar hem om. Ze buigt zich naar voren, ik mompel dat ze dit niet hoeft te doen en ze glimlacht opnieuw. Ze drukt haar lippen op die van mij, ik proef het bloed, ze laat me los.

Ik kijk om naar mijn broer, maar hij is verdwenen.

Zo lang daar nog gestaan, tussen die jongens die lachen en tegen mijn schouder duwen, zoveel langer dan ik wil. Ik hoor ze tegen me praten, met dat accent, maar het dringt niet tot me door. Ik weet bovendien niet waar ik kijken moet. Een voor een verdwijnen ze ten slotte, tot ik alleen met Eduard Nowak ben. Ik kijk naar zijn gespierde armen en zijn bruine huid, naar zijn grote handen, ik zie zijn donkere geamuseerde blik. Hij pakt mijn schouder vast en trekt me naar zich toe en zegt: 'Je haat je moeder dan misschien, maar ze hoeft niet zo over haar te praten, vind je wel?'

Ik kijk naar hem op. 'Heb jij dat gedaan bij haar?'

'Tuurlijk niet. Hoe dan?'

Hij wijst in de verte. 'Loop eens mee? Ik heb daar boven iemand voor je gevonden.'

Ik schud mijn hoofd. 'Flikker op,' zeg ik.

'Wil je niet weten wie?'

Ik schud mijn hoofd.

'Wil je terug naar huis met dit van Ciel in je kop? Terug naar je moeder?'

Ik antwoord niet.

Hij lacht. 'Echt, Toob, ik heb niks gedaan. Die gasten, man, die idioten, wat denk je zelf? Oké, het was een kutstreek van ze, wil je dat van me horen?'

Nog steeds zeg ik niks terug.

Hij wijst nog eens. 'Kom, hij heeft een goeie plek gevonden.'

Ik haat mezelf, want ik loop achter die brede rug aan, maar wat kan ik anders doen, naar huis gaan? Twee vragen van mijn moeder en ik begin meteen te janken. We wandelen langs de rivier en bij de spoorbrug nemen we het steile zandpad omhoog, we moeten ons vasthouden aan droge prikkende struiken. Ik zie hem meteen zitten, David Nowak, tussen de pijlers van de roestkleurige brug. Hij zegt niks als we hem naderen, hij schuift alleen wat op. Heeft hij vanaf hier iets kunnen zien? Ik kijk of ik de parkeerplaats zie, maar ik zie hem niet.

Een hele poos zit ik met de Nowaks op die brug, op een gegeven moment gaat Eduard naar beneden, hij verdwijnt de struiken in, ik kijk naar David.

'Was je hier de hele tijd?' vraag ik.

'Hier en ergens anders.' Hij glimlacht even.

'Sorry dat ik wegliep,' zeg ik.

'Snap ik wel,' antwoordt hij.

'Heeft Eduard je iets verteld?' vraag ik.

Hij kijkt moeilijk. 'Verteld?'

'Laat maar.'

David kijkt om en zucht, hij zegt: 'Denk je dat die zijn bek opentrekt als wij alleen zijn? Dan is-ie moe. Dan ligt hij bekaf op de bank. Van alle dingen die hij doet en zegt. Ik word gek van hem.'

'Ik word gek van Harold,' zeg ik en hij lacht en tuurt naar de rivier beneden hem.

'Daaf?'

Zijn blik blijft gericht op het water.

'Praten mensen over mamma? Ik bedoel, in het dorp, zeggen ze iets? Zeggen ze dat ze...'

Hij kijkt me aan, heel lang, en dan knikt hij kort. Meer niet.

Ik kijk naar de jongens en meisjes verderop in de rivier.

'Vind *jij* haar raar?' vraag ik.

'Nee. Ik ken haar toch?'

'Ja, maar *is* ze raar?'

Hij zoekt mijn blik. 'Raarder dan de mijne?'

'Jij wil altijd naar ons,' zeg ik.

Hij antwoordt niet meteen.

'Mooi huis,' zegt hij dan.

'Dat van jullie is mooier.'

'Ja, maar er is nooit ene hond thuis.'

'Fijn toch?'

'Of *hij* is thuis.' Hij knikt naar achteren. 'Met weet ik veel wie.'

Ik denk aan Ciel Taminiau.

'Ken jij...' Ik maak de zin niet af.

'Ken ik wie?'

'Nee, niemand.'

En op dat moment komt hij weer naar boven, Eduard, hij trekt zijn shirt uit en komt weer naast ons zitten, en na een tijdje horen we die trein aan komen rijden. We staan op en lopen een eindje de brug af, onder het geluid van dat aanzwellende ritmische gedreun. Wanneer de trein over de brug komt aandenderen, en even later langs ons raast, voelen we de warmte van de middag. We lopen terug en gaan weer zitten, iets verder de brug op nu. David staat op en houdt zich vast aan het staal, hij leunt naar voren, hij roept. Eduard kijkt naar mij. Alsmaar kijkt hij naar mij.

Ik tel de boten die in de diepte onder ons door varen. Wanneer je vooroverleunt voel je het draaien in je maag. We staren naar de zon die langzaam zakt en die een glinstering achterlaat op het water. We luisteren naar de meeuwen. En een paar keer komt er een trein, dan staan we op, lopen terug, de trein rijdt voorbij en we gaan weer zitten, steeds verder de brug op.

Na een uur zien we iedereen in groepjes vertrekken. Als ik opzij kijk, naar Eduard, zie ik dat hij iets uit zijn broekzak haalt en het in zijn mond steekt. Hij kijkt me aan en grijnst, steekt zijn tong uit, ik zie het blauwe pilletje liggen. Hij slikt het door, houdt zijn wijsvinger tegen zijn lippen, laat zich zakken en doet zijn ogen dicht.

Het is David die als eerste opstaat en zegt dat hij wil gaan. Ik kijk naar Eduard, die daar naast me ligt en zich een klein beetje opricht met die blik. In de verte horen we opnieuw een trein en Eduard gaat staan, hij heeft een steen in zijn hand. Hij gooit hem in de lucht en vangt hem weer op. David heeft niks door, hij schuifelt al langs de stalen pijlers de brug af.

Ik pak Eduard bij zijn schouder, hij trekt zich los, hij zegt: 'Flikker op, sukkel!' Ik loop langs hem en als ik omkijk staat hij op de rails te staren naar die steen in zijn hand. Huilt hij? Nee, hij kijkt naar me en grijnst, hij schopt snel zijn gympen uit. De trein verschijnt in de bocht, hij raapt de gympen op en gooit ze onze kant op.

Hij slaakt een kreet en begint op blote voeten over de bielzen te rennen, de trein dendert de brug al op. David roept, de trein toetert. Ik kom bij David staan, die schreeuwt opnieuw. 'Spring, godver, *spring*!' zegt hij tussen zijn tanden, hoewel hij moet zien hoe hoog het is. Een tweede keer klinkt die toeter. En dan stopt hij met rennen en gooit de kei voor zich uit, hij springt de brug af, de diepte in, net op tijd. Een paar seconden later raast die trein langs. Wanneer hij voorbij is, kijken we naar beneden. Eduard komt in het golvende water boven, zakt weer naar beneden, en blijft dan drijven. We horen hem joelen.

David en ik rennen en schuiven de steile helling af, David valt zowat. En als we beneden zijn en Eduard lachend het water uit klimt, en dat schip voorbij komt varen met die vent op het dek die schreeuwt, als Eduard over de keien is geklauterd en in het gras tegenover hem staat begint zijn broertje hem te stompen. Eduard pakt zijn vuisten vast en duwt hem van zich af.

David die is gaan zitten en nu huilt. Eduard die over hem heen gebogen staat en hem toebijt: 'Wat *jank* je nou? Wie is er hier om je te troosten? Nou? Zeg het dan! Pappa? Mamma? Mooi niet. Dacht je nou echt dat ik niet zou springen, dat ik het niet zou halen? Wie moet je dan straks helpen op school? Wie moet er voor je zorgen, stakker, denk je dat je het ook maar één dag volhoudt zonder mij? Hou op met janken, er is niemand die je hier helpt. Wil je dat Tobi je helpt? Jongen, je had hem moeten zien daar in die kamer, ik was ook verbaasd, Harold nog meer. Wat kan alles je schelen? Je kunt alles maken, wanneer dringt het tot je door? Pappa barst van het geld, je kunt doen wat je wilt, niemand die er iets van zegt. En jij zit daar maar, daar boven, de hele dag... Waarom heb ik zo'n sukkel van een broer? Er is niemand die je tegenhoudt. Niemand!'

En nu kijkt hij naar mij. 'Alles kan je doen, heb ik gelijk of niet? Je kunt Ciel Taminiau op de fiets nemen, want je hebt tegen haar gezegd dat je verliefd op haar bent, shit man, wat is die vrolijk. Je fietst wat met haar rond, je koopt iets voor haar, gewoon iets wat zo'n trut leuk vindt, iets duurs. Je tongt met haar, je zegt nog een paar keer dat je van haar houdt, dat je daarom die dingen deed, dat je een domme jongen bent, dat het je spijt, ze trapt erin. En je neemt haar weer achterop en je fietst naar die heuvel, je gaat die lange steile heuvel af en schreeuwt het uit dat je verliefd bent. Je fietst zo hard als je kan. En als ze naar achteren leunt, terwijl ze je nog stevig vasthoudt om je middel, als ze kirt en lacht en ze de wind in de haren voelt, trek je opeens haar handen weg. Gewoon, om te kijken wat er gebeurt. Snap je, Toob? En denk je dat het mijn idee was? Raad 's? Wie had het bedacht? Ah, je begrijpt het al.'

Hij geeft zijn broertje een mep, hij richt zijn woorden weer tot hem. 'Denk je dat Ciel Taminiau ooit iets loslaat, terwijl we die honderd dingen van haar weten? Wees maar niet bang.' Hij trekt hem op aan zijn arm, zegt met een stemmetje: 'Hé, verrek, waar zijn mamma en pappa nou om je te troosten? Nou? Ze moeten je niet, Daaf. Ze *moeten* je niet... Ze praten niet tegen je, ze kijken je niet aan, pappa en mamma vinden je stinken. En mij ook. Ze moeten ons niet. Hoor je dat, stinkdier? Hoor je dat, fucking *skunk*! Je hebt alleen mij!'

Hij laat hem los en gaat vervolgens zitten. Een voor een trekt hij de splinters van de bielzen uit zijn voeten. En we luisteren naar het sissende geluid dat bij het gepeuter tussen zijn tanden klinkt.

Ik kom zowat een hele week niet van mijn kamer. Op een gegeven moment stapt Pam naar binnen. 'Wat is er toch met jou?' vraagt ze. 'Moeten we ons zorgen gaan maken?'

Zorgen? denk ik. Over wie precies?

Haar blik gaat de kamer rond, ze ziet hoe ik heb opgeruimd. Ze kijkt naar het lege bureau, naar mijn schooltas die al klaarstaat met mijn boeken erin. Ze moet erom lachen, ze zegt: 'Nou, die is er helemaal klaar voor. Keurig op tijd. Je hebt nog wel even, toch?' Ze gaat op mijn bed zitten, we kijken naar elkaar via de spiegel naast de deur. Ze is knap, mijn zus, ze is knap en slim en ze had op school vast heel veel vrienden, en nou gaat ze het huis uit, over een paar dagen al.

Ze zegt dat mamma vindt dat ik groot ben, maar zij vindt van niet. Ze zegt dat ze schrikt hoe klein je bent wanneer je naar de eerste klas gaat. 'Was ik dat ook? Niet te geloven.'

Ik kijk opzij naar haar. Is ze blij dat ze weg mag uit dit dorp? Is ze opgelucht?

Ze slaat een arm om mijn schouder en trekt me naar zich toe zonder me aan te kijken, ze zegt: 'Straks in de pauzes niet bij Harold gaan staan, oké? Je moet het zelf doen. Dat kun je best.'

Ze staat op en vraagt of ik het gehoord heb, van Eduard Nowak. Ik draai mijn hoofd meteen weg.

'Wat dan?' vraag ik.

'Hij wordt naar een internaat gestuurd. De freak. Dat hebben die ouders snel geregeld. Ze zijn nog maar een paar dagen terug.'

'Waarom hebben ze dat gedaan?' vraag ik.

'Weet ik veel. Beter voor hem, beter voor anderen. Wel zielig voor David, vind je niet?'

'Ik denk het,' zeg ik.

'Daaf is een lieverd,' zegt ze en ze kijkt uit het raam. 'Zorg je goed voor hem?' Ze staat op en wijst naar mijn volle tas. 'Niet je boeken voor de hele week meenemen, eikel. Je sjouwt je een breuk zo.' En weg is ze.

En die eerste dag dat ik naar school moet ben ik krankzinnig vroeg wakker. Ik lig in bed te wachten tot mijn moeder en Harold opstaan. Eindelijk hoor ik mijn broer die gaat douchen, ik stap uit bed en ga naar de kamer van mijn moeder. Ze ligt daar met haar ogen gericht op het plafond. Ze schuift van me weg als ik bij haar kom liggen. Heeft ze iets gehoord?

'Mam, wat *is* er nou?'

'Er is niks. Slecht geweten?' vraagt ze terug.

Ik weet niet waarom, maar ik zeg meteen dat het me spijt.

'Wat spijt je precies?'

Ik zeg: 'Ik weet niet. Dat ik... Dat ik...'

'Niet zomaar iets verzinnen,' kapt ze me af.

Ze draait haar gezicht naar me toe. Ze kijkt zo droevig dat ik ervan schrik. Ze vraagt: 'Wie was dat meisje? Dat meisje dat je meenam de tuin in?'

'Gewoon,' zeg ik.

'Gewoon wie? Hoe heet ze?'

'We kwamen haar tegen. Eduard, Harold en ik. Weet ik het, ik kende haar niet.'

Ze wrijft met een hand over haar gezicht en zucht.

'Waarom liet je David gewoon achter in de zitkamer? Je ging er opeens vandoor. Wat is dat voor een rotstreek?'

Snapt ze dat niet? Is ze echt vergeten wat ze tegen me zei? Want zo kijkt ze nu.

'Nou, vertel op?'

'Ik wou...'

'Je wou wat?'

Ik zeg niks meer.

'Je wou Harold achterna. Je *gaat* Harold achterna.' Ik zie dat er tranen in haar ogen komen. 'Ik word bang van je. Ik schrik niet meer, ik word bang, hoor je dat? Vind je dat leuk? Heb je nu je zin?' Ze pakt me vast, trekt me naar zich toe en snuift in mijn nek. 'En je ruikt ook anders. Weg jij, weg! Gadver, weg!'

We horen Harold op de gang lopen. En ze draait zich om en mompelt: 'Met je broer mee, jij. Dat wil je toch?'

Harold gaat de deur uit, ik moet van hem vijf minuten wachten. En wanneer ik uiteindelijk het schoolplein op loop groet mijn broer me niet, hij knikt alleen en praat meteen door met zijn vrienden. Ik loop verder, zoals mijn zus het heeft gezegd. In de hal blijf ik wachten. De bel gaat en ik loop met die stomme tas door de gang. In het halfdonker, in een tussenhal, zie ik David Nowak staan, met die groep meisjes om zich heen. Ze laten hem niet door, ze lachen, hij doet niks terug, zijn donkere haar is nog nat van het douchen. De meisjes zijn niet veel ouder, volgens mij. Zijn dat de ergste, zij die maar één klas hoger zitten?

'Klein schatje,' zegt er een. Ze pulkt aan hem.

'Alleen niet zo knap als zijn broer,' zegt een ander. 'Waar is hij eigenlijk?' Ze lachen.

'Wil je erdoor?' vraagt nog een ander.

Hij zegt zacht ja.

Ze gaan opzij, maar als hij door wil lopen, houden ze hem toch weer tegen. 'Eerst zeggen hoe je heet.'

Dan stap ik naar voren en zeg: 'Hij heet Skunk.' En ik loop langs hen de aangrenzende gang in. 'Want hij stinkt,' zeg ik er nog achteraan.

Nee, beter deze dingen niet te vertellen aan mijn vader, ook niet als hij vanuit de keuken die kleine tuin van hem in stapt, en hij voor me staat met die vragende blik. Ik vertel hem ook niet hoezeer het me verbaast dat David al na een paar dagen door de halve school Skunkie wordt genoemd. Dat ik toekijk hoe ze aan hem snuffelen en hem de fietsenstalling in trekken, om weet ik wat met hem te doen. Hoe ik me schaam als ik hem tegenkom in de gangen en hem alleen maar vluchtig toeknik en hij me aankijkt met die blik van waarom praat je niet? Hoe hij ten slotte altijd in zijn eentje in de kantine zit te lezen. Hoe makkelijk ik nieuwe vrienden maak, omdat ik mijn broer nog heb.

Al die dingen vertel ik mijn vader niet. En even later zitten we met zijn vieren te eten en Harold vraagt Pam hoe lang ze hier nog blijft, waarom ze hier nog blijft, waarom ze niet weggaat naar die studentenstad van haar. Ze buigt zich naar hem toe en antwoordt: 'Maar dan moet ik jouw irritante kop missen...' Mijn vader tikt met zijn mes op zijn bord en het is weer stil.

Harold ziet die brief van school, hij pakt hem en wuift ermee. 'Voor wie?' vraagt hij. Mijn vader zegt: 'Dooreten, jij.'

Nee, ik wil niet voelen hoe mamma als rook om ons heen hangt. Hoe we de stilte aan het wegkauwen zijn. Ik schuif mijn stoel naar achteren en sta langzaam op, de anderen houden hun mes en vork stil, dat is alles. Ik loop de keuken uit, de gang door, ik hoor ze nog dingen tegen elkaar zeggen, dan trek ik de voordeur achter me dicht.

Dat hele eind ben ik naar het huis van de Nowaks gelopen, het begint al snel te schemeren. En na een tijdje sta ik voor die weide, bij die paarden, ik denk aan Ciel Taminiau. Aan haar moeder. Die paarden komen op me afgelopen, ze snuiven, ze ruiken aan mijn handen, ik voel hun warme adem, daarna stappen ze van me weg. Een van de paarden kijkt naar me om en briest en slaat met zijn staart.

Ik kijk naar boven en zie het huis liggen op de heuvel, er brandt nergens licht. Ze zullen weg zijn, met vakantie, David alleen met zijn ouders. Ik loop verder naar boven en klim over het hek. In het halfdonker loop ik over het immense gazon het terras op.

Terwijl ik de zitkamer in kijk vraag ik me af wat ik zou zeggen als David hier nu stond. Zou ik hem zeggen dat ik kwaad op hem was, alleen maar omdat mamma kwaad was op mij? Dat mamma van hem hield? Misschien wel meer dan van mij?

En wanneer ik me omdraai, zie ik die kat midden op het grasveld, hij miauwt en komt op me af. Ik ga zitten en aai die kat, terwijl ik af en toe omkijk naar dat huis, naar het raam van Davids kamer. Ik stel me voor hoe hij het hele schooljaar daar zijn huiswerk heeft zitten maken, allemaal negens en tienen had hij, wat kon hij anders doen dan leren?

Ik hoor de bomen ruisen en ik zit daar met een knoop in mijn maag, over een kwartier zal het helemaal donker zijn. Op een gegeven moment bijt de kat me, ik jaag hem weg, doe *ksssjt*! Hij rent weg over het gras, verdwijnt de struiken in. Ik denk aan Nickie, die ik morgen weer zie. Ik lach.

Opeens die kreet die opstijgt uit de bomen. Ik kijk over mijn schouder, was het een man, een jongen, een vrouw? Ik tuur naar de donkere bewegende kruinen. Ik sta op en loop voorzichtig het pad op naar de tennisbaan. Halverwege sta ik stil. Een donkere gedaante aan het hoge hek. Hij kijkt naar me en ik kijk terug, maar ik kan zijn gezicht niet zien. Een paar keer rammelt hij aan het hek en opnieuw slaakt hij die vreemde kreet. Dan stapt hij naar achteren en verdwijnt uit het zicht.

Ik sta daar maar, ik durf me niet te bewegen. Heel langzaam wankel ik naar beneden, zonder mijn blik van de tennisbaan af te houden. En als ik beneden sta en omhoogkijk en durf te roepen, vliegt er iets door de donkere lucht, het vliegt over het hek, het stuitert op het pad, en nog eens, en nog eens, steeds minder hoog, en de tennisbal rolt ten slotte naar beneden en blijft vlak voor mijn voeten liggen.

Vijf

Als ik een dag in die zomer over mocht doen, één dag maar. En dat ik dan iets doe, iets zeg, iets vraag, *iets*, zodat ze niet doodgaat, die prachtige Nickie. Zodat ze blijft leven en gewoon haar volgend schooljaar afmaakt en ook dat daarna en dat ze uiteindelijk weg mag uit ons godvergeten dorp. Kies ik dan de tweede middag met Nickie in de tuin? Had ik toen meteen moeten zeggen: weg-weg-weg, jij! *Ksssjt!* Flikker op uit mijn leven, echt, dat is beter voor ons allebei!

Ik herinner me nog hoe ze over het gras op me af komt lopen, met die moedige kop van haar. En terwijl ik daar zit in mijn blote bast springt mijn hart even op, maar ik ben ook kwaad omdat ze drie dagen op zich heeft laten wachten. Ze komt voor me staan en schopt tegen mijn schoen. Ik kijk niet op, ze zegt: 'Oké, dan niet.'

Er is een lange stilte tussen ons. Het waait, er dwarrelen bladeren het zwembad in. Ik merk dat de wind al warmer wordt. En als ik naar haar opkijk om te zeggen dat ik daarop heb gewacht, schrik ik, want nu knijpt ze haar ogen dicht, er komen tranen uit. Ik vraag haar zachtjes waar ze is geweest, of ze nog oppast op dat kind hiernaast, ik zeg dat ik het in de afgelopen dagen niet één keer heb gehoord. 'Zijn ze soms vertrokken?' vraag ik. 'Is diegene die op sterven lag nu dood? Waar was je toch?' Maar ze antwoordt niet, ze zucht alleen en bijt op haar lip. 'Wil je liever weg?' vraag ik, ze glimlacht door haar tranen heen.

Ze schudt haar hoofd en zegt: 'Waarheen dan, Toob?'

Een tijd lang dwaalt haar blik over het gras, opeens veegt ze haar tranen weg en steekt haar kin omhoog. Ze zegt dat het doodzonde is dat het is gemaaid, ik knik. 'M'n broer,' zeg ik. 'Of nee, mijn vader.'

Ze stapt op het zwembad af en loopt als een koorddanser over de rand. Ze kijkt in het water, ze staart er lang in, en op een gegeven moment ziet ze iets. Ze trekt haar kleren uit, duikt in haar ondergoed het water in, komt boven en legt iets op de rand – het is een pad. Ze tikt ertegen, het diertje kruipt vooruit.

Ik kom bij haar zitten, ik bekijk het natte haar dat strak naar achteren zit, ze heeft zo'n verschrikkelijk mooi gevormde kop. Ik bekijk haar mond, die maar niet wil lachen. En ze schuift de pad terug het water in en legt haar armen op de rand, ze zucht opnieuw. Ik strek mijn hand uit en tik met mijn vinger tegen haar voorhoofd. Alsjeblieft, word eens vrolijk, je bent nu hier, de buren links en rechts zijn weg, er is helemaal niemand die ons ziet. Ze kijkt me alleen maar even droevig aan. Ik tik nog eens, op haar neus, op haar mond, ze geeft mijn vinger wel een korte kus. Ze sluit haar ogen. Jezus, waar komt deze Nickie op dat moment vandaan?

Ik wil haar zeggen dat haar huid bruin is, bruin zoals bij mijn moeder, zoals ik het mooi vind, maar ik schiet in die hoest. En Nickie laat met een verbaasd gezicht de rand los en zwemt van me vandaan, ze zegt dat ik bleek zie, bleker dan een paar dagen terug. Ze vraagt watertrappelend: ‘Ben je ziek?’

Ik schud mijn hoofd en hoest opnieuw, ik zit voorovergebogen te hoesten als een mijnwerker, ze lacht me uit. Ik sta op en zeg dat ik bijna niet eet, dat dat het waarschijnlijk is, en nu komt ze weer teruggezwommen, ze zegt: ‘Ben je in hongerstaking?’

Ze klimt uit het water, ze zegt dat ik moet uitkijken dat ik straks helemaal geen billen meer heb.

‘O, maar ze zijn er nog,’ zeg ik. ‘Voel maar.’

Ze voelt in mijn onderbroek en zegt: ‘Ja, verrek.’ Ze draait me om en zegt dat ze anders wel mijn ribben kan tellen en ze doet het ook, ik wist niet eens dat ik er zoveel had. Ze pakt mijn hand en trekt me mee het water in en we zwemmen rond en houden elkaar soms even vast. Ik voel haar lichaam, en één keer slaat ze haar benen om me heen, ik ben bang dat ik een stijve krijg en ze merkt het een beetje volgens mij. Ik spat water in haar gezicht en zeg dat zij mij redt en ik haar. Ze schudt haar hoofd. ‘Redden? Mij?’ Ze trekt me opnieuw naar zich toe en fluistert: ‘Tobi, man. Nee joh. Ik ben reddeloos verloren.’

‘Waarom?’ vraag ik, en nu duwt ze me van zich af. Ze drijft rond met haar kin in het water en kijkt me aan.

Even later liggen we in de zon op de tegels met al die opgedroogde slakkensporen. Ik kijk naar Nickies nagels, ik zeg dat ze precies goed zijn, niet te lang, niet te kort, precies zoals een man ze wil. Ze richt zich op en zegt: ‘Doe niet zo suf je best.’ Ik kruip naar haar toe, ik snap ook niet van mezelf dat ik het durf, ik buig me over haar heen. Ze kijkt kwaad terug, maar glimlacht daarna toch ook. Ik fluister het nog eens: ‘Jij redt mij en ik red jou.’

Ze is stil. En op het moment dat ik haar wil zoenen zegt ze die naam, alleen maar die naam, ze zegt: 'Ciel Taminiau.'

Ik richt me op.

'Precies een jaar geleden nu, hè?' zegt ze.

Ik zeg niks terug.

'Tssss. Fucker. En? Voelde je je een echte man?'

Ik schud mijn hoofd. 'Juist niet.'

'Gelukkig maar,' zegt ze.

'Ik heb niks... Ik bedoel, Harold en Eduard...'

Ze slaat tegen mijn hand. 'Erger, eikel,' zegt ze. 'Je maakt het erger.' Ze duwt me omver en nu is zij het die zich over mij heen buigt, onze neuzen heel dicht bij elkaar. Ze zegt: 'Juist niks vertellen. Beter. Zoveel beter, snap je dat?'

Ze rolt langs me op de grond, ze ligt lang met haar rug naar me toe. Ik wil hem aanraken, die rug, en ik doe het ook, ze pakt mijn hand en knijpt erin.

'Waar was je de afgelopen dagen, Nickie?' vraag ik.

Meteen krabbelt ze overeind, alsof ze door iets gestoken is. 'Hoe leg je dat uit aan een baby?' bijt ze me toe.

Ik kijk terug in dat kwaaie gezicht en vraag me af wat er met haar is.

En ik ga het water maar weer in, ik kijk watertrappelend of die pad nog ergens op de bodem te vinden is. Nickie zit met die opgetrokken knieën op de tegels en ik wil dat ze weggaat, maar ik wil het ook niet. Dan staat ze op, gaat aan de rand staan en vraagt: 'Kom 's hier?'

Ik zwem naar haar toe en ze helpt me op de rand, ze zegt: 'Niet alles willen weten, oké? Kan je dat, denk je? Alles is waardeloos. Gewoon *alles*. Bij jou thuis. Bij mij. Bij iedereen. Niet bij stilstaan, je kunt het toch nooit vatten. Je bent ziek en soms word je beter. Soms, maar niet altijd. Niemand weet waarom het gebeurt ja of nee.'

Ze drukt haar hand tegen mijn borst, ze streelt hem, maar opeens kijkt ze me honend aan en zegt: 'Wat denk je nou? Dat ik als een blok voor je val? Waar haal je dat idee vandaan?'

Ze geeft me een duwtje en ik val weer in het water terug.

Ja, zij ligt daar en ik lig hier, ik kijk naar de lijn waar de schaduw ophoudt en de zon begint, ik vraag me af of je dat punt ooit exact kunt aanwijzen. En dan verschijnt die kat weer, ze loopt naar Nickie en niet naar mij, het is net of dat iets betekent. Ze speelt met het beest en opeens roept ze me, ik sta op om te komen kijken.

'Zie je dat?' zegt ze. 'Ze is zwanger.' Ze heeft gelijk, haar buik is dik en haar kopje lijkt vreemd klein. Nickie woelt in de vacht en laat me de tepels zien. De kat miauwt en knijpt haar ogen dicht.

Ze staart naar het bos, ze mompelt: 'Heb je het gehoord? Er is er weer eentje gemept.' Ik knik en denk aan Eduard Nowak en mijn broer. Aan Ciel Taminiau.

Ik zeg: 'Eduard heeft Ciel van zijn fiets geduwd.'

'Ik weet het. En nou is-ie foetsie. Een hele vent, hoor.' Ze grinnikt en kijkt op. 'Was je erbij?'

Ik schud mijn hoofd. 'Ik had iets moeten doen,' zeg ik.

Ze zucht. 'Niet doen, Toob. Zo saai. Zo ontzettend saai.'

Dan die stemmen die klinken bij het huis. Ik richt me op en kijk voorzichtig langs de struiken. Het zijn twee mannen, een vrouw en een kind, ik herken mijn vaders makelaar. Ze staan bij de keukendeur en kijken naar de gevel op.

Als ik mijn blik op Nickie richt is het net alsof ze die stemmen helemaal niet heeft gehoord. Ze staart voor zich uit, schudt haar hoofd en zegt: 'Ja, het is zo fucked... Zo afschuwelijk fucked. Hoe ik ben. Wat ik doe. Je zou me haten als ik eerlijk tegen je was. Je zou me nooit meer willen zien.' Ze steekt haar handen naar me uit en zegt: 'Het zit in me. Hier. Ik voel het in mijn vingertoppen.' Ze wrijft ze tegen elkaar. 'Het gaat er nooit meer uit. Hoe hard ik ook boen.'

Ik trek haar naar me toe en zeg dat ik zulke dingen gewend ben, dat ik niet bang ben, voor niemand, maar vooral niet voor haar. Misschien alleen voor de anderen, een beetje. 'Voor wat ze vinden, van ons,' zeg ik. Nu moet ze lachen, ze zegt: 'Haal je maar niks in je hoofd, grote idioot.'

Ik trek haar op en duw haar zachtjes richting de struiken, ik laat haar naar die mensen kijken, ik vraag of ze er nog staan. Ze zegt: 'Ja.'

Een tijdje wachten we, tegen een struik aan gedrukt, ik kijk naar de grond en merk dat we staan waar ik met mijn vader Panter heb begraven. Ik pak Nickie bij haar arm en zeg: 'Kom mee, wil je lachen? Als je kalm blijft gaan ze ons nevernooit zien.'

In ons ondergoed sluipen we over dat zonovergoten grasveld, die mensen staan al in de keuken, de makelaar leunt met zijn rug tegen het raam. We horen ze praten. En als ik ze de hal in zie lopen, trek ik Nickie mee naar binnen.

De keuken ruikt naar stilstaand water, maar erdoorheen ruik ik de geur die er altijd heeft gehangen. Nickie lacht ingehouden en gaat op het aanrecht zitten, ze doet de kraan open en dicht. 'Hé, pleaser,' zegt ze zachtjes en ik vraag haar meteen hoe ze van die bijnaam weet. Ze laat zich van het aanrecht glijden, haalt haar schouders op en zegt: 'Je bent het toch gewoon?'

Ze wenkt, ze wenkt me de hal in, het marmer voelt koud aan mijn voeten. En we lopen langs de openstaande deur, de bezoekers praten in de serre, ze hebben de deuren naar de tuin opengezet. Je voelt de tocht door het huis heen gaan.

Ze draait zich in die hal naar me om, haar ogen staan vrolijk en nu geloof ik dat de oude Nickie weer terug is. Ze is zo verrekte knap met dat stoere natte haar en die mond met de kaarsrechte tanden. Ik zeg het haar zachtjes, ze kijkt me dankbaar aan, ze is goed in het ontvangen van een compliment. Ik zeg haar ook dat Ciel Taminiau niet knap is, dat ik haar verlepte moeder in haar zie, dat die al uit haar tevoorschijn komt, en Nickie lacht en zegt: 'Nee, daar hoef je bij mij niet bang voor te zijn.' Ik zeg dat ik me bij die halve zoen van Ciel een klootzak voelde, ik kon er niks aan doen. 'Het kwam door... door...' Ze drukt haar wijsvinger op mijn mond.

'Door het groepje,' fluistert ze. 'Weet ik toch? Wat anders?'

En op dat moment naderen de voetstappen, de bezoekers staan stil in de eetkamer, Nickie loopt snel naar de volgende deur, opent hem voorzichtig en we gaan de zitkamer in. Ik zeg dat ze hier behoorlijk de weg weet, ze grinnikt en drukt haar handen tegen de gesloten paneeldeuren. Ze legt haar oor te luisteren. 'Hou je bek 's?' fluistert ze. 'Ik wil horen wat ze zeggen.' En terwijl ze luistert kijk ik naar die kont en die vlekkeloze huid en die sliert nat haar in haar nek.

Na een tijdje draait ze zich weer om en trekt een vies gezicht, ze fluistert: 'Getver. Normale dingen. Al die fucking mensen hier in dit dorp. Wat willen ze nou?' Ze legt haar handen op haar rug en kijkt me uitdagend aan. Jezus, denk ik, ze zouden die paneeldeuren aan de andere kant open moeten trekken, ze zouden niet weten wat ze zagen.

'Daar lag jij,' fluistert ze opeens.

Ik kijk om naar waar ze naar wijst. Naar de hoek waar de bank stond. Waarop mijn moeder heel vaak zat.

'Je lag daar. Je was ziek. Je moeder was heel bezorgd. Ze ging alsmaar kijken en je vader werd er gek van.'

'Waar heb je het over?' vraag ik. 'Wanneer?'

En jezus, hoe ze nu kijkt, ze trekt me naar zich toe met die blik, ik stap op haar af en plaats mijn beide handen tegen de paneeldeuren, zodat ze niet weg kan.

'Zeg het dan, Nickie, wanneer?'

Ze schudt plagerig haar hoofd en ik voel en ruik haar adem, zo dicht staan we bij elkaar. Ik laat mijn handen zakken en ze pakt mijn hoofd vast. Ze woelt door mijn haren en ik weet niet wat het is, het is alsof ze me daar staat te troosten, alsof ze mijn moeder is, terwijl ze me troost *vanwege* mijn moeder, en nou duwt ze mijn kin omhoog, ze zucht, we luisteren naar die stemmen. Ik weet dat ik haar nu kan zoenen, dat ze het ook van me verwacht, hoewel ik drie jaar jonger ben, en ik buig mijn gezicht al naar het hare, maar op dat moment trekt er iemand van de andere kant aan die deuren. Ze gaan niet meteen open, ze klemmen, ze hebben altijd geklemd, en ik neem Nickie mee. En als ze toch piepend opengaan, stappen wij net weer de hal in, en daarna door de andere deur naar de kamer waar die mensen zo-even stonden. Echt, hoe kalmer je alles doet, hoe kleiner de kans is dat je wordt gezien.

We verstoppen ons achter de open kast naast de deur, we luisteren naar de dingen die deze mensen zeggen, naar het domme praatje van de makelaar. Ik heb de drang om tevoorschijn te komen en te zeggen dat dit mijn huis is, dat ik hier geboren ben. Dat dit hier stond en dat daar. Dat onze spullen hier horen, onze spullen, niet die van hen. Dat mijn moeder dood is, en of ze nu alsjeblieft willen gaan. En Nickie merkt het, ze houdt me tegen door me te omhelzen, ze zucht, het is heel prettig. Ik fluister in haar oor dat mamma een keer gek geworden was, toen ik met haar alleen was, en dat ik die dagen vreemd genoeg mis. 'Ik mis het gewoon. Ik was hartstikke bang en toch wil ik het terug.' Ze pakt me steviger vast, ik merk zonder haar gezicht te kunnen zien dat ze triest wordt van mijn woorden. 'Net als dit,' fluister ik. 'Het is droevig en fijn tegelijk.' Ik voel dat ze knikt, ze haalt haar neus zacht op. 'Heel fijn. *Zo* fijn,' fluistert ze terug.

Die mensen stappen de hal in, en lopen door naar de werkkamer van mijn vader. Nickie laat haar armen zakken en we kijken naar elkaar. Haar ogen die je niet loslaten. Die felle bruine ogen. De sliert haar tegen haar wang geplakt. Haar adem die sneller lijkt te gaan en die van mij ook, ik kus haar neus, haar mond, we zoenen, hij is zoveel beter dan die van Ciel Taminiau, die eerste echte zoen van mij. Ik proef haar lippen en voel haar tong tegen de mijne, maar ze is gelukkig voorzichtig met haar tong.

Alleen, de zoen duurt kort, want opeens duwt ze me van zich af. Ze kijkt opzij en gaapt. 'Niet mijn type,' fluistert ze, en haar blik is zo anders. Ze is een tweeling, denk ik, of een drieling of een vierling, met zijn hoevelen zijn ze wel niet in dat hoofd? Ze stapt de zitkamer in, ze kijkt me minachtend aan.

Maar meteen wenkt ze me weer, ik stap op haar af, ze zegt:

‘Zie je dat je een pleaser bent?’ En ik geloof dat ik op dat moment ook doorheb hoe alles weer van voren af aan begint, hoe Nickie me bij zich wil en ook niet, precies zoals bij mijn moeder.

Ik volg haar de hal in. We lopen langs de oude werkkamer van mijn vader, we zien die mensen kijken naar de hoge roodmarmeren schouw. Ik houd mijn pas in en op dat moment draait het jongetje zich om en snel sluip ik Nickie achterna de trap op. We horen hem vragen: ‘Wie is dat, mamma?’

‘We zijn in gesprek, lieverd,’ is het antwoord.

Ja, we wachten. We wachten op de overloop. Ze steekt haar handen naar me uit en doet me na: ‘Niet te lang of te kort, precies zoals een man het wil. Tssss. Nerd.’

‘Je bent mijn type niet,’ zeg ik met een hoge stem en ze grijnst.

Ze duwt. Ze duwt me die kamer in, het is mijn oude kamer, die mensen komen er alweer aan. We verbergen ons achter de deur en een paar tellen later horen we dat jongetje over de drempel stappen, we horen hem stampen, hij roept ‘Boe!’, maar zijn moeder trekt hem weg. Ze lopen door en hun stemmen verstommen.

De zon door het kale vuil geworden raam. Nickie die voor me gaat staan en zowat een geest lijkt in dat vreemde licht. Ik sluit mijn ogen en denk: ik had hier alleen moeten zijn, want Nickie leidt me zo af. Ik had in mijn eentje moeten denken en dromen en doen alsof alles was zoals het was. Denken aan mooie dingen, die waren er toch ook?

Harold, die me in de hal laat schrikken door opeens uit de

garderobekast te springen, ik hoor nog zijn vette lach. Pam, die mij mijn naam leert schrijven, ze is trotser dan ik wanneer het me lukt, we hangen het papiertje samen aan de muur en iedereen moet komen kijken. Mamma, die jarig is en die we die plaat geven, we zetten hem op en we maken een dansje voor haar door de donkere zitkamer, mijn zus, mijn broer en ik, alle drie in dezelfde pyjama, die mijn moeder voor ons kocht. Mijn vader die op een avond langskomt als mijn broer uit een boom is gevallen en zijn arm heeft gebroken, ik neem mijn vader mee naar Harolds kamer en in de schemering krijgt Harold een zoen en mijn vader schrijft iets op het gips en ze praten en ze vergeten mij. Pam die een keer aan tafel moppert dat ze de oudste niet wil zijn. 'En ik niet de middelste,' zegt mijn broer. 'En ik niet de jongste,' zeg ik. 'Alles dan maar ruilen?' zegt mijn moeder, maar na een halfuur zijn we er nog niet uit.

En ik doe mijn ogen open en zeg Nickie dat ze nu moet kiezen, weggaan of blijven, dat ze van mij helemaal niks hoeft. 'Moet ik weggaan?' vraagt ze. 'Wil je dat? Wat wil je?' Ze begint te lachen en schudt meewarig haar hoofd. Ze heeft gelijk, ze hoeft maar een stap naar voren te doen met die bruine slanke benen en ik wil het al niet meer.

Ze geeft me de vinger en zegt dat het bovendien niet uitmaakt, omdat die mensen hier straks in deze kamer zullen staan en dat we dan allebei weg moeten zijn. Ik knik, want ze heeft gelijk. Maar het gebeurt niet, we staan van een afstand naar elkaar te kijken, we staan erop te wachten, maar ze komen niet.

Op een gegeven moment stap ik de overloop op, ze staan op het balkon, bij de kamer van mamma, ik zie ze praten. Ik zie ook dat we die hoge rieten stoel vergeten zijn te verhuizen. Dat kind hangt aan de benen van zijn moeder, en die mensen, ik weet niet, hun gezichten staan bedrukt. Praten ze soms over mamma, over wat hier is gebeurd? En nu stap ik gewoon die kamer binnen, zonder dat ik bang ben dat ze me zullen zien, het zal wel, het is goed zo. Ze praten en ik zou ze willen zeggen dat het klopt, dat mijn moeder gek was en dat niemand van ons haar hielp. Dat dit een rothuis is. Dat mijn vader dat altijd heeft gevonden en dat we naar hem hadden moeten luisteren. Dat ze blijft hangen, die moeder van mij, overal, in dit huis, in de tuin, in dat bos. Dat ze moeten afzien van de koop.

Maar dan voel ik die koude handen op mijn schouder, en Nickie duwt me de aangrenzende badkamer in, nog net op tijd. We kijken naar elkaar in de spiegel, terwijl even later de mensen door de slaapkamer lopen, terug de overloop op. Ik zeg dat ik wil weten, zonder te weten wat ik precies wil weten. 'Iets,' zeg ik. 'Iets wat er is. Daar...' Ik wijs in de richting van de tuin. 'Iets wat er altijd is geweest.' Ik zeg dat ik het de anderen nu nog minder durf te vragen, omdat mamma er niet meer is. Ik zeg dat ze tussen ons in staat, mijn moeder, tussen mij en Harold en Pam en mijn vader. 'Ik moet het weten. Het *moet*. Godver, Nickie.'

Ze schudt langzaam haar hoofd.

'Nickie?'

Ze staart me nog steeds aan in de spiegel.

Ik aarzel even. 'Weet *jij* het soms?' vraag ik.

En ze trekt me direct naar zich toe, ze pakt me bij mijn kin en we zoenen heel lang.

We liggen vanaf het balkon te kijken hoe die mensen bij het zwembad staan. Zien ze onze kleren niet liggen in het gras? Ze staan een tijdje bij het hek en kijken het bos in, de makelaar praat met drukke gebaren.

En als ze weg zijn liggen we daar een hele tijd en je voelt de warme wind over je rug en ik staar met mijn kin op mijn vuisten naar het bos. Ik denk aan mamma die daarin verdween terwijl wij nog lagen te slapen. Nickie ziet het, en ze vraagt: 'Liep ze zo? Ging je moeder daarheen? Die allerlaatste keer?' Ze durft het gewoon te vragen. Ik knik en mompel: 'Ja, ik denk het. Ik weet het niet precies.'

En nu lig ik daar te janken, en ze laat me even, ze schrikt er ook niet van.

'Ben je kwaad?' vraagt ze.

Ik zeg het opnieuw: 'Ik weet het niet precies.'

Ze raakt me aan. 'Wat weet je dan wel?'

Ik slik. Ik krijg niet meteen iets mijn strot uit.

Maar als Nickie dichter tegen me aan kruipt en me een zoen geeft wel, ik zeg: 'Dat ik me afvraag of je op zo'n moment nog iets denkt. Want ik hoop het, Nickie, ik hoop het zo erg. Ik hoop dat ze even aan ons heeft gedacht. Dat ze onze namen heeft uitgesproken, zoiets. Mijn naam als laatste. Mijn volle naam, zoals alleen zij hem uitsprak.'

'Mooie naam,' zegt ze.

'En ik wil dat ze iets heeft gevoeld, iets gewoons, de wind zoals die nu waait. Maar het regende.'

'Regen is ook gewoon.'

Ik kijk haar aan. Ze is knap wanneer ze bezorgd kijkt, net als mamma. Ik kan bijna niet geloven dat we dit gesprek nu hebben. Ik zeg: 'Ik wil ook dat ze twijfelt, Nick. Twijfelt. Dat ze een vinger in haar keel wil steken. Dat ze het ook doet, maar dat het te laat is. Dat het alleen maar een ongeluk is.'

'Dat is het ook,' zegt ze.

'Nee, dat is het niet. Wij lagen te slapen, en zij liep het bos in. Ze verdwaalde er altijd in, in dat bos, ze haatte het.'

'Ik ook,' zegt ze.

'Ik niet,' zeg ik. 'Je kunt een bos niet haten. Dat slaat nergens op. Maar ze haatte het, ze keek er altijd naar. En dan deed ze zo.'

Ik richt me op en houd een moment mijn handen voor mijn ogen. Laat ze zakken en kijk naar voren. Ik zeg: 'Alsof ze bang was dat er dan opeens iemand stond.'

'Maar dat was niet zo,' zegt ze.

'Nee, wie moest er ook staan dan?'

Ze legt haar hoofd op haar arm en sluit haar ogen. En na een tijdje heb ik ook echt het idee dat ze slaapt, ik luister naar haar adem. Ik kijk naar haar voeten, die een beetje vies geworden zijn. Ik sta op en ga een eindje van haar vandaan zitten, met mijn rug tegen de reling. En terwijl ik naar haar kijk begin ik zacht in de richting van Nickie te praten. Ik zeg: 'Waarom zie ik mamma soms in jou?' Ik strek mijn hand naar haar uit. 'Ga weg, mam, ga nou weg. Blijf niet zo hangen. Alsjeblieft, ik trek dat niet.'

Ik zucht en zeg zacht dat ik niet boos ben, gewoon niet. 'Op anderen, op anderen ben ik wel boos.' Ik zeg dat ik kwaad ben op die kerel die haar gevonden heeft, die ik al één keer op straat ben tegengekomen. 'Hij zei niks. En ik al helemaal niet.' Ik zeg dat ik hartstikke bang ben dat ik hem nog eens tegenkom, en dat hij dan wel gaat praten.

Ik zeg ook dat ik weg wil uit dit dorp, dat ik niet begrijp dat pappa er niets aan doet, dat het niet eens in hem lijkt op te komen. En dan strek ik opnieuw mijn hand naar Nickie uit en zeg dat ook zij hier zo snel mogelijk weg moet, dat ze te knap is voor hier: 'Ik weet niet, je bent zo anders. Dat willen ze hier niet.'

Ik zucht en zeg dat ik zeker weet dat ze mij na deze zomer op school zal blijven groeten, ook al ben ik drie jaar jonger. 'Misschien praat je zelfs wel met me.' Ik zeg dat ik zou willen dat ik ook zo kon zijn. 'Ik heb een hekel aan mijn vrienden, Nickie,' zeg ik. 'En toch weet ik dat ik met ze om zal blijven gaan. En ze zullen niks merken. Ze zullen zeker ook niks vragen. Waar zijn ze nu? Wat doen ze? Ze lijken zo ontzettend ver weg. En misschien hebben ze verteld waar ze heen gingen, maar dan heb ik niet geluisterd.'

'Wat bazel je toch allemaal?' vraagt ze.

Ze draait haar gezicht naar me toe en opent dan pas haar ogen. Ze richt zich op en kijkt naar ons huis. Ze zucht en glimlacht en vraagt: 'Jezus, Toob, was het ooit leuk hier? Zeg 's? Ik bedoel, *werkelijk* leuk? Nee toch?'

Ik haal mijn schouders op.

Ik kijk naar haar rug en vervolgens naar het bos. En dan begin ik te praten. Ik zeg dat ik niet weet hoe oud ik ben. Ik zeg: 'Mijn vader woont hier nog.' Ik vertel Nickie dat het dak wordt vervangen. Het moet af voordat de regen komt die is voorspeld. En mijn moeder is bang voor die mannen overal in huis, mijn vader niet, hij helpt mee, we zien hem tussen de werklui in de dakgoot.

De dag dat het af is neemt hij ons mee naar de zolder, boven in de nok is een luik. Een voor een neemt hij ons mee, die hoge ladder op, mijn moeder ook, ze wil eerst niet, maar ze moet van hem. We zitten daar met zijn vijven op het plat dak van zink, tussen de kantelen, we zien voor het eerst het torentje van dichtbij.

We kunnen ver kijken, alsof je op een berg staat. Eerst durft mijn moeder zich nauwelijks te bewegen, ik zit dicht tegen haar aan gekropen. Na een tijdje ontspant ze. Mijn vader buigt zich naar haar toe en geeft haar een zoen, terwijl ik bij haar op schoot zit, ik duw hem weg. Ook Pam en Harold trekken een vies gezicht. Maar mamma niet. Mamma lacht. Mijn vader rolt een sjekkie van het pakje dat een van die mannen heeft laten liggen, mijn moeder zegt dat ze niet wist dat hij dat kon. Ze kijken elkaar steeds aan, hij rookt en zegt dat ze weg zijn, die werklui. Ze zucht, ze staan op en kijken allebei naar het bos, alsof het een ding is. Mijn moeder zegt dat ze voor altijd op dit dak wil blijven. Dat we die ladder op moeten trekken en het luik dicht moeten doen.

Hij trekt haar naar zich toe en fluistert dingen in haar oor, we zijn allemaal stil. Hij draait zich om naar ons en zegt dat mamma sterk is. Sterker dan wie ook. Hij zegt dat we dat niet mogen vergeten. Pam wordt onrustig van de dingen die hij zegt.

Mamma komt voor ons staan, ze lijkt zowat gegroeid. Ze kijkt heel gelukkig en opeens geeft ze mijn vader een zoen, hij schrikt er bijna van en wij ook. We kijken toe hoe ze elkaar omhelzen. We staan allemaal op en pappa neemt eerst Harold op zijn nek en daarna mij, en ik kan nog verder kijken, het bos is net een groene golvende zee. 'Kijk maar goed, jochie, kijk maar goed,' zegt hij en ik kijk me een ongeluk en ik word niet duizelig, ik pak mijn vader stevig vast bij zijn haren, ik moet hem pijn doen, maar hij zegt niks.

Bij de eerste regendruppels leidt hij ons een voor een via de ladder terug naar de zolder. Hij doet het luik dicht en we blijven nog even op die zolder. De regen tikt en mijn vader zegt dat het een goeie test is voor het dak. Hij zoekt met mijn moeder in oude dozen. Ze lachen om de dingen die ze ontdekken. Dingen die ze waren vergeten. Af en toe laten ze ons iets zien. Harold en ik spelen in een hoek, en Pam zit in de dakkapel te kijken naar pappa en mamma.

Nickie die me stil aankijkt. Stil, ik weet niet waarom. En die op haar rug gaat liggen en naar het dak staart, alsof ze ons daar nu ziet zitten. 'En toen?' vraagt ze en ik schrik.

Ze heeft gelijk. Het gaat nog door. Ik sluit mijn ogen en zeg dat mamma nog even op die zolder alleen wil zitten. Dat mijn vader me vraagt of ik haar wil gaan halen, en dat ze daar zit tussen die dozen, met haar rug naar me toe. Dat ik haar besluip en opeens merk dat ze huilt. Heel hard. Dat ik me omdraai en zachtjes naar beneden loop en er tegen de anderen niks over zeg.

Nickie slaakt een gil. 'Zie je wel?' zegt ze. 'Alles is fucked.' Ze kijkt me triomfantelijk aan.

Ik ga bij haar zitten en vraag: 'En nou jij. Iets bij jou thuis.'

Ze geeft me een tik op mijn arm. 'No way.'

Ze staat op en gaat in de hoge rieten stoel zitten, met opgetrokken knieën.

'Zo zat mamma daar ook heel vaak,' zeg ik.

'Ik ben je mammie niet.'

Ik zie dat haar handen trillen en ze merkt dat ik ernaar kijkt, ze probeert ze te verbergen. Ze zegt: 'Het is zomer, Tobi. Het is vakantie. We zitten hier een beetje. Wat wou je anders doen? We wachten.'

'Waarop?'

'Ja, goeie vraag.' Ze speelt zenuwachtig met haar vingers. 'Maar ook zo zinloos. Zo zinloos, al die vragen van jou.'

'Zal ik er nog één doen? Nog een herinnering vertellen?' zeg ik. 'Vertel je dan *wel* iets?'

Ze staat op uit de stoel, met haar handen in haar zij. Ze schudt haar hoofd. 'Laat toch gaan, Toob. Al die kutherinneringen. Je hebt er niks aan. Wat zit je jezelf nou te kwellen?' Ze pakt de reling en tuurt over de tuin.

Opeens verstijft ze. Ze ziet iets. Ze laat geschrokken de reling los. Ze schudt haar hoofd en loopt naar binnen. Ik kijk over de reling, maar de tuin is verlaten.

Ik verwacht dat ze verdwenen is als ik door de keuken naar buiten loop. Maar ze staat verderop met haar handen aan het hek, ze heeft zich aangekleed. Ik ga bij haar staan en ze mompelt iets, terwijl ze het bos in kijkt. Ze trekt haar platte schoenen aan. Ik vraag wat er is, wat ze toch ziet, of ze aan iets denkt, maar ze antwoordt niet. Ze stapt langs het hek, ze bekijkt de basten van de bomen, ze zoekt iets. En bij die ene boom wenkt ze me. Ze wijst en glimlacht. Er staat iets in die boom gekerfd.

Het lijkt op een hoofd. Een hoofd met een snavel.

'Heb jij dat gedaan?' vraag ik.

Nog steeds geeft ze geen antwoord. Ze kijkt over haar schouder naar het bos.

'Harold dan?'

Ze schudt haar hoofd, pakt het hek vast en klimt eroverheen. Ik loop snel naar mijn kleren, trek ze aan, ook mijn gympen, ik ga haar achterna.

Jezus, zo vreemd daar te lopen. Achter die zwijgende dromerige Nickie aan. Af en toe strijkt ze met een vinger langs de bast van een boom, ze kijkt omhoog naar de kruin. We gaan de heuvel af, waar de geur van de dennen ons tegemoetkomt. Soms stopt ze even. Kijkt aandachtig om zich heen.

Als ik naast Nickie voor het hotel sta, kijkt ze ernaar, even lijkt ze achteruit te deinzen. 'Wat is er toch?' vraag ik. Ze fluistert dat ik stil moet zijn. Ze doet een paar stappen naar voren, het glas kraakt onder haar voeten, ze schrikt er even van. Dan gaat ze naar binnen en is ze weg.

In de hal stinkt het naar urine. Overal ligt glas. Bladeren. Papier. Een vieze handschoen in een hoek. Op de muren donkergekleurde sporen van regen die vast van alle kanten naar binnen sijpelt. Ik zeg zacht haar naam, er komt geen antwoord.

Ik loop verder, boven me hoor ik de trap kraken. Ik pak de grote knop bij de trapleuning en kijk omhoog, ze staat daar al op de eerste verdieping. Voorzichtig ga ik haar achterna, de trapleuning is wankel en op een gegeven moment zak ik met een voet door een van de verrotte treden. 'Nickie?' fluister ik nog eens. 'Wacht nou!' En leunend tegen de trapmuur ga ik verder omhoog. Als ik boven ben gekomen, op de donkere overloop, staat verderop een deur open. Ik loop ernaartoe en ze staat daar in de hoek. Ze knielt neer bij een radiator, ze trekt eraan, je hoort hem rammelen. Nog eens zeg ik iets, ze kijkt over haar schouder, maar ziet ze mij eigenlijk wel? Ze richt zich op en staart naar het vieze vergane matras.

En dan draait ze zich naar me om. Ze zegt dat ze dacht dat ze zonet iemand zag. 'Iemand, weet ik het... Ik zag hem toch echt. Zonet in jullie moestuin. Hij keek naar ons. Hij lachte. Ik...'

'Was hij groot?' vraag ik.

Ze knikt meteen.

'Donkere ogen?'

Ze knikt opnieuw en kijkt me onzeker aan.

'Grote handen?' vraag ik verder.

'Weet niet. Ja. Vast wel. Waarom vraag je die dingen?'

Ik spreid mijn armen, ze schrikt, ze loopt op me af en duwt ze omlaag. Ik fluister dat hij komt. Dat hij deze zomer komt. Dat ik hem eerder heb gezien, op mijn oude schoolplein, dat hij naar me keek en wenkte, dat ik niet kwam. Dat ik niet weet wat er was gebeurd als het langer had geduurd, als mijn vader me niet van dat plein had geroepen. 'Hij heeft gewacht,' zeg ik. 'Hij heeft al die jaren gewacht. Op mamma, op mij. Mamma zag hem. Jij zag hem net. En een paar dagen geleden heb ik hem ook gezien. Bij het huis van Nowak. Ik weet wat ik zag. Ik moet rennen, Nickie, ik moet rennen als ik hem zie, dat zei mamma op de bodem van dat zwembad. Hij wil mij zien, dat zei ze. Hij wil weten wie ik ben. Waarom wil hij dat? Kom, laten we weggaan.'

Ze kijkt me aan.

'Geloof je me soms niet?' vraag ik.

'Ik zeg toch dat ik hem net zag...' En ze schiet in die nerveuze lach en als het stopt merk ik dat ze iets wil zeggen, terwijl haar blik weer door de kamer dwaalt. Ze zegt dat ze niet begrijpt waarom niemand dit klotehotel in de fik zet. Ze maakt passen door de kamer. Opeens komt ze op me af en zegt dat ik moet gaan zitten en dat ik mijn ogen dicht moet doen, dat ik haar nu vooral niet moet aankijken. 'Je wil toch iets weten? Als je je ogen opent, stop ik meteen. Hoor je me?'

Ik doe wat ze me vraagt, ik ga zitten op die smerige vloer en sluit mijn ogen.

Ik hoor haar van me weglopen. Eerst is het stil en dan hoor ik haar stem vanuit de hoek. Ze zegt: 'Ik ben zes of zo. Ik ben met mijn vader in de tuin. Mamma is binnen, ze is meestal binnen. Hij pakt me vast, hij tilt me op en loopt met mij in zijn armen langs de honden in de kennel. Die rottige hobby van hem. Hij loopt verder de tuin in, ik ruik vuur, verderop is hij takken aan het verbranden. Hij lacht en ik durf me niet te bewegen, maar dat weet hij niet. Hij zet me neer in het gras en gooit nog wat takken op het vuur, hij kijkt me aan door de rook. Hij loopt om het vuur en gaat naast me zitten. Hij zegt dat hij alleen mij nog heeft en de rook prikt in mijn ogen. Ik sta op en geef hem een zoen. Hij loopt weg. Hij laat me daar alleen. Heb ik hem soms bang gemaakt?'

Ze stopt even. Ik moet mezelf bedwingen om niet te kijken.

'Ik vind hem zielig. Fuck, klote, ik vind hem zielig. Hij is zo eenzaam en ik moet van mezelf bij hem blijven. Ik denk dat het aan mij ligt dat pappa en mamma zo tegen elkaar doen. Alles ligt aan mij. Alles ligt aan mij. Mamma is streng tegen me. Ik mag bijna niks. Ik mag nooit op hun kamer komen, ik doe dat stiekem toch, ik vind het suizen van de ventilator aan het plafond zo mooi. Ik zit op het tapijt en kijk ernaar, pappa komt de kamer binnen, pappie wijst, pappie lacht, pappie zegt: vind je dat ding mooi, liefje? Vind je het mooi? Vind je *mij* ook mooi? Pappie kijkt. Die rotzak kijkt, waarom merkt die rotzak niet dat ik schrik?'

Opnieuw stopt ze, ik voel mijn hart in mijn keel kloppen. Ik hoor haar zuchten, ik hoor haar huilen. Ik hoor haar opstaan en weer gaan zitten. Ik durf niks te zeggen.

'Later ook. Later vind ik hem ook zielig. Mamma kijkt hem nooit meer aan. Nooit. Hoe lukt haar dat? En ze is blij. Dat weet ik zeker. Ze is blij als hij naar mij kijkt. Als hij maar niet kijkt naar haar. Als zij maar... Kut, ik weet wat ik moet doen als de ventilator draait, ik weet precies wat ik moet doen, als hij zijn deur openzet en die van mij, als ik dat ding vanuit mijn bed hoor suizen. Dan moet ik komen. Ik durf niet *niet* te komen. En dan zegt hij dat ik mooi ben, ikke wel en mamma niet, dat er... dat er een echte vrouw uit me tevoorschijn komt. Hij lacht. Hij doet lief, maar hij is het niet. Hij is niet lief. Hij is... Ik kijk dan naar de ventilator. Alleen maar naar de ventilator, niet naar hem. Ik hoef hem niet te zien. Ik wil hem niet zien. Ik wil hem ook niet voelen. En ik voel hem ook niet. Ik voel hem echt niet.'

Ze zwijgt, ik hoor haar naar me toe lopen en ze trekt me op, ik open mijn ogen en ze neemt me mee die kamer uit.

Het is vreemd achter haar aan te lopen, met al die woorden en die dingen in mijn kop. Het is ook vreemd hoe ze af en toe omkijkt en lacht en weer iemand anders lijkt. En als we de heuvel op zijn gelopen, de struiken langs, blijft ze staan aan het hek. Ik kijk langs haar en zie hem ook. Het is Harold die daar staat. Hij staat daar bij het zwembad.

Als hij voor even het zwembadhok in verdwijnt, klimmen

we snel over het hek en sluipen door de struiken. We rennen samen over het gras, ik weet meteen waar ze nu wil zijn. We gaan ons huis in en even later liggen we op het balkon. We zien Harold beneden, hij is bezig het zeil over het zwembad heen te trekken. Hij heeft er moeite mee, hij trekt met zijn slechte hand, het is grappig, en Nickie moet lachen en ze lacht te hard. We duiken omlaag, en nou hoor ik hem roepen. Hij roept mijn naam en Nickie pakt me vast en giechelt, ik kan bijna niet geloven dat ze zo vrolijk is. We kijken naar elkaar en houden onze adem in. Nogmaals roept Harold. En nog eens. Hij vloekt. En dan is het stil.

Op dat moment kijkt Nickie me aan, ze zegt: 'Ik weet ook niet precies wat ik hier doe, Toob. Wat ik hier zoek. Wil je nog steeds dat ik wegga? Je mag het eerlijk zeggen. Maar ik hoop van niet. Ik hoop gewoon heel erg van niet. Ik kan hier nu komen, misschien is dat het wel. Ik kan hier komen omdat jouw moeder dood is. Omdat ik hier nu alleen met jou kan zijn. Niemand die ons hier ziet. Zal ik je eens iets zeggen? Soms denk ik dat hier alles is begonnen. In dit rothuis. In deze tuin. Hier begon het. Hier begonnen alle fucking ellendige kleredingen...'

Ze zwijgt heel lang, terwijl ze staart naar de lucht.

En in die stilte klinkt dat belletje. Meteen kijken Nickie en ik elkaar aan. Het klonk zacht, maar zij hoorde het en ik ook. Voorzichtig kijken we door de spijlen van de reling. Harold staat daar met dat zeil in zijn handen. Hij laat het los, hij loopt naar het hek, hij heeft het ook gehoord. Nog eens klinkt het belletje, en nog eens. Het komt uit het bos.

'What the fuck *is* dat?' fluistert Nickie.

'Weet ik het,' fluister ik.

'Een kattenbelletje?'

Nog een laatste keer klinkt het geluid.

'Ja,' fluistert ze.

En ik richt me verder op en zie Harold over het hek klimmen en langs de struiken het bos in lopen.

Wanneer Nickie en ik beneden bij het zwembad staan, ligt Harolds jack daar. Ik loop naar het hek en tuur het bos in zonder iemand te zien.

Ik kijk over mijn schouder naar Nickie, ze staat te kijken naar het zeil, dat voor de helft over het zwembad is getrokken.

Ze grijnst. Ze schopt haar schoenen uit, trekt haar shirt over haar hoofd en daarna volgen haar broek en ook haar beha. Ze haalt diep adem en duikt met haar blote tieten in het water. Ik kijk toe hoe ze onder het zeil verdwijnt. Ik loop op het zwembad af en kijk eronderdoor, zie haar niet meer, het water is donker. Ik sta daar een tijdje.

Ik buk me. 'Nickie?' roep ik. Het galmt een beetje.

Ik kijk om naar de moestuin, naar waar die man moet hebben gestaan. Ik kijk naar de zon om te gokken hoe laat het ongeveer is. Voor een tweede keer kijk ik naar het water. Roep nog eens haar naam. Harder nu. Hoe lang is ze al onder water?

Ik luister of ik haar adem soms hoor. Gegiechel misschien. Ik voel het opeens in mijn maag. Wat nou, wat nou als ze net als mamma...? En dan doe ik snel mijn kleren uit, haal diep adem en duik het water in. Ik open mijn ogen, maar ik zie niks. Het is troebel en donker, het prikt ook in je ogen. Ik maak slagen naar de bodem, voel om me heen en voel iets levends. Is het die pad? Ik laat het los. Ik zwem verder naar het ondiepe gedeelte, druk me omhoog vanaf de glibberige bodem, het zeil sluit meteen om me heen. Ik krijg geen lucht, laat me direct weer zakken, zwem terug, naar het licht toe, kom boven, hap naar adem, wrijf in mijn ogen en voordat ik haar zie hoor ik al haar lach.

Ze zit op de rand, knijpt het water uit haar haar en kijkt om zich heen. 'Waar is die zwangere kat nu?' vraagt ze. 'Zie jij haar ergens?'

Nee, ik kijk niet om me heen. Ik kijk naar haar en vraag me af welk spelletje ze precies met me speelt.

'Fuck die kat,' zeg ik.

'En fuck Harold ook?' vraagt ze met een stemmetje.

Dan kijkt ze in de richting van het bos. Ze houdt haar handen voor haar ogen, laat ze zakken, en kijkt naar voren.

'Hè, jammer, niemand.'

Ze grijnst naar me.

En ik kijk naar haar en ze zegt: 'Je krijgt me pas als je niet van me houdt.' Ze wijst naar Harolds jas. 'Dat zeg ik *hem* ook altijd. Je krijgt me als je niet zo irritant verliefd naar me kijkt. Gesnopen?'

Zes

De zon die wegdraait langs de bomen, de schaduw die langzaamaan bezit neemt van de tuin. Ik zit daar maar in het gras, te luisteren of ik die belletjes nog een keer hoor, te staren naar het bos waarin Harold meer dan een uur geleden is verdwenen.

En op een gegeven moment buigt Nickie zich over me heen en fluistert: 'Je kent hem niet, hè? Je Haroldje. Wil je hem deze zomer leren kennen? Is dat je plan?'

Ik knik en denk: ja, hem, en mijn vader, en Pam. En mijn moeder, ook al is ze dood.

Ik wijs naar Harolds jas. Ik zeg dat het straks fris wordt, dat hij daarom terug zal komen, dat hij altijd is teruggekomen. Dat mamma soms bang was dat hij het niet deed, maar ik helemaal nooit. Ik begin weer te hoesten. En nu voel ik het plotseling ook steken in mijn rug.

'Weet je het zeker?' vraagt ze met haar handen in haar zij. 'Wil je ze allemaal kennen? Wil je mij kennen?'

Ik lach door het hoesten heen. 'Jou nog het meest van iedereen.'

Ze zegt: 'Dat denk je maar.' Ze kleedt zich aan en staart stil naar haar handen, je ziet haar heel lang denken. Ze zegt dat ik nog een keer op mijn wenken zal worden bediend. Ze kijkt me droevig aan. 'Als je geduld hebt. Deze zomer, het gebeurt deze zomer, precies zoals je zei bij dat hotel. Weet ik veel hoe je het doorhebt, maar het is waar. Kijk maar naar het bos, het komt dichterbij. Zie je die scheuten van de bomen door het hek heen groeien? We wachten tot er iets uit ons tevoorschijn komt. Bij jou, bij mij, bij Harold, bij... En dan? Je schrikt je rot wat er dan gebeurt.'

Ik kijk naar het bos en denk: wat zeg je toch allemaal? En ik knijp mijn ogen een beetje samen, het wordt een groen waas. Ik wijs ernaar en vraag: 'Waarom haat je dat bos, Nickie? Waarom haatte mijn moeder het? Het zijn maar bomen. Bomen en wortels. En struiken en zand, meer niet.'

Nickie zegt: 'Vind je? Waarom kijk je er dan zo naar?'

Ze komt naast me zitten, ze stoot me aan en zegt: 'Hé, wakker worden. Wat heb jij?'

'Harold komt niet terug,' antwoord ik.

'Tuurlijk wel. Dat zei je net zelf.'

Ik wil opstaan, ik wil naar het hek toe lopen, maar ze trekt me terug in het gras. Ze legt haar hoofd tegen mijn schouder en mompelt: 'Niet doen, niet jezelf gek maken. Harold komt terug. En dan baal je ervan. Shit, jongen. Je woont jaren met je broer en zus en je kent ze niet eens, hoe bizar is dat?'

'Ken jij ze wel?'

'Tssss,' doet ze. 'Fucker. Vraag dat maar niet.'

Ze kijkt om naar ons huis en opeens vraagt ze: 'Sliep je? Sliep je toen je moeder die ochtend ging lopen?' Ik schrik me rot.

Ik sluit mijn ogen omdat er tranen komen. 'Ja,' antwoord ik zacht. 'Ja, ik lag gewoon te maffen, heb je nou je zin? Te maffen. Wat anders? Mijn broer en mijn zus ook. En mijn vader natuurlijk ook, in dat huis verderop. De hele nacht heb ik liggen woelen, maar toen ze de trap af liep werd ik niet wakker, zoals normaal altijd wel. Hoe kan dat nou? Maar je verwacht het ook niet, Nickie. Je verwacht het gewoon niet, ook al heb ik er al mijn hele leven op zitten wachten.'

Ze glimlacht en zegt dat ik het beste joch van de wereld ben. Dat ze precies de juiste Tobi heeft uitgekozen. Dat ik dat nooit mag vergeten. 'Ik maak iets goeds mee. Ik. Hoor je me? Iets moois.' Ze geeft me een zoen op mijn wang. En nu is zij degene die een beetje moet huilen. Ze mompelt: 'Juist op dit moment. Ellende. Wat een doffe ellende.'

Ik vraag over welke ellende ze het precies heeft, ze schudt haar hoofd en fluistert: 'Nog niet... Nog wachten. Nog even genieten, goed? Dom blijven. Voor zo lang als het duurt. Dat is wat *ik* wil. Ik wil jou helemaal niet kennen. Als je alles van iemand weet word je kwaad, snap dat nou.'

'Zulke dingen zei mijn moeder ook altijd.'

'I know,' zegt ze.

'Kende je haar goed, Nickie? Want zo lijkt het. Hoe kan dat toch? Hoe kan het dat ik daar helemaal niet van weet?'

Ze knijpt in mijn neus en zegt: 'Hé, wat zei ik? Dom blijven.'

En ik kijk weer naar dat bos en zeg dat ik een keer ga lopen zoals mijn moeder die ochtend is gelopen. Dat ik dat nog niet heb gedaan omdat ik wacht op het goeie moment. 'Misschien duurt het jaren,' zeg ik. 'Maar ik ben niet bang om het te doen, Nickie. Ik zou het nu al durven.'

Ze slaat tegen mijn arm en zegt: 'Beloof je dat je dat nooit gaat doen? Het is een rotplan. Het is sick.'

'Toch doe ik het.'

Ze pakt me beet en knijpt me zowat fijn. Ze zegt dat ze al de mensen in ons dorp godverdomme zo haat. 'Allemaal. Om wat ze zeggen. Je hoort ze praten. Overal in de winkels. Over dit huis. Over jullie. Ze fietsen langs en kijken, heb jullie dat door?'

'Wat zeggen ze dan?' vraag ik.

'No way, Toob. Dat vertel ik je niet.'

Ik kijk haar aan en ze kijkt terug en ik snap dat ze het ook echt niet gaat vertellen. Ik geef de middelvinger aan dat bos. Ze moet erom lachen en knikt. Ik buig me naar haar toe en fluister: 'Nog twee jaar en dan ben je weg, dan ben je hier weg. Weg van die rotbossen. Twee jaar is niks. Het vliegt voorbij. Twee zomers. En dan ga je naar de stad. Dan loop je tussen de huizen. Tussen mensen die je niet kennen. Je hoeft met niemand te praten als je dat niet wil, hoe goed is dat?'

'Heel goed,' antwoordt ze.

'Dan ben je vrij...'

Meteen wordt ze kwaad, ze zegt: 'Vrij? Wat is dat voor stakkerig woord? En dan? En *dan*, sukkel? Het gaat niet weg. Kijk dan.' Ze drukt haar handen op haar buik, en daarna op haar wangen. 'Het zit overal. Jij vindt dat lijf mooi, hè? Je vindt mij mooi. Je vindt me een lekker wijf. Zeg het dan tenminste eerlijk. Iedereen vindt dat. Ik kan wel kotsen... Echt, ik ga zowat over mijn nek. Wat kijk je me nou aan?'

'Ik weet niet... Sorry...'

'Zeg je nou sorry?'

Ik haal mijn schouders op.

En opeens grijpt ze mijn been en zet haar nagels erin. Heel hard. Ik schreeuw. Ze laat weer los en zegt: 'Als je zoiets doet, dan zeg je sorry.'

Ze gaat staan, ze zegt: 'Ga dan naar dat klotebos. Doe het dan. Ga je mammie daar zoeken. En je broer erbij. Je was toch niet bang?'

Ik schud mijn hoofd.

'Doe het dan.' Ze schopt tegen mijn voet.

Nog eens schud ik mijn hoofd, ik kijk haar nu niet meer aan.

Ze gaat weer zitten en heel lang zeggen we niks.

En dan grijpt ze mijn arm, met dat wanhopige gezicht, ze zegt zacht: 'Fuck, let niet op mij, Toob. Maar ik ben wel bang. Je kent hem niet.'

Ik wijs naar de moestuin. 'Voor die vent van zonet?'

Ze kijkt om. 'Wie? Nee... Jezus, Toob, moet ik het voor je spellen, moet ik dat echt?'

'Ben je bang voor mijn broer?'

'Hoe dan? Harold is een schooljongen. Nog veel erger dan jij.'

Ze lacht, maar de lach is zo nep als ik weet niet wat. Ze trekt me naar zich toe, ze doet het om me m'n mond te laten houden, ik merk het, ik zeg het haar, ze wordt nog kwaaier.

Ze grijpt naar haar schoenen en trekt ze aan, ik draai me om in de richting van het hek. Ik hoop zo dat hij daar weer staat, die irritante broer van mij. Dat we ruzie kunnen maken. Om niks. Ze merkt het, en het ergert haar, want ze vloekt.

Opeens voel ik haar hand en hoor haar zeggen: 'Je rilt helemaal. Wat heb jij? Je gloeit ook. Je bent echt ziek. Ga naar huis, jij... Ga slapen.'

Ze woelt door mijn haar. Ze snuffelt eraan en fluistert dat ik lekker ruik en dat dat zo moet blijven. Ik kijk van opzij naar haar op en zeg: 'Begin jij nu ook al zo?'

Ze schudt haar hoofd en zegt: 'Hé, luister eens goed?'

'En ik mag zeker ook niet van je groeien?'

'Hou je bek eens,' zegt ze. 'Hou je bek eens heel erg.'

Ik kijk weg en hoor haar zeggen: 'Ze wilden je niet verpesten. Dat was alles. Ze zijn goed, pleaser. Zij wel. Je moeder vooral. Ik niet. Ik ben een kreng. Vraag maar aan de anderen.'

Dan hoor ik haar weglopen. Ze zegt mijn naam nog een keer, maar ik verroer me niet. Ze gooit iets tegen me aan, tegen mijn blote rug – het is die pad.

Hij spartelt op zijn rug, weet zich om te draaien en kruipt weg door het gras.

Ik staar naar het bos. Ik zit daar in mijn eentje in mijn onderbroek voor weet ik het hoe lang. Komt het dichterbij, zoals Nickie heeft beweerd? Want hoe langer je ernaar kijkt, hoe meer je dat gaat denken. Ik buig me over het gras en hoest m'n longen zowat uit mijn lijf, ik voel het nog veel erger steken in mijn rug.

En als ik opkijk zie ik door mijn tranen heen mijn vader staan, hij staat daar aan de andere kant van het hek. Even heb ik het idee dat ik droom en ik knipper met mijn ogen.

Mijn vader roept mijn naam en klimt over het hek, hij bezeert zich erbij. Hij bekijkt zijn pols en likt eraan. Hij wijst naar het zeil, ik moet hem helpen, hij zegt: 'Als die broer van je weigert dat voor mij te doen.'

Samen beginnen we het zware zeil over het zwembad heen te trekken en opnieuw schiet ik in die hoest. Hij roept uit: 'Allejezus, kleed je dan ook aan! Zo warm is het niet!' Ik doe wat hij zegt en hij legt zijn koude hand in mijn nek. Houdt hem vervolgens tegen mijn voorhoofd en mompelt iets.

De wind steekt op en ik snap nu ook dat ik het koud moet hebben, in plaats van zo verrekte warm als ik het heb – waarom ril je als je het warm hebt? Ik zeg hem dat ik bijna geen adem krijg, hij neemt me mee de tuin door, het grindpad op. Ik zie Harolds fiets tegen de gevel van het huis staan en mijn vader ziet het ook. Hij houdt zijn pas in, aarzelt, likt opnieuw aan zijn pols en neemt de fiets vervolgens mee.

Even later zit ik bij hem achterop, ik leg mijn armen om zijn middel, het is zo ontzettend lang geleden dat ik hem heb aangeraakt en je *voelt* gewoon dat hij er zich geen raad mee weet. Ik snap dat ik moet praten, omdat je als je bij iemand achterop zit nu eenmaal praat. Misschien dat ik hem zelfs moet zeggen dat ik even dacht dat hij die katten mept, maar dat het niet uitmaakt, omdat ik niet boos zou zijn als het wel zo was. Dat ik Nickie wil leren kennen en ook niet. Ik zou hem moeten vragen hoe dat kan, dat je twee dingen tegelijk wil. Twee of drie of vier. Met zijn hoevelen zijn we daarbinnen, pap?

Het rillen begint weer en ik hoest en ik hoor hem zuchten, ik zeg: 'Wie wordt er in godsnaam ziek in de zomer?' 'Tobi van Tobias,' antwoordt hij, en nu vind ik het toch fijn om mijn hoofd tegen zijn rug aan te leggen, ik hoop zo dat hij het niet erg vindt. Even kijk ik om en je ziet de weerlichten boven het bos. Een paar seconden later klinkt het onweer.

Het is vreemd, want ik dacht mijn vader te haten, maar dat lukt me dan heel slecht, het is het allerlaatste ding dat simpel was. Hij lijkt ook groter, groter en breder dan normaal, zoals ik tegen zijn rug aan zit te kijken. En die rug wordt klam, de villa's glijden voorbij en de brede kastanjebomen ook en ik zeg dat je beter niet in een dorp kan wonen wanneer je moeder doodgaat, mijn vader houdt op met trappen. Hij zegt dat het hem spijt dat hij toen is weggegaan, dat hij die keer met Pam en Harold vooruit is gaan rijden. Hij vertelt dat het mamma's idee was, dat ze net zo lang op hem heeft ingepraat tot hij toegaf, maar dat hij niet had mogen toegeven. Hij zegt dat hij wil dat ik dat weet.

Ik zeg dat we vaker zo moeten gaan fietsen en ik hoor hem lachen. Maar als we thuis zijn en we afstappen en hij me aankijkt lacht hij niet meer, nee, hij schrikt. Hij neemt me snel mee naar binnen en zet me aan de keukentafel. Hij wil dat ik water drink, ik doe wat hij zegt. Hij wil dat ik iets eet, ik doe niet wat hij zegt. En alsmaar kijkt hij op zijn horloge, ik vraag waar Harold is. Ik zit daar klappertandend op die stoel, op een gegeven moment heeft hij er genoeg van, hij trekt me op en neemt me mee naar boven, ik geloof dat ik begin te lachen omdat ik mezelf die treden niet op krijg. 'Christus, wat *heb* jij...' hoor ik hem zeggen. Hij moet me zowat de trap op tillen.

Wat ik heb? Wat ik heb?

Hij legt me in bed, ik probeer zijn blik te vangen in die donkere kamer. Hij doet zo nerveus, hij is het niet gewend om een van zijn zoons te moeten uitkleden. Pap, waarom ben je er nooit bij met je hoofd? Je jongste zoon is ziek en je legt hem in bed en je kijkt hem niet één keer aan – durf je het soms niet? Het is zo raar zoiets niet te durven. Ik doe je niks, ik ga heus niet bijten, ik ben Nickie niet. Hé, hallo, hier ben ik, voel je dat ik warm ben, of ben ik soms koud, ben ik even dood als mamma? Hij legt een hand op mijn mond.

Ik duw hem weg, die hand, hij zucht. En na een poosje vraagt hij wat ik deed in die tuin, ik antwoord niet. Hij vraagt het nog eens en ik zeg dat we iets hoorden, dat we belletjes hoorden vanuit het bos, maar het is een waardeloos moment om zulke dingen te zeggen, die moet je niet zeggen wanneer je aan het klappertanden bent van de koorts. En het klopt wat ik denk, want hij schudt medelijdend zijn hoofd. 'Nee, het is echt zo, we hoorden het,' zeg ik. 'Het klonk heel zacht, maar we hoorden het en Harold ging het bos in en nou is-ie weg.'

Hij kijkt me aan, eindelijk kijkt hij me aan.

'Wat deed *jij* daar in dat bos, pap?' vraag ik. En nou trekt hij zo'n moeilijk gezicht dat ik begin te huilen.

Ik bekijk zijn handen en begin over die katten die worden gemept, ik zeg dat niemand weet wie dat doet. 'Of nee,' zeg ik, 'ik weet het misschien toch, maar ik kan ontzettend goed mijn mond houden.' Ik begin te lachen, terwijl ik ook nog huil, ik zeg: 'Ik vertel het aan niemand, hoor. Ook niet aan haar.'

'Aan wie niet?' vraagt hij.

Weer die hand op mijn mond. 'Kom, ga nou slapen, je zwamt maar wat.'

Hij staat op, ik zeg dat hij Harold moet gaan zoeken. Hij gaat weer zitten en zoent me, hij probeert me gerust te stellen, maar het lukt hem niet. Hij staat voor een tweede keer op, neemt plaats op het bed van mijn broer, je ziet hem denken. Het begint te waaien door het open raam, opnieuw klinkt er onweer, hij sluit het raam. En we luisteren naar de wind en naar de regen op de dakkapel en af en toe verlichten de flitsen de kamer.

Ik probeer niet in slaap te vallen, ik wil hem zo graag stiekem bekijken. Hij heeft een boek gepakt, hij zit te lezen. Ik heb het bloedheet en schuif de dekens weg, ik krijg het koud. Ik denk aan Nickie, terwijl ik lig te klappertanden, het is alsof ik mijn tanden straks nog verlies. 'Is zij een kreng? Is dat zo?' Mijn lichaam schommelt, of het bed schommelt, één van de twee, en mijn oren suizen. Ik sluit mijn ogen en het schommelen houdt op, het matras lijkt van steen opeens. Ik richt me op.

Mijn vader legt het boek weg. 'Belletjes?' vraagt hij, hij knipt een lamp aan. Ik antwoord: 'Ja.' 'Wat voor belletjes?' vraagt hij verder. 'Weet ik veel,' antwoord ik. 'Een belletje zoals aan de halsband van een kat. Zo'n belletje. Echt waar, we hoorden ze. Eerst eentje. Daarna meer. Van alle kanten. En daarna was het stil. Ik weet niet, stil.' 'En toen?' vraagt hij. Ik glimlach, want hij gelooft me eindelijk, ik zeg: 'Toen liep Harold erop af. Hij klom over het hek en kwam niet meer terug. Ik heb meer dan anderhalf uur gewacht. Zij wou niet blijven. Ze was kwaad, ik weet waarom, of nee, ik weet het niet. Harolds jas ligt er nog. En zijn fiets stond tegen het huis, die heb je zelf gepakt.'

Hij staat op, kijkt naar buiten, kijkt naar mij. 'Zei hij iets?' vraagt hij. 'Wat doen jullie daar in die tuin. Ik wil het niet. Ik wil niet...'

Ik zeg: 'Harold riep me. Hij zocht me. Hij is weg. Hij is altijd weg. Waarom wil hij niet bij ons zijn? Waarom wou hij nooit bij mamma zijn?'

Hij zit alweer naast me. Hij ziet zo verrekte bleek. 'Gaat het wel goed met je, pap?' vraag ik. 'Gaat het wel goed met ons?' En nu glimlacht hij, hij legt weer een hand op mijn voorhoofd.

'Ja,' zeg ik, 'ik weet het, ik ben warm, ik ben ziek, je hebt al twintig keer gevoeld. Wie is er ziek in de zomer? Hé pap, weet jij welk teken er in die boom staat gekerfd? In die boom bij het hek? Snap jij wat dat betekent? Wie heeft dat gedaan?'

Hij kijkt me niet-begrijpend aan.

'Je bent drijfnat, jochie. Slapen jij. Slaap is wat je nodig hebt.'

'Ja,' zeg ik. 'Wij allemaal, hè?'

'Wij allemaal,' antwoordt hij.

'Als je niet slaapt word je gek.'

Hij knikt en kijkt me lang aan, hij zegt: 'Je moeder was niet gek. Dat mag je niet denken. Het lag aan... Ze was alleen maar koppig. Haar fout. Ze wou daar niet weg. We hadden moeten verhuizen. Ik had moeten doorzetten. Mijn fout.'

Ik zeg: 'Maar het ligt nooit aan de dingen. Het ligt aan de mensen.'

'Dat weet je niet, Tobias.'

'Zo mag je me niet noemen,' zeg ik. 'Zo noemde alleen mamma mij.'

'Je hebt gelijk. Sorry.'

Hij zwijgt.

Opnieuw richt ik me op. 'Het gaat om wat je *niet* weet, pap. Maar hoe kom je te weten wat je niet weet?'

Hij glimlacht, hij zucht. 'Hoe kom ik aan zo'n wijze zoon?'

'Heb ik van mamma,' zeg ik.

Hij knikt. 'Ja, dat zal het zijn.'

'Nee, ik bedoel dat van dat weten. Dat zei mamma altijd.'

'Dat snap ik.'

'Hield je van haar?' vraag ik.

Hij knikt. 'Altijd. Altijd gedaan. Veel te weinig gezegd.'

'Je zegt het nu toch?'

'Tegen jou, ja.'

'Ik vind het anders wel fijn.'

Hij buigt zich voorover. Hij kust me en fluistert: 'Heb geduld, Tobi. Heb geduld met je ouwe vader. Kan je dat opbrengen?'

Hij staat op, doet het licht uit en loopt de kamer uit, hij kijkt naar me om in de deuropening. Ik lach en hij ook.

'We moeten hem zoeken,' zeg ik.

Hij steekt zijn vinger naar me uit. 'Nee, ik. Dat moet ik doen. Jij blijft daar liggen. Jij doet niks. Jij wordt beter, begrepen?' En hij verdwijnt de gang op, loopt naar beneden en even later slaat de voordeur dicht.

Ik blijf daar liggen, ik ben zo braaf als Panter de hond. Die is dood. Ik hoest, het raam staat open – wie heeft dat weer opengezet? Ik luister naar de hevige regen en denk aan mijn broer. Rotzomer, mompel ik. Ik lig te luisteren. Ik lig daar te hopen op geluiden van beneden, maar ze klinken niet. Ik vecht tegen de slaap. Ik probeer me op te richten, voel een duizeling, zak terug in mijn kussen. Ik geloof dat ik dingen zeg, maar tegen wie in jezusnaam? Ik doe mijn ogen maar weer dicht.

En als ik wakker word merk ik dat ik niet in mijn eigen bed lig, maar in dat van Harold. Ik roep, maar niemand komt. Ben ik hier echt zelf in gaan liggen? Mijn broers geur stijgt uit het kussen op. Ik kijk door de kier van de gordijnen, het regent nog steeds en het is donker. Hoe laat is het?

Een poosje lig ik met mijn hoofd naar de muur. Ik heb het idee dat ik een deur hoor slaan, ik luister aandachtig, maar het blijft verder stil. Ik heb het ijskoud, ik ril, het begint weer, dat geschommel, ik richt mijn blik op één punt om het tegen te gaan. Ik praat met mezelf, mijn stem klinkt hard alsof ik schreeuw.

Ik zie iets in een kier onder de vensterbank, er steekt iets uit. Ik strijk er met mijn vinger langs en trek er voorzichtig aan, ik trek die verkreukelde foto eruit. Een foto van mamma buiten, zittend in het gras, ik herken onze tuin, ze houdt twee kinderen tegen zich aan gedrukt. Harold en nog iemand. Een meisje, het is niet Pam. Wie is het? Die ogen, die blik, die mond. Is het... Is het Nickie? Ja, het moet haar zijn. Hoe oud zijn ze daar? En hoe oud is mamma?

Ik richt me op, knip Harolds bedlampje aan en houd de foto bij het licht. Mijn moeder kijkt naar iets of iemand naast de camera, ze kijkt triest, terwijl ze lacht. Heel lang kijk ik ernaar, naar mamma's ogen, naar Nickies ogen, naar die van mijn broer. En opeens zie ik nog iemand anders op de foto. Heel wazig staat daar een man op de achtergrond. Een man met donker haar. Hij staat in zijn blote bast, hij kijkt naar de drie op de voorgrond.

En ik hoor iemand op de trap, ik wankel snel mijn eigen bed in, het is mijn vader die in de deuropening komt staan. De foto heb ik nog steeds in mijn hand, onder de deken. Ik schuif hem onder het elastiek van mijn onderbroek.

Ik klapper met mijn tanden, ik grijns, mijn vader lacht niet terug. Hij schudt zijn hoofd en komt bij me zitten. Op dat moment gaat de bel.

'Is Harold daar?' vraag ik en mijn vader antwoordt: 'Ja. Vast. Ik denk het. Misschien.' Hij staat alleen niet onmiddellijk op. Hij aait me. 'Ga dan kijken, pap, het regent toch?' zeg ik. 'Laat Harold niet wachten, hij heeft het koud.'

Hij knikt vaag en staat op en loopt naar beneden. Even later klinken er stemmen. Het is niet mijn broer, het is een vrouwenstem. Het lijkt mamma wel, maar ik ben te zwak om op te staan. Ik trek de foto onder het elastiek vandaan en bekijk hem opnieuw, ik kijk naar het wazige beeld van de man op de achtergrond. Ja, hij is donker, maar of hij ook donkere ogen heeft kan ik niet zien. Is het die man van het schoolplein die ik ooit zag?

Ik staar om iets te herkennen. Mijn ogen branden en mijn hoofd bonkt. Ik leg de foto weg en bekijk hem opnieuw. Ik doe het wel tien keer achter elkaar, en op een gegeven moment is het net alsof ik mezelf zie, in die man, het is belachelijk. Ik schud mijn hoofd, zak terug in het vochtige kussen en doe mijn ogen dicht.

Ik schrik wakker en zie haar zitten in het donker, in de hoek op een stoel. Ik herken het silhouet van haar gezicht en van haar haar, ik zeg: 'Mamma? Mamma, ben je boos? Heb ik iets gedaan? Ik weet het niet meer.' Ze beweegt en fluistert: 'Stil nou. Slapen, niet praten.' Rare stem heeft ze.

Het is prettig zoals ze daar zit met die blik op mij gericht. Ik voel de foto nog steeds in mijn handen en ik vraag wie het is, wie het is op die foto, op de achtergrond, ik hoor haar zuchten. Ze knipt een lamp aan en het is Pam die daar zit. Snel schuif ik mijn handen onder de deken.

Opnieuw gaat de bel en mijn zus en ik kijken elkaar aan, er klinken mannenstemmen in de gang. Pam loopt de kamer uit en nog een laatste keer kijk ik naar de foto, ik neem hem heel goed in me op. Dan stap ik uit bed, loop naar Harolds bed en duw hem met trillende handen in de kier.

Die hoest en die steek in mijn rug, waarom halen ze de dokter niet? Wat praten ze daar beneden, wie is daar nog meer? En ze moeten niet kletsen, ze moeten zoeken.

Eén keer komt Pam boven, ik zeg dat het raam klappert, ze antwoordt: 'Je zult je tanden bedoelen...' Ze lacht. Ze trekt wel een vies gezicht als ze mij dat drijfnatte T-shirt uit moet doen. Ik zeg dat ik het weet, dat ik weet waar hij is, ze reageert niet. 'Echt, hij is in dat huis. Dat vakantiehuis waar ik met hem en Panter was.' Ze staat op en zegt: 'Die onderbroek doe je zelf maar.' En ze kijkt de andere kant op als ik hem uittrek, ze reikt me schoon ondergoed aan. Ik zeg dat ik het probeer, dat ik Tobias probeer te blijven. 'Kijk maar, je kunt mijn ribben tellen. Ik blijf mager. Dat wou je toch, mam?'

'Ik ben mamma niet,' zegt ze toonloos.

Ze heeft gelijk. Wat denk ik nou toch?

'Mamma is dood,' stamel ik.

Ze zet me in de stoel naast het bed, ik kijk rillend en met opgetrokken voeten hoe ze het laken van het matras trekt en het in een hoek gooit. Waar is die foto, vraag ik me af. Ik kijk of ik hem in het verfrommelde laken zie. Mijn blik dwaalt over de vloer.

'Wat zoek je?' vraagt ze.

'Niks.'

Pam zucht. Ik zeg dat ik haar niet haat. Dat ik niemand haat.

'Da's mooi,' zegt ze.

'O, dat weet ik niet, hoor,' zeg ik terug.

Ze schuift een schoon laken over het matras en verschoont ook het dekbedovertrek. Ik lach. Ze kijkt geërgerd mijn kant op en ik stop er meteen mee. 'Blijf je lang?' vraag ik. 'Blijf je de hele zomer? Word ik nog gek van je?'

Ze trekt me op en legt me terug in bed.

Ik vraag: 'Is het fijn waar je nu woont? Is het leuker in de stad dan in een dorp? Ik ben zo benieuwd hoe je daar rondloopt. Tussen de huizen.'

Ze zegt: 'Ik voel je ribben, maar toch ben je zwaar.'

'Pam?'

'Hm?'

'Ben jij boos op mij?'

Ze duwt me in mijn kussen. 'Nee. Hou nou eens op.'

'Wat dan?' vraag ik.

Ze kijkt me aan.

'Wat dan?' vraag ik nog eens.

'Niks. Gewoon. Bezorgd.'

'Ben je dan boos op mamma?'

Ze houdt haar mond stijf dicht. Koppig, denk ik, net zo koppig als mamma.

In de deuropening kijkt ze naar me om en opnieuw klinken die mannenstemmen van beneden.

'Wie zijn daar?' vraag ik.

Ik lig daar maar. Te luisteren. Ik hoor ze praten onder aan de trap. Ik hoor hun voetstappen, gek word ik ervan. En ze slaan met de deuren, daar word ik ook gek van. Hou daar toch mee op! Mijn hoofd barst zowat uit elkaar.

Ik val in slaap, ik word weer wakker, ik loop de gang op, want ik moet ze toch helpen? O wacht, denk ik, die foto, eerst die foto, ik voel in het elastiek van mijn onderbroek, maar daar is hij niet. Ik loop terug mijn kamer in, voel in mijn bed, het laken is vochtig, waarom komt niemand het verschonen? Ik zoek overal, onder het bed, op de vloer.

Heeft Pam die foto gepakt en laat ze hem beneden aan pappa zien? En opeens weet ik het weer, ik kijk in de kier, hij zit er nog, hoe kon ik dat vergeten? Ik trek hem eruit. Ik heb hem verkreukt en probeer hem glad te strijken, maar maak het alleen maar erger. Ik stop hem terug.

En een paar tellen later sta ik in de keuken, het is net of ik er ineens sta. Ze zien me niet, mijn vader en mijn zus zien me niet, maar die man ziet me wel. Ik herken hem, het is de man van de inrichting waarin mamma zat. Hij is oud geworden.

Hij stopt met praten en knikt me toe, hij zegt mijn naam, en mijn vader en mijn zus draaien hun hoofd om, ze trekken allebei een gezicht of ze een geest zien. 'Vinden jullie mij lang geworden?' vraag ik, maar ze antwoorden niet. Ik kijk naar die man en zeg: 'Moet Harold mee? Moet hij naar de inrichting? Lijkt hij te veel op mamma?' Mijn vader staat op. Ik kijk hem aan als hij me vastpakt, ik zeg: 'Ik voel het in mijn benen, 's nachts. En in mijn rug. Ik groei. Ik wil het niet, want het mag niet van mamma. Waar is ze toch? Waar is mamma en waar is Harold? Hebben ze ruzie, is het weer zover?'

Mijn vader helpt me de trap op, hij legt me terug in bed, ik praat maar door. Ik zeg van alles. En ik moet lachen want dat hij luistert is zo ontzettend fijn.

Midden in de nacht word ik wakker, ik merk dat de koorts is gezakt. Mijn mond is kurkdroog. Mijn lichaam schokt niet meer. Ik zie hem meteen. Mijn broer. Hij ligt daar in zijn bed.

Ik begin te lachen, ik zeg zijn naam. Zijn adem is regelmatig. Hij zal heel moe zijn, hij ligt met zijn gezicht naar de vensterbank. Nog eens roep ik zijn naam, harder nu, hij beweegt en richt zich op en ik kijk in de ogen van mijn vader.

Het is donker. Buiten valt regen. En dan begin ik te huilen. 'Ik sliep niet,' zeg ik.

Hij knikt.

Nee, hij snapt me niet, hoe kan hij ook begrijpen waar ik het over heb? Ik roep het uit: 'Ik sliep niet! Die nacht, die ene ochtend! Ik heb jullie verteld dat ik sliep, ik vertel het aan iedereen, maar het is niet waar! Mamma zat die ochtend heel vroeg aan mijn bed, ze wou praten, ze wou iets tegen me zeggen, maar ik durfde me niet te bewegen en ik heb haar gewoon naar dat bos laten gaan!'

Hoe kon ik nou slapen na zo'n dag? Na zo'n dag met mamma? Godver, waarom hebben Pam en Harold niks gezien en niks gemerkt en niks gehoord? Je snapt het niet.

Die vroege zondagochtend met haar in de tuin, de anderen liggen nog te slapen, ik zie haar zitten onder de bomen in haar zwarte ochtendjas. Ze schrikt wanneer ze omkijkt, ze schrikt van mij. Ik zeg haar gedag, maar ze groet niet terug, verderop drinkt Panter uit het zwembad.

Ik steek mijn hand uit en ze pakt die hand gelukkig nog wel. Ik trek haar op en ik spreid vervolgens mijn armen voor haar, ze zegt kwaad: 'Niet doen.' En opeens slaat ze me in mijn gezicht, ze zegt: 'Ciel Taminiau.' Ze draait zich om. Ik blijf achter haar staan, wil haar aanraken, maar ik durf het niet.

Ik stamel dat ik niks heb gedaan, ik ben een sukkel, ik maak alles erger. Ik stamel het nog een tweede keer. Ze kijkt over haar schouder en zegt: 'Je bent een griezel, weet je dat?'

Ik pak haar vast bij haar middel en leg mijn hoofd tegen haar rug, ik zeg: 'Niet, mamma. *Niet*.'

Ze zegt dat het haar niet verbaast. Dat ze al die tijd op dit moment heeft gewacht. Ze trekt mijn handen weg en draait zich om, ze roept Panter. Hij blaft en rent op haar af, hij trekt die ene poot op terwijl hij aan komt rennen, de poot die hij verwondde in het maïsveld.

Ze gaat door haar knieën en omhelst hem, hij krijgt er natte ogen van, hij smakt. Ze pakt hem beet bij zijn kop en zegt met een lieve stem: 'Kijk eens goed naar hem, Panter. Weet jij nog wie Tobias is? Herken jij hem wel?'

Ze lacht naar me, maar haar ogen lachen niet mee. En de lach verdwijnt ook meteen.

'Mamma, hou op...' zeg ik zacht.

Die ogen. Die starre blik. Ze maakt een knikkend gebaar met haar kin.

Ik zeg: 'Ze waren... Ze wilden...'

'Ze wilden wat?'

Opnieuw pakt ze Panter beet, ze geeft hem een zoen op zijn kop en zegt: 'Heb je dat gehoord? Hij geeft de anderen de schuld. Zo zijn ze nou allemaal.'

'Ma-am...'

'Wat?' Ze staat op. Ze kijkt me aan met haar handen in haar zij. 'Wat wou je zeggen, lieverd?'

Ik kan haar toch niet vertellen wat Ciel over haar zei? *Die lijpo van een moeder van jou...*

'Vertel op,' zegt ze.

Ik zeg niks terug en opnieuw gaat ze door haar knieën en pakt Panter bij zijn kop. Ze trekt zijn bovenlip op, ze bekijkt zijn gebit. Is dat nodig?

En als ze zich weer opricht en op me afloopt, zegt ze zacht: 'Echt, ik wist dat deze dag zou komen. Ik vind het allang niet erg meer. Je moeder vindt niets erg meer. Ze voelt het niet, hoor je dat? Daar is ze mee gestopt.'

Ze geeft me een zoen. Ze kijkt me koud aan. Ze omhelst me. Ze laat me los en kijkt langs me en glimlacht, want Harold en Pam staan daar op het terras.

Wat is mijn moeder vrolijk aan het ontbijt, in de zon. En ik zeg niks.

'Wat is er toch, Tobias?' vraagt ze, en Pam en Harold moeten lachen. 'Weten jullie het?' vraagt ze. 'Hebben jullie iets gedaan of gezegd? Zijn ze naar tegen je, Tobias? Zijn jullie naar?'

En Harold geeft me lachend een stomp, ik kijk hem aan. Ik zou hem nu moeten zeggen dat ik over Ciel Taminiau niks heb gezegd, over wat hij en Eduard hebben gedaan, maar ik doe het niet.

'Toe, lach eens,' zegt mijn moeder. 'We zitten voor het eerst weer buiten. Kom op, pleaser, waar is je lach gebleven?'

Jezus, en wat zijn de anderen blij dat dit gebeurt, ze weten niet wat hun overkomt, ze glunderen, ze stralen, hun kleine lieve broertje, eindelijk. Harold staat op en omhelst mamma van achteren, hij geeft haar een zoen. Mijn moeder kijkt naar mij. Opnieuw die starre blik. Zien die twee die blik dan echt niet?

En als ik mijn stoel naar achteren schuif en op wil staan, ga ik per ongeluk op Panters poot staan. Hij jankt en bijt me in mijn enkel en vliegt vervolgens onder de tafel vandaan. De afdruk van zijn tanden staat in mijn vel. Pam en Harold kijken me aan, en mijn moeder knikt.

Het waait. Het waait aan het zwembad, het is fris, maar we zitten er toch. Ik kijk naar de rimpels in het water en Pam praat, ik luister niet.

Opeens staat mamma op. Ze aarzelt en dan zegt ze: 'Ik zet het te koop. Ik zet het huis morgen nog te koop. Dat is geloof ik beter voor iedereen.'

Er valt een lange stilte. En Pam staat ook op en begint meteen te janken, ze omhelst mamma, ze zegt: 'Zo goed. Zo goed van je, mam.' Ik haat mijn zus. En je hoort de bomen ruisen en ze kijken een moment om zich heen, mijn zus en mamma, naar de tuin, het zwembad, het bos, ten slotte naar ons huis verderop. Je merkt dat ze ergens aan denken, ja hoor, daar gaan ze weer. Harold staat op en rent weg en Pam gaat hem direct achterna.

Mijn moeder staat daar met gebalde vuisten en haar ogen dicht. Ze slikt iets weg, iets, en ik wil opstaan en het aan haar vragen, ik wil vragen wat het is, ik wil het echt. Ik doe het ook al bijna. Maar ze opent haar ogen en zegt: 'Nee! Niet! Jij gaat je aankleden, Tobi. Dat is wat je nu gaat doen.'

Tobi. Geen Tobias.

Mijn moeder die me aankijkt in de spiegel als ik binnenkom. De balkondeuren staan open en je hoort de regen, ik vraag of pappa hier iets van weet.

'Wie?' vraagt ze. Ze strijkt met een kwastje langs haar gezicht.

Na een tijdje laat ze het kwastje zakken. 'Wou je soms iets zeggen?'

Ik knik.

'Nou?' vraagt ze.

Ik zeg dat het me spijt, ik kijk haar daarbij niet aan.

'Wat spijt je precies, lieverd?'

'Dat van Ciel...' antwoord ik. 'Van Ciel Taminiau.'

Ze kijkt naar me, terwijl ik naar de vloer blijf staren. Ze staat op en loopt naar de balkondeuren, ze doet ze dicht.

Ik zeg dat ze het niet moet doen, dat ze het niet te koop moet zetten. 'Alsjeblieft, mam, ik wil hier niet weg en jij ook niet.' Ik zeg dat ik Ciel niet eens *wou* zoenen. Dat ik het haat. Dat ik school haat. Dat ik soms niet weet wat ik moet doen. Ik zeg dat David Nowak mijn beste vriend is en dat hij nu Skunk wordt genoemd. Door mij. Dat ze hem slaan en dat ik niks doe. Ik huil bij die woorden. Ik zeg dat ik wil dat alles weer wordt zoals het was. 'Zoals toen, daar...' zeg ik en wijs naar het raam. 'Weet ik veel. Bij het zwembad. Met David en jou.' Ze staat op, ze pakt me vast. 'Dat mis ik, mamma,' zeg ik.

'Ik mis jou ook,' zegt ze. 'Maar missen heeft geen zin.'

Ik vraag of ze er al lang aan denkt.

'Waaraan?'

'Om het huis te koop te zetten.'

Ze knikt kort.

'Slaap je wel, mam?'

'Slaap ik?' zegt ze.

'Je ziet er zo moe uit. Je moet wel slapen. Weet je nog?'

'Niet doen. Niet over beginnen. Waag het niet.'

Ik zeg: 'Ik deed het voor jou.'

'Wat deed je voor mij?'

'Ciel Taminiau. Ik weet niet wat je hebt gehoord, maar ik deed het voor jou. Je bent mijn moeder. Ciel noemde je...'

Ik zwijg.

‘Ze noemde me wat?’ vraagt ze.

Ik kijk haar aan.

‘Voor je het weet zegt iedereen zoiets... Dat is toch zo? Kijk maar naar Skunk. Ik hoefde het maar één keer te zeggen, in de gang, bij die paar meisjes. Ze zaten maar één klas hoger. De rest ging vanzelf. Ik wist dat echt niet!’

En ze loopt naar de badkamer en gooit de deur achter zich dicht.

Het regent de hele ochtend. We zitten beneden in de serre en mijn moeder ergert zich aan alles wat ik zeg.

Na een tijdje houdt de regen op en de zon komt tevoorschijn, mijn moeder gooit de deuren weer eens open, er kruipen naaktslakken over het terras. Pam en Harold verdwijnen de tuin in en mamma ligt op de bank, ze sluit haar ogen, ze gaan steeds weer open. Ze draait zich om naar de muur, ik blijf bij haar.

Als mijn broer en zus terugkomen, richt ze zich op in dat vlak van licht, en ze lacht, ze trappen erin. Ze zegt dat ze even heerlijk heeft geslapen, dat ze waarschijnlijk moe was door het vertellen van dat nieuws. Pam geeft haar een zoen. Mijn zus doet alsmaar zo verrekte opgelucht en ik denk: wat kan jou het schelen dat we weggaan? Je woont hier niet meer.

Ze trekken elkaar de tuin in, ik kijk toe en mijn moeder roept naar mij: ‘Wat ben je serieus, wat is er met jou vandaag? Het is maar een huis. Je vader zal blij zijn, want die haat het, die haatte het vanaf het begin. En hij had gelijk, daarover wel. Kijk hoe groot het is, dat kreng. Het is een dom groot kreng. Al heb je acht kinderen, dan nog. En dat torentje, wie gebruikt het? Komen jullie er ooit? Ik niet. Ze mogen het hebben.'

En opeens horen we dat geluid en hij zit daar, ons buurjongetje. Hij is door de heg gekropen, over het grasveld naar ons toe. Hij hijgt en kirt en spartelt met zijn armen. Pam loopt op hem af, ze gaat door haar knieën en vraagt: 'Waar is je moeder, jochie? Zoek je haar?' Ze kijkt om naar ons.

De tuin licht op in die felle gloed. Pam tilt het jongetje op, ze danst met hem door de tuin. Mijn moeder loopt naar hen toe, neemt het kind van haar over en snuift in zijn nek. Ze kijkt om naar mij. Ik weet wat ze denkt: dat ze hem liever heeft, dat hij lekkerder ruikt.

Ze zet het jongetje terug in het gras. Hij kijkt omhoog en doet zijn handen voor zijn ogen. Hij begint te brabbelen, het lijkt op tellen, en mijn moeder roept meteen: 'Vlug, verstoppen.'

En die mensen, die broer en zus en die moeder van mij, wijken meteen na deze woorden uiteen, ze lopen ieder een kant op, het gaat heel snel.

Ik sta daar alleen met dat jongetje, nog steeds houdt hij zijn handen voor zijn ogen. Hij trekt ze weg en kijkt me aan, ik zeg verveeld: 'Nou, gevonden, hoor. Geweldig van je.'

Zijn mond is een streep. Hij kijkt om zich heen en spartelt opnieuw met zijn armen. Zoeken zijn ogen mijn moeder? Ik geloof dat ik nu bijna moet huilen en het jongetje kijkt stil naar me op. Ik vraag: 'Waar zijn jouw mamma en pappa? Waarom zoeken ze je niet?' Ik raak hem voorzichtig aan en zeg: 'Hoe kan je nou stoppen met groeien? Welke moeder vraagt zoiets?'

Hij brabbelt.

Dan duw ik hem omver, ga naar binnen en ik hoor hem huilen.

In de zitkamer is niemand, in de hal ook niet, ik kijk achter de jassen. Ik roep ze, het blijft stil, maar als ik in de keuken sta en naar buiten kijk, het zonlicht in, zie ik in een flits iemand over het gras rennen. Was dat Harold? Ik loop naar buiten, de tuin is weer verlaten, en het jongetje zie ik ook nergens meer.

'Mam?' roep ik.

Ik luister een tijdje. Ik loop naar het zwembad en er klinkt gerommel achter het zwembadhok. Ik ga eromheen en hoor een lach, het is die van Pam, ik hoor haar wegrennen van de andere kant, maar als ik weer in het gras sta is ze verdwenen. Ik luister of ik iemands adem hoor. Wat is dit voor een vervelend spel, waarom willen ze het spelen? En ik kijk naar de blinkende ramen van ons huis en kan zo weer janken als ik wil. Alsjeblieft, mamma, het spijt me, is dat niet genoeg? Ik had iets moeten zeggen, bij Ciel, maar ik heb het niet gedaan, ze waren ouder, dat snap je toch wel?

Ik loop langs de struiken in de richting van het hek, ik denk: hou op, we zijn toch geen vijf meer? Ik hoor een tak kraken verderop in het bos, ik klim over het hek, ik houd mijn adem in.

Ik stap langs de varens en opeens schiet er iemand uit die varens omhoog, hij slingert me tegen de grond. Hij joelt, rent weg, en als ik overeind krabbel zie ik hem wegschieten langs de struiken. 'Ik zie je! Ik zag je, Harold!' roep ik, maar het is niet waar, want ik weet niet of het Harold is of Pam en ik zie de ander nu ook niet meer.

Boven me klinkt geklapper van vleugels, ik hoor het gekraak van de bomen, het is donker waar ik loop. En als ik omkijk, verschijnen ze daar toch ineens, bij het zwembad, mijn broer en mijn zus. Ik klim weer over het hek. Ze zien me, ze lachen, ze hijgen.

'Waar is mamma?' vraag ik.

'Waar is dat jongetje?' vraagt Pam terug.

Ik blijf staan, ik schud mijn hoofd, er valt een stilte.

Harold zegt: 'Zo straks was-ie...' Hij maakt de zin niet af. Hij wijst.

En Pam loopt op het zwembad af, kijkt over de rand en schudt haar hoofd.

We zoeken lang, we zoeken ieder afzonderlijk. Pam en Harold overal buiten, ik in de serre, in de keuken. Hoe heet dat buurjongetje, hoe heet dat rotjoch? Dan kon je een naam roepen. Waar is mamma toch?

Ik ben een tijdje in de hal, ik hoor ze roepen. Laat toch gaan, denk ik, die sukkel is vast teruggekropen. En langzaam loop ik de trap op en ik stap heel zacht mijn moeders kamer in, ze ligt daar op haar bed. Haar voeten bewegen, maar ze heeft haar ogen gesloten. Ik ga op de bank zitten die tegen de muur aan staat.

'Mam?' fluister ik.

Ze reageert niet.

Maar wanneer ik ga liggen en het leer van de bank een beetje kraakt, opent ze toch opeens haar ogen, alsof ze me dan pas hoort. Alsjeblieft, mam, ga slapen, ik ken dit, ik wil het niet nog een keer.

De gordijnen wapperen, ze strekt haar hand naar me uit.

Ik weet dat ik nu niet moet lachen, me niet moet bewegen en ik blijf staren, ze staart terug.

'Slapen, mam,' fluister ik.

Ze knikt.

'Ik wacht hier wel.'

Ze knikt opnieuw.

Ze doet haar ogen dicht en ik weet niet, na een tijdje heb ik ook echt het idee dat ze slaapt. Ik sluit zelf mijn ogen. Ik hoor ze roepen beneden, maar het kan me niks meer schelen, al ligt dat kind daar op die zwembadbodem. 'Niet te koop zetten, mam,' fluister ik nog. Ik hoor haar zuchten, ik spied door mijn wimpers, ze beweegt zich niet.

En dan moet ik hoesten. Ik hoor haar schuiven in het bed.

Als ik mijn ogen weer open, heeft ze zich opgericht. Ze beeft helemaal, ze kijkt me aan, ze kijkt me met die wijd opengesperde ogen aan. Ze wil gillen maar het lukt haar niet. Ze trekt dat kussen tegen zich aan. Ik kom overeind en ze schudt haar hoofd. 'Alsjeblieft,' fluistert ze. 'Alsjeblieft, niet doen... Niet doen... Ik wil niet...' Naar wie kijkt ze nu, kijkt ze naar mij?

Ze trapt met haar benen. Ik sta op, loop op haar af en pak haar armen beet, ze rukt zich los. Ze huilt, ze knijpt me, ze krabt me. Ik zeg dat ik het ben, maar het helpt niet, het helpt gewoon niet. Ik zeg mijn naam, mijn volle naam, maar ze wil hem niet horen. 'Ga weg! Ga weg!' bijt ze me toe. Ze krabbelt naar achteren op het matras en probeert me af te weren. Ik grijp haar bij de polsen, ik doe haar pijn, ik merk het, maar ze moet ophouden. Ze bijt me en ik wil haar al bijna slaan, maar opeens omhelst ze me en ze huilt en zegt dat ik sterk ben, heel sterk, eng sterk, ze zegt het wel tien keer achter elkaar en nu huilen we alle twee.

We liggen daar nog lang, ze aait me en haar adem wordt weer rustig. Ik durf me niet te bewegen. Wat is er toch, mam, wil ik vragen, maar hoe vraag je dat? Hoe vraag je dat zonder dat het weer begint? Ze geeft me een zoen. Ik geef er een terug.

Dan klinken opnieuw geluiden uit de tuin, er klinkt een lach, het is de lach van Pam. Mamma richt zich op en neemt me mee van het bed, het balkon op. En we staan daar aan de reling en Harold en Pam zien ons en wijzen naar het balkon van de buren, de buurvrouw staat daar met dat kind in haar armen en zwaait.

Mijn moeder doet zo eng normaal. We zetten Pam op de trein en het regent opnieuw. We wachten bij het station in de auto, de ruitenwissers gaan heen en weer en de ramen beslaan. Mijn moeder en Pam en Harold stappen uit als de trein aan komt rijden, maar ik niet. Ze lopen in de regen het perron op, ze omhelzen elkaar. En als de trein het station binnenrijdt, gooit Pam de tas op de grond, rent terug, ik draai het raampje open. Ze zegt: 'Ik kom de hele zomer. Ik kom de hele zomer thuis studeren. Je wordt nog gek van mij.' Ze rent terug en stapt nog net tussen de dichtgaande deuren naar binnen.

Mamma staat alsmaar voor het raam in de serre als we weer thuis zijn. Harold zit de hele avond boven. En als het donker wordt tref ik haar aan in de eetkamer, aan tafel. Ze heeft muziek opgezet, ze zit daar maar. Ik zeg haar dat ik ga slapen. Dat ze dat ook moet doen. Ze zegt: 'Kom 's bij me?' Maar ze zegt het heel vlak. Ik doe wat ze zegt, maar er volgt geen gesprek. We wisselen zelfs geen blik. Er is het moment dat ik me naar haar toe buig en haar een nachtzoen geef. Ik knip nog een lamp voor haar aan.

Nee, ik herinner me niet of ik mijn broer nog welterusten wens. Ik weet nog wel dat ik me uitkleed, dat die muziek stopt, dat het heel stil is in huis. Ik ga liggen en denk aan mijn zus in die stad. Aan het buurjongetje in het huis hiernaast. Aan mijn moeder in de kamer.

Ik kan heel lang niet slapen. Ik draai honderd keer mijn kussen om. Maar op een gegeven moment moet ik toch in slaap zijn gevallen, want opeens schrik ik wakker. En ik weet dat ze daar zit, ik voel het, ik hoef niet op te kijken en ik doe het ook niet, ik beweeg me niet. Mijn hart klopt in mijn keel. Ik voel een hand in mijn haar. Op mijn schouder. Over mijn rug. Het is de allerlaatste keer dat ik haar voel. Ze mompelt iets, misschien is ze daar al duizelig van de pillen.

Ik spied door mijn wimpers als ze door de kamer loopt. Ze kijkt om en misschien ziet ze dat ik kijk. Wankelt ze als ze over de drempel stapt? Ze blijft daar een tijdje hangen in de deuropening.

Even later hoor ik haar in haar kamer. Op dat moment denk ik dat ze gaat slapen, hoe moet ik weten dat ze wacht tot het licht wordt?

De volgende ochtend is haar kamer verlaten, ik denk nog dat ze Panter aan het uitlaten is. Harold denkt het ook, we zeggen het tegen elkaar aan het ontbijt. We weten niet dat Panter op dat moment naast haar zit te wachten, terwijl ze daar ligt met één been in de beek. Dat dat beest wacht tot er iemand voorbijkomt en hij het op een blaffen zet. Dat horen we later.

We gaan naar school, mijn broer en ik. We kijken elkaar vlak voor het schoolplein nog aan. Waag het niet om me nu nog te kennen, dat is wat Harolds ogen zeggen.

We hebben drie uur les, het is gaan regenen, en tijdens de eerste pauze staat Panter daar druipend voor me op het schoolplein. Ik ben bang dat mamma daar ook staat, alsjeblieft, geen verregende moeder voor mijn neus. Ik jaag Panter terug het bos in en mijn vrienden lachen en ik lach mee.

Ik ga in de grote pauze naar huis. Beneden is niemand, maar als ik naar mijn kamer loop, met die boterham in mijn hand, zie ik mijn broer in zijn kamer zitten. Hij kijkt me aan, hij vraagt naar Panter, ik knik. Ik vraag naar haar, hij zegt niks terug.

We horen een auto. We horen deuren slaan. We horen stemmen. Pams stem en mijn vaders stem. Ik neem nog een laatste hap van die boterham, ik kauw erop en slik hem door. Ze lopen de trap op, ik weet het dan al, en Harold ook, hij begint te huilen. Ze staan daar in de deuropening en mijn vader opent zijn mond, maar er komt geen geluid uit. Hij slikt zijn speeksel weg. Mijn zus loopt langs hem de kamer in en zegt het. Ze zegt dat ze dood is. Mijn broer springt op en slaat die ruit kapot. Ik kijk toe hoe ze op hem af schieten, hoe ze hem vastpakken en weghouden van dat raam. Ik ga staan en kijk door het gat, ik weet niet waarom. Ik wil het zwembad zien misschien.

En nu trekt mijn vader me weg bij dat raam, ik worstel me los en begin te schreeuwen: 'Ze was niet goed! Ze was dagen niet goed, en gisteren al helemaal niet en ik heb niks gezegd. Ik heb jullie niks gezegd! Ze was bang voor mij! Ze was eerst bang voor Harold en toen ook voor mij! Maar ik deed haar niks! Ik heb haar niks gedaan en ze krabde en sloeg en beet me, waarom?!'

Pam en mijn vader die naar me kijken na deze woorden. Harold met dat bebloede shirt om zijn hand geknoopt, waar hij dom naar staart. Mijn zus trekt me naar zich toe op bed, terwijl mijn schouders schokken. 'Waar is ze? Waar was ze?' vraag ik nog. Mijn zus geeft antwoord, ze krijgt het uit haar strot. Ik begin te huilen, ze pakt me vast en duwt mijn hoofd onder haar kin. En ik ruik haar geur en de geur is zo anders dan de geur van mijn moeder, het is het enige wat ik in die kamer, op dat bed van Harold, nog denk.

Zeven

De regen is gestopt, de zomer waait door de open ramen naar binnen, mijn koorts is gezakt. Harold is al drie dagen weg. We wachten. We wachten in een benauwde keuken met de zon in het raam. Ik vraag waarom we niet gaan zoeken, mijn vader antwoordt: 'Maar ze zoeken ook, jochie. Ze zoeken als gekken. Ze weten wat ze doen.' Heeft hij net zo'n knoop in zijn maag als ik?

Dat moet wel, want hij rookt, hij rookt de ene sigaret na de andere, dat doet hij nooit. Hij staat op en gaat weer zitten. Hij kijkt naar Pam, hij kijkt naar mij, hij zegt: 'Ik ben opgelucht dat je weer beter bent, het is tenminste iets.' Hij pakt de krant en begint te lezen. Altijd dat lezen, is dat een tic? Deed hij dat bij mijn moeder ook?

Hij schuift de krant weer weg, en zegt: 'Wat als Harold naar huis komt en wij zijn net weg? Wil je dat?'

'Is dit hier zijn huis?' vraag ik.

Hij negeert die woorden, hij zegt: 'We moeten praten, Toob.' Hij strekt zijn hand uit en pakt de mijne. 'Wat doe je daar toch? Wat doe je in die tuin?'

Ik antwoord dat iedereen weg is. Dat al mijn vrienden met vakantie zijn. Ik zeg: 'Weet ik veel. Ik ging er maar één keer heen. Je moet toch iets?'

Hij glimlacht. Pam zucht en staart naar de deur. Opeens kijkt mijn zus me aan en zegt: 'Wie zijn dat? Wie zijn *al mijn vrienden*?'

'Gewoon. Van school,' mompel ik.

'Zoals David Nowak zeker,' zegt ze.

Ik schud mijn hoofd zonder op te kijken. Hoe weet ze dat?

'Heb jij eigenlijk wel vrienden?' vraagt ze.

Ik knik. 'Jij?' zeg ik terug.

'Hou op, jullie,' zegt mijn vader. Hij probeert mijn blik te vangen. 'Zeg 's, met wie ben je daar?'

Ik kijk naar buiten, hij knijpt in mijn hand.

'Met niemand,' antwoord ik.

'Toob?' zegt hij. 'Luister eens naar me...?'

Ik trek mijn hand weg, ik kijk hem nog steeds niet aan.

'We zijn niet kwaad,' zegt hij. 'Niemand is kwaad. Maar we weten zo slecht wat er in je omgaat. Mamma is... Ze is... Het lijkt of... Of je dat niet wilt weten. Kijk me eens aan?'

Ik doe wat hij me vraagt.

Hij zegt: 'Ze is dood. Dat is afschuwelijk. Ik voel het ook. Maar ze is er niet meer. En niks kan dat...'

'Panter is ook dood,' zeg ik.

Zijn gezicht vertrekt, hij kijkt naar Pam en knikt. 'Die ook,' zegt hij.

'Dankzij jou,' zeg ik.

Er valt een stilte.

Ik zeg: 'Ja, Panter is dood. En als je... Weet ik veel. Ik hoor hem blaffen, ik hoor hem gewoon nog blaffen. In de tuin. Als je daar ligt en je hoofd optilt met de zon tegen je aan, dan hoor ik hem. En ik hoor mamma ook. Ze aaide hem onder zijn kin, hij kreeg tranen in zijn blinde ogen, dat kreeg hij alleen bij haar. Mag ik daar alsjeblieft aan denken? Laat me. Of ben ik soms ook gek?'

Hij schudt zijn hoofd. 'Het is alleen... Het is zo... Voor jou, bedoel ik... Het is zo...'

'En?' vraagt Pam. 'Heeft mamma nog iets tegen je te zeggen?' Ze kijkt me hard aan.

'Ze is dood, remember,' zeg ik.

Mijn vader kijkt naar mijn zus en zegt vlak: 'Zie je, hij weet het best.'

Opeens sta ik op, ik stoot mijn stoel erbij om, ik schreeuw ze toe: 'Ja, ik weet het. Natuurlijk weet ik dat. *Ik* ben niet degene die gek is. Ze is dood. Dat rotwijf is dood! Maar wat doet ze hier dan nog? Hier, in deze keuken, jullie voelen haar nu toch ook? Ik heb het heus wel door, jullie voelen haar en jullie houden je bek! Jullie houden altijd je bek! Waarom hebben jullie niks gezegd? Ze is dood! Wij hebben er niks tegen gedaan. Ik was wakker maar ik zei niks. Had ik iets moeten schreeuwen? Je bent een lijpo. Je bent altijd lijp geweest! Iedereen zegt het. Het hele dorp. Ze pesten ons, ze lachen, iedereen lacht ons uit om jou! Had ik moeten zeggen: je liet me alleen op dat balkon! Ik was zeven en je liet me alleen! Had ik dat moeten zeggen?!'

Pam staat ook op. Ze wil weglopen, dat merk ik, maar ze doet het niet.

Mijn vader kijkt me strak aan. Hij pakt iets uit zijn zak en gooit het op tafel. Het is een bandje met een belletje eraan. Een vlooienbandje van een kat.

We zijn alle drie heel lang stil.

'Nou?' vraagt hij.

Ik zeg niks terug.

'Waarom doe je dat, Toob?'

'Waar heb je dat gevonden?' vraag ik.

'Bij het zwembad... Zeg 's? Ben je echt *zo* boos?'

'Nee, we hoorden ze alleen...' stamel ik. 'We hoorden die belletjes.'

'Wie hoorden ze?' vraagt hij.

Ik schud mijn hoofd.

Hij zegt: 'Alsjeblieft, biecht dan op dat je het doet. Vertel het gewoon. Je bent kwaad. Ik zie het aan alles. Ik zie toch hoe je naar ons kijkt? Je weet niet wat je deed. Je was ziek. Je had hoge koorts. Je stopt er onmiddellijk mee. Met wie ben je in die tuin? Wie zijn er allemaal bij? Van wie moest je dat doen?'

'Ik moest van niemand iets doen.'

'Hou op met liegen. Het is niet zomaar iets. Waarom doe je dat met die katten? Zeg het ons.'

'Ik doe die beesten niks. Dat doet hij.'

'Hij?' vraagt mijn vader.

Ik zwijg en kijk ze aan. 'Rot toch op.'

'Toob. Alsjeblieft,' zegt hij.

'Jullie geloven me toch niet.'

'Probeer het eens,' zegt hij.

Ik hef mijn gezicht omhoog en kijk ze aan. Ik schud mijn hoofd.

'Wie is *hij*?' vraagt hij.

'Nee,' zeg ik.

'Wie is het? Toch niet weer dat ene verhaal?'

En terwijl ik hem antwoord kijk ik naar het bandje: 'Maar ik zag hem. Ik zag hem een paar dagen terug, bij het huis van David, bij de tennisbaan. Hij was niks veranderd. Hij wordt niet ouder. Misschien wel steeds jonger. Ik zag hem echt en ik zag hem toen ook, op het schoolplein, toen ik klein was, jij moet hem ook hebben gezien. In de schooltuin, aan het hek. Hij keek me aan en stak zijn hand uit. Hij lachte. Hij lachte me uit. Hij lacht *ons* uit. Je was erbij, pap... Het was warm. Ik werd ziek. Hij is... Hij wacht.'

'Maar waar wacht hij dan op, denk je?'

'Dat weet ik niet,' antwoord ik.

'Je zegt: hij wordt niet ouder. Maar iedereen wordt ouder.'

'Hij niet. Ik heb hem twee keer gezien en hij wordt niet ouder. Hij wordt juist jonger, zeg ik toch?'

Ze kijken naar me. Pam schudt haar hoofd en verbergt haar gezicht in haar handen.

'Wat is er?' vraag ik.

Ze geeft geen antwoord.

Opnieuw pakt mijn vader mijn hand. Hij kijkt wanhopig, hij zegt: 'Toob. Die man... Het zit in je hoofd.'

'Mamma zag hem anders ook,' zeg ik.

'Dat bedoel ik. Je moeder zag hem ook. Je moeder was...'

'Gek?' vraag ik.

'Dat zeg ik niet.'

'Maar dat zeg je wel. Zie je, jullie geloven me niet. Hij is donker. Hij heeft... We moeten...'

Mijn vader zucht. 'Rennen,' zegt hij. 'Dat weet ik, we moeten rennen als we hem zien... Voor de zoveelste keer zeg je het...' Hij zwijgt. En dan zegt hij: 'Twijfel je ooit?'

Ik kijk hem aan. Ik schud mijn hoofd.

Hij zegt: 'Je was zeven. Je was zeven en je maakte dat mee. Dat met je moeder. *Zeven*. En het spijt ons, het spijt ons nog iedere dag. Ik weet hoe je naar haar keek. Zo keek ze ook naar jou, geloof me. Ze was zo blij met je. Ik zie nog steeds haar gezicht op de dag dat je geboren bent. Ze had geen oog meer voor mij, zo blij was ze. Ze hoorde me niet, ze keek alleen maar naar jou. Zoiets vergeet je niet meer. Je mag niet kwaad op haar zijn. Snap je dat? Hoor je me wel? Het is haar beslissing. Ik word misselijk als ik daaraan denk. Je zus ook. Harold ook. Jochie, je vader denkt zich gek. Hij vraagt zich steeds opnieuw af waarom ze het deed. Maar er is geen echt antwoord. Het is *haar* beslissing. Daar komt het iedere keer op uit. Tobi, er is niemand daar buiten. Helemaal niemand. Er is niemand die wacht. Die ons uitlacht. Het zit in je kop en het moet eruit. Je moet ons vertrouwen. Vertrouw je ons?'

'Maar hij spreidde zijn armen,' zeg ik. 'Hij spreidde zijn armen als een vogelverschrikker, op dat plein. Heb ik dat dan niet gezien?'

'Ik weet het niet,' antwoordt hij. 'Misschien. Misschien was er iemand. Gewoon alleen maar iemand. Per ongeluk. Net toen je ziek werd. Dat kan toch?'

Ik knik.

Heel lang zeggen we niks. Pam staart naar me met tranen in haar ogen. Ze stamelt iets wat ik niet versta.

'Pap?' vraag ik.

'Ja?'

'Wat deed die man van de inrichting hier? Moet Harold daarheen? Is hij daarom weggelopen?'

'Is dat wat je denkt?' vraagt hij.

'Is het dan niet zo?'

'Nee, natuurlijk niet. Hij moet thuiskomen, dat is wat hij moet doen.'

Ik kijk naar het bandje op tafel en zij ook. Ik schud mijn hoofd en zeg: 'Ik heb niks met die katten gedaan. Echt niet. Ik wil niet ook naar dat gekkenhuis.'

Ze zeggen niks terug.

'We waren daar,' zeg ik. 'We hoorden die belletjes. Harold klom over het hek. Nickie zei...' En ik zwijg meteen.

Beiden kijken op. Mijn vader legt zijn armen over elkaar en vraagt: 'Nickie zei wat?'

De telefoon die gaat. Mijn vader die opneemt en luistert, bijna niks terugzegt en weer ophangt. Hij draait zich niet meteen naar ons om, staat hij daar nu te huilen?

We volgen hem naar de auto in het felle zonlicht, hoe kan het in een paar dagen zoveel warmer geworden zijn? Of voelt het zo omdat ik weer beter ben? Even later rijden we het dorp uit, langs de maïsvelden, het spoor over, we zitten een halfuur in de auto zonder een woord te zeggen. En we slaan die weg in, die weg met de overhangende bomen, ik herken hem, het is de weg naar de inrichting. Pam herkent hem ook, dat merk ik.

Hij parkeert de auto halverwege de lange weg omhoog. We stappen uit en staan onder de hoge bomen, er hangt een wolk muggen boven de motorkap. Mijn vader kijkt naar rechts, naar links, hij steekt over, ik zie de zweetplek op zijn rug. Hij roept mijn broers naam. Er komt een auto langs, mijn vader bukt om te zien wie erin zit en de mensen kijken terug, ze zwaaien, er wordt getoeterd, iemand steekt joelend zijn hand uit het autoraam.

Mijn zus steekt ook over, ik zie ze praten, ze negeren mijn blik. Mijn vader wijst naar het bos. En ik tuur naar die weg omhoog en vraag me af hoe lang het nog rijden is naar het gesticht. Een kwartier hooguit? Ik kijk opzij langs de bomen. En stonden pappa en mamma ons hier niet ergens met de auto op te wachten? Toen ik met die man aan kwam lopen met Panter en die gewonde poot? Ja, toch? Ik loop een eind de weg af en zie volgens mij die parkeerplaats waar onze auto toen stond.

Op dat moment merk ik dat er iemand achter me staat en ik draai me om. Het is Pam, die is teruggelopen. Ik kijk langs haar, mijn vader is nergens meer te bekennen.

'Wat doen we hier?' vraag ik.

Ze haalt haar schouders op. 'Wachten?' zegt ze. 'Op die aansteller. Wat *wil* Harold nou? Wat denkt hij hiermee te bereiken?' Opeens begint ze te huilen, dat merk ik, ze probeert het een beetje te verbergen. Ze draait zich van me weg, ze vloekt. Ze zegt zacht: 'Niet die Nickie, Toob. Alsjeblieft, niet doen. Ik ben zo moe van alles. Zo doodop. Doe het niet. Niet ook dat nog. Ik trek dat niet.'

'Je kent haar niet zoals ik haar ken,' zeg ik.

Ze kijkt terug. 'Nee, jij kent haar niet zoals *wij* haar kennen,' zegt ze.

'Waarom haat je haar zo?'

'Om wat ze doet. Eerst met Harold. Nu met jou.'

'Ze doet niks met me,' zeg ik.

'O nee? En waarom praat je dan over haar in je slaap? Ik zat de afgelopen dagen aan je bed, dat moest van pap. En je lulde maar door over die stomme trut. Echt. Er kan niks goeds van komen. Vergeet haar.'

Vergeet haar? denk ik. Hoe dan? Ze is mooier dan jij, Pam, nog veel mooier. Is dat het? Ben je jaloers?

Ik vraag: 'Waarom zat die vent van de inrichting bij ons in de keuken? Wat kwam hij doen?'

Ze veegt haar tranen weg, ze schudt haar hoofd terwijl ze omhoogkijkt. Ze zegt: 'Ik vroeg me precies hetzelfde af. Wat wou die vent?'

'Maar wat zei hij dan allemaal?'

'Gewoon. Niks,' zegt ze.

'Ik hoorde jullie de hele tijd praten.'

'Godver, wat wil je nou horen?' zegt ze met luide stem. 'Hij had het over mamma, nou goed? Hij had ons nog niet gezien, niet sinds... Hij wou er eens lekker met ons over praten. Hij wou die ellende eens even helemaal uitkauwen. En er lekker bezorgd bij kijken. Alsof het hem iets kon schelen, die pottenkijker. Wat heb je eraan om te praten? Ze komt nooit meer terug. En hij wou jou ook spreken. Hij stond al bijna aan je bed, ik hield hem tegen.' Ze stampvoet. 'Fucking hell, wat *doen* we hier?'

'Waarom was mamma bang voor Harold?'

'Moet dit echt?' roept ze uit. 'Waarom zou je dat in godsnaam willen weten? Wat wil je van me horen? Jongen, ik kan wel honderd redenen verzinnen. Ik zag dit en jij zag dat. Wat schiet je ermee op? En ik weet het ook echt niet, Toob. Ik *weet* het gewoon niet. Iets gezegd. Iets gezien. Iets gehoord. Allebei iets in hun hoofd gehaald. Of ze lijken te veel op elkaar, allebei te koppig, weet ik veel. En was ze eigenlijk wel bang voor Harold? Ik bedoel, was mamma niet zowat voor alles bang? Ik zat op mijn kamer en jij zat op jouw kamer en Harold zat op zijn kamer. Mamma was... Er zijn drie mamma's, die van mij, die van jou en die van Harold. Wat kijk je me nou aan of ik alles weet?' Ze draait zich om en loopt van me weg.

Na een kwartier is mijn vader nog steeds niet terug. Pam zit in het portier van de auto te wachten, ze staart naar de grond. Het begint te waaien en er is opeens die vreemde brandlucht die ik ruik. Ik loop een stuk de weg af en langs de struiken een veld op. In het midden staan een paar autobanden in de fik. Ik kijk een poosje naar de zwarte rookpluimen, ze verwaaien in de wolkeloze lucht. Heel in de verte hoor ik mijn vader roepen naar mijn broer.

Als ik voor de stapel brandende autobanden sta kijk ik in die flakkerende blauwe vlammen, ik voel de warmte van het vuur. Ik kijk om me heen of ik de persoon zie die dit heeft aangestoken. Ik denk aan de dingen die Pam zo-even zei. Drie moeders. Ik schud mijn hoofd. Nee, denk ik, niet drie, het waren er meer.

Ik roep mijn broers naam en steek het veld over, de zon hangt recht boven me. Ik loop tot waar het bos begint, ga naar links en loop nog een heel eind door. Ik ga zowat rennen als ik de omgeving begin te herkennen van die ene dag met Panter en Harold. En ik stuit op dat maïsveld, ik lach, maar ik schrik ook, omdat ik hem even denk te zien staan, die kerel met de baseballpet van toen. Ik duw de maïsplanten opzij, loop erdoorheen en ga die heuvel op. Ik waad door de varens, net als jaren terug.

En als ik het huis zie liggen nader ik het voorzichtig. De ramen zijn nog vuiler dan toen. Ik roep Harold, stap langs het hek de donkere tuin in, ik loop met mijn gezicht in een spinnenweb, ik spuug. Ik trek een van die dunne dode bomen omver en sta een tijd lang aarzelend voor die deur. Ik duw ertegen. Tot mijn verbazing gaat hij open.

'Harold?' zeg ik.

Er komt geen antwoord.

Ik stap de kamer binnen en een paar meubels staan er nog, je merkt aan de geur die er hangt dat er nooit meer iemand komt. Overal liggen muizenkeutels. Ik loop door naar de keuken en draai de kraan open, er komt geen water meer uit. De waterleiding rammelt niet eens. Ik loop terug en mijn blik dwaalt door de kamer. En in de hoek ga ik op mijn hurken zitten, ik strijk met mijn vingers over de stoffige vloer, op zoek naar haren van Panter. Het zou toch kunnen, want hoe lang heeft hij daar niet liggen maffen? Ik kijk naar het vuile raam waar maar weinig licht doorheen komt, naar de wuivende toppen van de bomen.

Dan richt ik me op en ga liggen op die vochtige stinkende bank, die bank waarop ik in mijn broek plaste, waarna ik om mijn moeder riep. Ik denk aan de rode jas van mijn vader die ze droeg op die avond. Dat jack waarin pappa onze dode Panter wikkelde en met hond en al in die kuil schoof. Waarom is Harold niet hier, wat is er toch met ons?

Ik laat mijn arm op de grond zakken, ik schuif met mijn vinger heen en weer over de vloer, ik kijk naar de strepen die ik trek. Ik merk hoe moe ik ben, hoewel ik drie dagen achter elkaar heb geslapen. Even moe als Pam, dus wat zeikt ze nou? En ik voel iets onder de bank, iets van stof, ik grijp ernaar en trek Harolds jack van toen onder de bank vandaan. Het jack dat hij me gaf, omdat ik het koud had alleen in pyjama. Ik ruik eraan, ik weet niet waarom. Maar ik moet er alleen van niezen. Ik houd het jack omhoog. De mot zit erin. De schimmel ook.

Ik voel bij de zakken en voel iets hards. En als ik de rits opentrek vallen die hondenkoekjes eruit, maar ook iets anders, het valt op de grond en rolt over de vloer, onder de stoel in de hoek waar mijn broer ooit zat en naar me keek. Ik laat me van de bank af glijden, kruip naar de stoel en voel eronder.

Eerst snijd ik me aan de losse veren van de zitting, ik trek mijn hand weer terug, lik eraan en proef mijn eigen bloed. Ik buk dieper en kijk onder de stoel, ik zie het liggen tussen de stofvlokken. Het is een pillendoosje en ik rol het met mijn vinger naar me toe. Zijn het mijn moeders pillen? Waarom had Harold die mee?

Ik pak het doosje op en draai de dop eraf, er zit een lapje in gefrommeld. Ik haal het eruit, vouw het open en strooi de inhoud over de vloer. Het zijn tanden. De tanden van een kind. En een plukje haar. Een pluk donker haar. En een ring.

Ik pak de ring op. Houd hem omhoog en kijk in de binnenkant. Mijn vaders naam staat erin. Een datum. Een jaar. Dan veeg ik de tandjes bij elkaar, stop ze een voor een terug, draai de dop er weer op, de pluk haar laat ik liggen. Ik doe de ring in het lapje en stop hem in mijn broekzak en sta op.

Ik heb moeite de weg terug te vinden. Het vuur ruik ik niet meer. Ik kom uit bij een maïsveld, maar het is een ander maïsveld dan waar ik zonet was. Na een tijdje hoor ik het geluid van een auto, ik ren erop af en kom uit op de weg.

Het is niet mijn vader die voorbijrijdt, het is een vrouw, ze kijkt naar mij. Ik hol de weg af, met dat jack van Harold in mijn handen, het pillendoosje rammelt bij iedere stap die ik zet. Geen idee of ik de goede kant op ga, maar voorbij een bocht zie ik Pam en mijn vader al in de verte staan. Als ik bij ze ben kijkt mijn vader naar het jack, hij wil het afpakken, ik doe een paar stappen opzij, hij laat zijn armen zakken.

En de rook dwarrelt langs de bomen en we stappen in, mijn vader legt zuchtend zijn handen op het stuur. Hij zegt dat hij niet weet of hij moet hopen dat dat rotjong ooit nog thuiskomt. Dat hij in ieder geval hier niet is. Hij start de auto, draait de weg op, maar vlak voor die splitsing remt hij toch weer af en zet de auto aan de kant van de weg. Hij kijkt achterom naar mij, en Pam ook, hij wijst naar het jack.

'Wat is dat? Hoe kom je daaraan?'

Ik houd het omhoog en laat het weer zakken, ik merk aan hun gezichten dat ze de jas hebben herkend.

'Waar lag dat?' vraagt mijn vader.

'Ik mep die katten niet,' zeg ik.

Hij knikt.

'Waar heb je hem gevonden?'

Ik vraag: 'Pap? Mamma wou Panter toch niet echt dood? Dat zei Harold toen. Op die dag dat we wegliepen, herinner je je die dag? Hij zei dat jij het moest doen.'

Eerst zegt hij niks. Dan mompelt hij: 'Natuurlijk wou ze dat niet. Hoe, Toob? Hoe zie je dat voor je?'

'Maar waarom dacht Harold dat dan?'

Hij zegt niks terug en Pam kijkt naar hem.

Ik kijk uit het raam en haal mijn schouders op, ik zeg: 'Maar het maakt niet uit, wist je dat? Je hebt het later toch gedaan.'

Mijn zus schiet naar achteren en geeft me een klap.

We zwijgen en kijken naar elkaar. Mijn vader zet de auto in de versnelling en we rijden verder. Ik kijk om en bedenk dat we er bijna waren, jaren geleden, dat we nog maar nauwelijks hoefden door te lopen of we hadden mijn moeders inrichting bereikt.

Harold zit daar als we de keuken binnen komen lopen, hij trekt een gezicht alsof hij zeggen wil: waar bleven jullie nou? En mijn vader loopt met opgeheven hand op hem af, maar Harold verwacht het en staat snel op, hij staat met die uitdagende blik achter de tafel. Hij heeft zwarte vegen in zijn gezicht, zijn handen zijn vies en zijn kleren ook. Hij heeft zijn bril niet op. Hij is even groot als mijn vader, hij steekt zijn vuisten naar hem op.

Ik gooi Harold het jack toe, hij fronst en moet lachen en trekt het meteen ook aan, het zit vol gaten en je hoort de stof een beetje scheuren. Hij ruikt aan de kraag en trekt een vies gezicht. Hij steekt zijn armen naar voren, de mouwen komen tot bij zijn ellebogen. Hij voelt in de zakken, je ziet hem schrikken, hij trekt meteen zijn handen terug.

Op dat moment vliegt Pam hem aan, ze schreeuwt, ze gilt, terwijl Harold in de lach schiet. 'Klootzak!' bijt ze hem toe, hij weert haar af, ze staan daar hijgend tegenover elkaar. Ze vliegt hem opnieuw aan en krabt hem in het gezicht, mijn vader trekt ze uit elkaar en Pam begint te huilen. 'Klootzak!' schreeuwt ze nog eens. Hij kijkt haar aan, strijkt over zijn gezicht, bekijkt zijn vingers en loopt langs ons de keuken uit.

’s Avonds liggen mijn broer en ik samen op die kamer. Hij kijkt naar me, hij kijkt naar me vanuit zijn bed.

'Waar was je al die tijd?' vraag ik. 'Pappa is zo kwaad dat hij je niet eens meer iets doet, niet eens iets vraagt. Hij komt nu niet eens kijken.'

Harold grinnikt. 'En jij was weer eens ziek, hè?' zegt hij. 'Hoorde ik dat goed?' Hij fluistert: 'Tobi is zwak. Slappe lieve zoete Tobi. Net een meisje. Hey, girlie...'

Hij richt zich op en rekt zich uit in zijn blote bast en ik kijk ernaar. Nee, ik word nooit zo breed als hij.

'Domme Harold,' zeg ik terug. 'Domme Harold, die is blijven zitten. Die hier een jaartje langer moet blijven. O, wat jammer nou. Een jaartje langer dan hij wil.'

Hij stapt uit bed en buigt zich over me heen en drukt me in één beweging terug op het matras.

'Bek houden, jij,' zegt hij.

'Jij zocht hem, hè?' zeg ik. 'Jij zocht hem. Ik weet het zeker. Jij ziet hem ook. Jij hebt het ook.'

Hij schudt meewarig zijn hoofd. 'Wat ijl je nou? Ben je toch nog niet helemaal beter of zo?'

Ik duw hem opzij, kom overeind, loop naar zijn bed en trek die foto uit de gleuf. Ik houd hem voor me uit. Hij zwijgt en kijkt me aan. Schudt dan zijn hoofd.

'Nickie kent hem ook,' zeg ik.

'Dat is mamma,' zegt mijn broer. 'Met mij en Nickie, ja.'

'Ja. En hem. Daarachter. Kijk dan.' Ik houd de foto voor zijn neus.

Hij knijpt met zijn ogen omdat hij zijn bril niet opheeft. 'Je ijlt,' zegt hij nog een keer. 'Ik zie niks.'

Ik draai de foto om. Mijn moeder. Harold. Nickie. Niemand anders. Waar is die man die daarachter stond?

'Ik zag hem! Ik heb hem gezien... Ik... Waar is de andere foto? Geef hem... Jullie kijken hier ook anders. Mamma lacht hier. Ze lacht hier *echt*. Op die andere niet, daar heeft ze die neplach.'

Hij stapt op me af en grist de foto uit mijn handen. Hij kijkt ernaar en werpt hem op de grond.

En als ik hem wil pakken, duwt hij me weg en raapt hem

zelf weer op. 'Kijk eens? Mamma, Nickie en ik. Mooi trio, hè? Toen wel. Nou, kijk nog maar eens goed. Goed kijken, hoor. Laatste keer.' Hij scheurt de foto lachend in stukken en stopt de snippers in mijn handen.

Mijn broer staat heel vroeg aan mijn bed. 'Ga mee,' fluistert hij. 'Pappa slaapt nog. Pam ook. Straks wil hij natuurlijk praten. Heeft hij na kunnen denken. Wil je daarbij zijn? Nee, toch? Jij wilt hier toch ook helemaal niet wonen?' Hij legt zijn hand op mijn voorhoofd en zegt: 'Mooi, valt mee.' En hij staat daar tegenover me te schijnboksen, die broer van me, ik moet er toch om lachen, de pleaser lacht.

Harold laat zijn armen zakken en zegt zacht dat we niemand nodig hebben, hij wijst naar de deur en zegt: 'Die twee in ieder geval niet.'

'Waar was je nou al die dagen, Harold?' vraag ik. 'Vind je jezelf normaal?'

Hij lacht alleen en probeert me uit bed te trekken, maar ik sla zijn handen weg.

Hij zegt op valse toon: 'Jij hebt nogal wat vragen in dat koppetje van je, hè? Slaapt niet zo lekker, hè?'

Ik antwoord niet.

Nog eens wijst hij naar de deur. 'En je dacht zeker dat zij iets gingen vertellen?'

'Nee,' zeg ik zacht.

'Nou dan. Ga mee.'

Ik schud mijn hoofd.

Hij grijnst en buigt zich over me heen, hij fluistert: 'Ah, ik snap het al. Je wilt naar haar, hè? Lekker gelegen daar op het balkon met Nickie? Kijk maar uit met haar. Kijk maar uit dat je geen stijve krijgt...'

Ik draai mijn hoofd weg.

'Jongen, alsof je terug kunt naar die tuin. Pappa staat daar toch binnen vijf minuten en dan moet je weer weg.'

'Jammer dan,' zeg ik terug.

Heel stil kleedt mijn broer zich aan, ik kijk ernaar en denk: je bent drie dagen weggebleven, en nu ga je weer, hoe durf je dat?

Hij zit daar op bed zijn veters te strikken, ik kijk naar de deur en zeg: 'Als ik meega, vertel je het dan? Vertel je dan waar je was?'

Hij lacht, stapt op me af, buigt zich over me heen en fluistert in mijn oor: 'Heel misschien...'

We sluipen de trap af, stappen door de voordeur naar buiten, de straat is verlaten. Ik begin meteen over die belletjes, hij doet of hij me niet hoort en er rijdt een trein voorbij. Harold begint te rennen en ik ook, weg van dat huis met die vader erin, weg van Pam, die doet of ze mamma is. We komen langs het spoor, we rennen een poosje mee met die trein. Het lukt, want door het dorp maakt de trein nog maar weinig vaart. En ik kijk naar de mensen in de coupés, die weggaan, die ergens naartoe gaan, en nu zijn Harold en ik voor even gewoon twee broers die over straat rennen, broers die zich vervelen omdat ze niet met vakantie zijn. Ik roep: 'Is iedereen naar zee?' en hij roept terug: 'Ja, zij wel, en wij niet! Fuck de zee, Toob!'

We rennen door dat dodendorp, waaruit iedereen verdwenen lijkt. En als we in de villawijk komen, die we zoveel beter kennen dan de wijk waar we nu wonen, staken we het rennen en staan we buiten adem tegenover elkaar. Ik voel weer steken in mijn rug, maar ik zeg mijn broer er niks over, en ik hoest gelukkig niet. Hij haalt dat pillendoosje uit zijn zak en rammelt ermee. Ik vraag van wie die tanden zijn. Hij kijkt ernaar en zegt: 'Van Pam. Jongen, ik was het helemaal vergeten en toch wist ik het nog, hoe kan dat? Hoe kom je eraan?'

Ik vertel over het huis in het bos en je ziet hem denken, ik zeg dat het nu helemaal verlaten is, hij knikt, hij weet er kennelijk van. Hij zegt: 'Ik had dat doosje altijd in mijn zak zitten. Je kon Pam daar goed mee pesten. Een beetje schudden en ze werd al gek, ineens weet ik dat weer. Waarom werd ze zo pissig? Het zijn toch maar tanden?'

Ik zeg dat je dat haar moet vragen, niet mij.

'Suffe zus hebben wij, hè?' zegt hij, ik haal mijn schouders op.

Ik vraag opnieuw waar hij al die dagen was.

'Nee,' zegt hij. 'Niet zo snel. Eerst jij.'

'Wat?'

Hij vraagt waar we hem hebben gezocht.

'Ik was ziek,' antwoord ik. 'Ik had koorts. Ik weet het niet.'

'Maar waar kwamen jullie gisteren vandaan?'

Ik vertel het hem.

Hij lacht. 'Tssss... fuckers,' zegt hij. Opeens doet hij een stap naar voren. 'Zie je haar veel?'

Ik doe of ik hem niet begrijp.

Hij vraagt: 'En? Zit ze al in je hoofd?'

'Wie?' zeg ik.

'Wat zegt ze allemaal?' vraagt hij verder.

'Ze is vreemd,' zeg ik.

Hij lacht.

Vreemd en mooi, denk ik.

Ik open mijn mond, maar zwijg toch.
'Wat wou je zeggen?' vraagt hij.
'Niks.'
Mijn broer geeft me een tik op mijn hoofd. 'Vertel op.'
Ik mompel: 'Gewoon. Het is net of ze me heel goed kent. Of ze ons goed kent.'
Hij kijkt om zich heen en zegt: 'Shit.'

We lopen verder, we komen uit bij de rand van het bos, we gaan het bos in, daar waar die voor de helft afgebroken rodelbaan ligt, waar iemand een keer zijn nek heeft gebroken. 'Kijk niet zo, Toob, trek niet dat gezicht,' fluistert mijn broer. 'Je maakt me down en daar heb ik geen zin in. Nu niet en straks ook niet.'
Ik probeer te lachen en hij woelt door mijn haar. Hij scheldt me uit voor sukkel. En op dat moment kijkt hij naar zijn handen, en ik ook, ze zitten vol met krassen.
'Ik was...' zegt mijn broer. 'Ik was... Ja, waar was ik eigenlijk?'
'Je ging het bos in,' zeg ik.
'Is dat zo? Jezus, ik ben moe.'
'Omdat je belletjes hoorde.'
'Belletjes?' vraagt hij. Kijkt hij me nu pesterig aan? Hij voelt aan mijn voorhoofd. 'Gaat het goed, Toob?' vraagt hij.
En nu begin ik toch te hoesten en mijn broer kijkt toe.
'Ga maar naar huis,' zegt hij. 'Niet goed voor je, dit.'
Ik schud mijn hoofd.
Hij loopt weg, ik zeg dat hij moet wachten, hij draait zich om.
Ik loop naar hem toe en ik weet niet waar ik moet begin-

nen, want hij kijkt weer zo. Ik begin over dat huis, waar ik dat doosje vond, ik zeg dat ik me nog zo goed herinner dat ik daar de eerste keer was. Ik zeg: 'Met jou. Met Panter. Jij zat daar in de hoek van de kamer, weet je dat nog? Bij Panter. Je praatte en ik deed of ik sliep, maar ik hoorde alles wat je zei. En je ging naast me zitten, en praatte verder.'

Hij kijkt me moeilijk aan. 'Wat zei ik dan?'

'Ik weet niet. Dingen. Over een dag. Dat je wou dat we die hadden overgeslagen.'

Hij schrikt, hij zegt: 'Jezus. Echt?'

Ik kijk in zijn verbaasde gezicht en vraag me af of hij liegt.

'Dat rotgeheugen van mij,' zegt hij.

'Je zei iets over pappa. Dat hij... Ik weet niet...'

'Wat?'

'Dat hij iets had gedaan,' zeg ik.

Hij schudt zijn hoofd, hij wrijft met zijn hand over zijn gezicht. 'Tobi, als ik het wist... Als ik het wist. Echt. Hoeveel plaats is er in mijn hoofd? Ik weet niet... Wat zei ik dan? Soms weet je niet meer wat echt is en wat niet. Heb jij dat nooit?' Hij lacht. 'Sorry.'

'Is het iets met Nickie?' vraag ik.

'Ja. Met haar. Ze was... Ze kwam...' Hij zwijgt.

'Waarom moest ze weg?' vraag ik. 'Ze vertelde dat ze weg moest uit onze tuin. Dat pappa haar wegjoeg zoals je een kat wegjaagt. *Ksssjt!*'

Zijn ogen worden groter.

'O jezus, ja, *dat*...' zegt hij zacht. 'Ik was daarbij. Jij ook.'

Hij legt zijn hoofd in zijn handen en sist. 'Dat heeft ze onthouden. Nickie was... Ze was mijn vriendinnetje.' Hij lacht. 'We scholden samen Pam uit. Ze was zo anders toen. Grappig, ontzettend grappig. Je gelooft het niet. Nee, ik geloof het bijna niet. Het is anders dan nu, anders dan hoe ze nu doet.'

Hij buigt zich naar me toe en zegt zacht: 'Ik haat haar. Maar niet altijd. Soms... Soms zie ik iets... Iets van toen. Heel even, en dan is het weer weg. Zie jij dat ook bij haar?' Hij zwijgt en mompelt: 'Ze lijkt op mamma.'

Ik knik, maar hij ziet het niet.

Hij zegt: 'Het is haar schuld niet. Het is onze schuld. *Mijn* schuld. Ze moest weg, en ik stond erbij en ik keek ernaar, we mochten elkaar niet eens gedag zeggen.' Hij kijkt omhoog en doet zijn ogen dicht. 'Jongen, dat kutgeheugen van mij... Mamma... Ze zei geloof ik dingen. Dingen waar Nickie om moest huilen. En daarna...' Hij kijkt weer naar mij en zegt: 'Daarna was Nickie foetsie. De tuin uit. En wij maar niks zeggen. Zo ging het toch altijd? Pam en ik en pappa maar aardig proberen te doen tegen mamma. Maar dat hielp geen kloot. Jezus, hoe lang is dat nu geleden?'

Hij lacht, maar hij heeft opeens ook tranen in zijn ogen. Hij zegt: 'Maar ze kwam terug, dat coole wijfie. Nickie *liet* zich niet wegsturen. Ik geloof ook dat ik wist dat ze dat ging doen. Ik stond vroeg op. Met jou, Toob. Ik haalde je uit bed. Hoe oud... Hoe oud was jij toen? Ik ging met je naar beneden. Ik rende vooruit de tuin in. En dan... Dan moest jij op me af komen rennen en dan tilde ik je op... Jezus ja, dat vond je mooi, jongen, *mooi*. Ik weet het weer. Ze was er. Nickie was er ineens. En we kregen ruzie. Ruzie over wie met jou mocht zwemmen. Zij won, denk ik. Ze wint altijd. En daarna ging ik met je zwemmen en daarna kregen we weer ruzie. We schreeuwden te hard, denk ik. Mamma stond opeens op de rand, ik schrok me rot. Ze sprong met ochtendjas en al het water in. Ze pakte jou van me af. En toen deed mamma naar Nickie: *Ksssjt! Ksssjt!* Het was mamma die dat deed, niet pappa. Mamma.'

Hij lacht maar een beetje, hij zegt: 'Nickie wou er alleen maar bij horen. Ze wou bij ons horen. Is dat zo erg?'

Ik haal mijn schouders op. Ik zeg dat Nickie het anders vertelde: 'Ze vertelde dat mamma met mij aan het zwembad zat toen ze de tuin in kwam, niet jij. Dat mamma haar met mij liet zwemmen en dat pappa daar stond op die rand. Waarom vertelde ze het zo?'

'Vraag het haar...' zegt mijn broer. 'Maar zo is het niet gegaan.'

Ik kijk op naar de bomen.

'Daar zit Nickie niet, hoor,' zegt hij.

Ik lach en hij ook, maar meteen verdwijnt zijn lach, hij zegt: 'Mamma is een rotwijf.'

Ik geef hem een duw. 'Niet zeggen.'

'Maar het is zo. Gewoon een rotwijf. Het komt allemaal door haar, snap dat nou. Zij wou dat pappa uit huis wegging, hij wou blijven. Rot op! riep ze, ik was erbij. Rot op! En ik ging voor pappa staan en toen schreeuwde ze: ga dan mee! Ga dan met je vader mee! En ze riep dat ook naar Pam op de trap. Ze was een rotwijf. Sorry. Het is nu eenmaal zo. En vind je het gek dat ik altijd weg was...? Dat ik 'm peerde, weet ik veel waar naartoe. Als ik maar weg was, weg-weg-*weg* uit dat rothuis, met die moeder die nooit iets zei. Waar ik allemaal niet heb gezeten, je wilt het niet weten. Je had me moeten zien. Vind je het gek dat ik haar nooit aankeek als ik weer thuiskwam? Want als ik toch weer thuiskwam dan had ze gewonnen. En dan altijd die vragen van haar. Waar was je?

Waarom liet je ons alleen? Hoe kan je het ons aandoen? Zulke kutvragen. Maar ik zei niks terug en ik ging ook niet huilen, ik keek wel uit. *Zij* huilde, en ik lachte en dan werd ze gek, weet je nog, dat heb je toch wel eens gezien? Fuck, ik was blij wanneer ze weer eens drie dagen niet tegen me praatte. Hartstikke blij. Dag, mam. Goeiemorgen, mam. Ik ga naar school, veel plezier vandaag, mam. Nee, daar had ze niks op terug te zeggen. Ze haatte me alleen.'

'Mamma haatte je niet,' zeg ik.

'O jawel. En Nickie haat me ook. Maar het kan me geen flikker schelen. Jammer dan. Ze doen maar.'

Hij kijkt me aan en zegt: 'Als jij me maar niet haat.'

Ik glimlach en schud mijn hoofd. 'Nee,' zeg ik.

'Ook niet om wat ik nu vertel?'

Nog eens schud ik mijn hoofd.

Hij stompt me zacht. 'Maf broertje heb ik,' zegt hij. Hij kijkt even om zich heen en buigt zich dan naar me toe. Hij fluistert: 'En nou begint Pam, merk je dat? Ze begint te bazen. En die sukkel van een vader van ons maar naar haar luisteren. Nou, ik niet. *Ik* niet. Laat haar toch lekker oprotten naar die bekakte stad van haar.'

Hij draait zich om en loopt weg, maar dan houdt hij zijn pas in en kijkt om met die ellendige blik. Ik bedenk dat hij hier misschien wel nooit meer wegkomt, uit dit dorp, hoe graag hij dat ook wil. Omdat hij zo is gaan wennen aan de dingen dat ze bij hem zijn gaan horen. Dat hij is gaan geloven dat het normaal is je te voelen zoals hij zich nu voelt. En nou draait hij zich om, loopt weer terug en zegt: 'Hé, maf broertje, zeg eens? Wil je iets geks zien?'

Ik schud mijn hoofd, begin te hoesten, hij kijkt opnieuw toe.

Hij trekt me een eindje mee, laat dan los en loopt vervolgens door. Nee, Harold kijkt niet om, hij weet dat ik kom, hij weet dat ik een pleaser ben. Hij heeft gelijk, want ik loop hem hoestend achterna.

Die ellendige wandeling door het bos, met die steek in mijn rug die maar niet weggaat, en dat nare kuchje, steeds ben ik Harold weer kwijt. Hij speelt gewoon met me, hij duikt op van achter een boom, lacht, rent weg en ik ren hem achterna. Twee seconden later is hij weer verdwenen.

'Koekoek! Hier ben ik!' Zijn lach klinkt, maar ik zie hem niet. Geritsel in de struiken. Ik kijk naar rechts, verrek, daar, voor me, daar is hij. Ik roep en ren hem weer achterna, ik roep dat hij moet wachten. 'Niks wachten, sukkel,' hoor ik hem zeggen en dan is het weer stil. En als ik boven aan het bospad sta zie ik niemand. Ik luister. Wat wil je nou, denk ik, wat wil je me laten zien? Ik hoor achter me een tak kraken, ik draai me om, hij duwt me omver, en als ik opkrabbel, en bladeren en zand uitspuug, is hij verdwenen.

Hij kan het goed, een oudere broer zijn, hij is het al zijn hele leven. Hij heeft me leren liegen, pesten, knijpen. Ik loop het pad af en daar verschijnt hij weer, hij lacht en zwaait. Maar ik kijk één keer naar mijn schoenen en hij is alweer weg.

Beneden, bij een weiland, blijf ik staan, opeens voel ik zijn handen op mijn rug.

'Zie je dat huis, daar?' hoor ik hem vragen.

Hij komt naast me staan en wijst. 'Daar, voorbij het weiland, achter de bomen, daar waar het dorp weer begint?'

Ik kijk, ik knik.

Hij duwt me een eindje naar voren. 'Ga maar kijken, je wilt vast wel weten waar ze woont.'

Ik zeg niks terug.

'Alleen even kijken,' zegt hij. 'Dan naar huis, dan je bed weer in, oké? Geef een zoen aan pappa en hij is weer tevreden.'

De bomen in de verte zijn zwarte wuivende dingen. Het is niet laat, het is nog midden op de dag, maar het is alsof de zon verduisterd is. Ik knipper met mijn ogen en zucht. Ik kijk om, maar zie mijn broer niet meer.

Het is geen groot huis dat ik langzaam nader. Ik verlaat het weiland, spring over een sloot, spring niet ver genoeg en kom met één schoen in het water. Ik loop stampvoetend langs de struiken. Een poosje sta ik onder de overhangende takken, aan dat hek, ik kijk die diepe donkere tuin in, maar zie niemand.

En dan, als ik door het gebladerte omhoogkijk naar de hemel, verspreidt die troep vogels zich in de kleurloze lucht, ik hoor honden blaffen in de tuin. Ik wil teruggaan, en toch doe ik het niet. Ik hoor iemand roepen, het is een mannenstem, en die man komt de tuin in gelopen. Een grote man met grijs haar. Hij zet een jerrycan in het gras, naast een hoge hoop gesnoeide takken. Hij gaat door zijn knieën en wikkelt een stuk stof om een tak. En als de honden opnieuw blaffen kijkt hij op, in mijn richting. Hij richt zich op en komt vervolgens op me afgelopen, ik laat het hek los en verberg me achter een boom.

Na een tijdje hoor ik hem daar aan het hek, ik hoor hem mompelen, hij zegt haar naam. Hij steekt een sigaret op, even later ruik ik de rook. Ik ben bang dat ik moet hoesten, ik druk mijn hand tegen mijn mond. Hij schopt tegen het hek, het rammelt, hij trapt nog eens, ik buig iets opzij en zie zijn schoen.

Als hij weer wegloopt, loop ik terug en kijk hem in de schaduw na. Hij bukt zich, die vader van Nickie, hij raapt iets op, het is een tennisbal. Opnieuw blaffen die honden en hij loopt op de kennel af. Hij kijkt naar de beesten. Hij raapt een dikke tak op, gooit de bal omhoog en slaat hem tegen het gaas. De honden blaffen zacht terug. Hij loopt op ze af en slaat hard met de tak tegen het hok en nu hoor je de beesten janken en blaffen en ronddraaien in hun kooi.

Hij gaat naar binnen, ik ben een geduldige monnik zoals ik daar blijf zitten, of misschien ben ik gewoon te zwak om op te staan. Op een gegeven moment verschijnt Nickie in de tuin. Ik begin toch te hoesten, ik druk mijn hand tegen mijn mond. Kijkt ze op en zie ik haar glimlachen? Ze loopt voetje voor voetje door de tuin, haar armen gespreid. Langs die honden, ze streelt het gaas van de kennel. Ik hoor haar zingen.

Dan klinkt opnieuw de stem van haar vader en ze draait zich naar hem om. Hij zegt weer iets, maar zij zegt niks terug, ze kijkt alleen, het is alsof ze zich opeens niet meer kan bewegen. Ik knipper met mijn ogen, ik heb het koud, ik begin te klappertanden, wat is er toch met mij?

Heel lang staan ze tegenover elkaar, en dan loopt hij op haar af, omhelst haar, ze beweegt zich niet. Ik heb het idee dat ik haar hoor huilen, maar dat kan niet, ze staan te ver van me vandaan. Ik ga staan en spreid mijn armen, ik doe het voor haar. Alsjeblieft, doe me dan na, wil ik daarmee zeggen, zonet deed je het toch ook? Hij kan je niks doen dan, Nickie, hij kan niks zolang je je armen spreidt, zolang je niet beweegt, en ook de vogels blijven weg uit de tuin. Maar ze ziet me niet, want ze heeft nu haar ogen dicht.

Hij laat haar weer los. Hij loopt op de hoop met takken af, pakt die stok en wikkelt er een lap omheen. Hij besprenkelt de stok met benzine en steekt de lap aan, werpt hem tussen de takken. En als het vuur zich omhoogvreet, hoor ik Nickie lachen, hij draait zich naar haar om, hij schreeuwt haar iets toe. Ze blijft staan. Waarom blijf je staan, Nickie, waarom loop je niet weg? Waarom lukt het je niet?

Steeds meer takken werpt hij op het vuur en de vlammen slaan omhoog en het knispert, de rook maakt de tuin nog donkerder, het is alsof het avond geworden is. Hij staart in het vuur. Hij slaat zijn handen schoon. Hij kijkt omhoog naar de gevel en nu zie ik waar hij naar kijkt, op de eerste verdieping staat een vrouw voor het raam.

Plotseling stapt hij op de kennel af, opent de deur en de honden springen het hok uit. Ze lopen naar Nickie, ze lopen voorzichtig om haar heen, ze janken, Nickie beweegt niet, ze drukken hun snuit een paar keer tussen haar benen.

Dan die windvlaag in mijn nek, en de rook die omslaat in de richting van het huis, die vrouw aan het raam die achter die rook verdwijnt. Een van die honden steekt zijn snuit de lucht in, begint te blaffen en die andere honden ook, ze zien me en rennen meteen op me af. Ik krabbel overeind, maar mijn voet slaapt en ik ben duizelig, alles om me heen kantelt even, voor mijn ogen wordt het zwart.

En als de wereld weer terugkantelt en ook de kleuren terugkomen blaffen die honden nog steeds. Ik ren weg en hoor die vader roepen, roept hij mijn naam? Maar ik draai me niet om, ik spring over de sloot en hoor de honden een voor een met een klap neerkomen tegen het hek.

Acht

Ik zie Nickie een hele week niet, ze zitten alsmaar om de beurt bij me op de kamer, mijn vader, mijn zus, mijn broer. Buiten klinken de geluiden van de zomer en iedere dag klimt de temperatuur, de ruiten van de voorbijrijdende treinen flikkeren in het licht. Ik zeg tegen mijn vader dat ik mijn vrienden wil zien, dat ze nu vast wel terug zijn, hij schudt zijn hoofd en verder niks. Harold komt op een middag thuis en vertelt dat hij heeft gezwommen, in de rivier beweert hij, maar ik geloof hem niet. Hij ziet me kijken, buigt zich met zijn vochtige haar naar me toe en fluistert haar naam.

Af en toe zit Pam bij me te studeren, dan denk ik aan de honden en het vuur en de tuin. Ik kijk naar haar en vraag me af waarom ze Nickie haat, of ze haar nog steeds zou haten als ze had gezien wat ik heb gezien. Ze zit daar in kleermakerszit op Harolds bed over dat studieboek gebogen, ze kijkt er streng bij en ze is knap met die blik, ik kan niet anders zeggen.

Ik vraag haar of ze er iets aan heeft, aan dit is dit en dat is dat, ze kijkt naar me, ze snapt me niet. Of misschien snapt ze me toch, want ze zegt: 'Vandaag bedenken ze dit en morgen iets anders.' Ze glimlacht, maar ik glimlach niet terug.

Ze begint weer te lezen en tikt met haar pen tegen haar tanden. Ik vraag me af of ze een vriendje heeft, of die nu op haar zit te wachten in die stad, hoeveel ze er al heeft gehad, ik weet het echt niet. Heb je daar wel ooit met mamma over gepraat, Pam? En ik vraag me ook af waar die jongens met hun handen mogen komen, hoeveel ze toelaat. Ik wend direct mijn blik af, aan zulke dingen wil je niet denken bij je zus.

De zon staat te branden in het open raam, ik kijk naar de zwaluwen in de lucht en daarna naar de meubels in mijn kamer. Ik bedenk dat er hier zo weinig dingen van mij zijn – waar staan onze oude spullen nu? En hoe kan Pam in jezusnaam studeren op een bed dat niet van haar is, hoe lukt het haar überhaupt? Ze tikt weer met die pen en zonder op te kijken vraagt ze wat er is.

Ik moet ineens lachen, het is net alsof wat er gebeurt helemaal niet gebeurt. Pam kijkt me aan en wil weten waarom ik lach.

'Niks,' zeg ik. 'Binnenpretje.'

'Zeker iets van school...' zegt ze. 'Gekke dingen gebeuren daar, vind je niet?'

Ik knik om ervan af te zijn. Gekke dingen?

Daarna verschijnt Harold in de kamer en Pam staat meteen op van zijn bed, even later horen we haar beneden in de kleine tuin. Harold komt bij me zitten, hij heft zijn kin omhoog en vraagt grijnzend: 'En? Iets gezien bij Nickie? Gezellig huishouden, hè? Nog veel gezelliger dan hier...' Ik kijk terug in die bruine kop van hem en denk: hoe kan het dat de dingen bij jou zijn gaan wennen en bij mij niet? Gaat dat soms nog komen?

Ik kijk naar zijn handen vol met krassen, hij verbergt ze en ik wil niet denken dat hij die katten mept, maar het moet gewoon wel zo zijn. Jezus, Harold, ooit was je aardig, hoe komt het dat je opeens zo bent?

Hij slaat een arm om me heen en zegt zacht: 'Het kan altijd erger, Toob. Misschien wou ik je dat laten zien. Maar of het helpt als je zoiets weet...' Hij laat me los en ik vraag me af hoe hij in godsnaam weet *dat* ik iets heb gezien.

Hij staart een tijd lang naar de vloer. Zegt dan: 'Overdag is hij van haar. En 's nachts is zij van hem.'

Ik moet zowat kotsen van die woorden. Ik stomp hem en zeg dat hij niet goed bij zijn hoofd is, hij schrikt. Ik grijp zijn hand, wijs naar die krassen en zeg: 'Heb je het door als je het doet? Of ben je dan iemand anders? Moet je nou kijken naar je handen! Hoe kan het dat pappa dat niet ziet? Is hij echt zo dom? Waar was je, waar was je al die dagen, waarom vraagt niemand daar meer naar?'

Hij trekt de hand weg en begint maar wat te lachen.

'Die arme beesten,' zeg ik. 'Ze doen je toch helemaal niks?'

Opeens spuugt hij naar me. Hij kijkt me aan en ik herken zijn ogen niet, die me nu aanstaren door die bril. Hij zegt: 'Jouw probleem, Toob. Echt jouw probleem als je dat denkt. Jij weet niet wat ik weet. Was je erbij?'

Ik veeg het speeksel van mijn gezicht en schud mijn hoofd. 'Gelukkig niet.'

Harold steekt zijn vuist op en laat hem vervolgens weer zakken. Hij schudt zijn hoofd, alsof ik het niet waard ben om te slaan. Even zegt hij niks, hij denkt na, en dan vraagt hij: 'Waarom moest je Panter alleen met pappa begraven? Toen hij aangereden was... Waarom hebben jullie niet op me gewacht? Dan had ik iets tegen dat stomme beest kunnen zeggen. Weet ik het. Had ik hem nog kunnen aaien. Wat is dat voor klotestreek? Panter was van mij!'

'Van mamma,' zeg ik.

'Wij vonden hem, niet zij. Was je erbij? Ja, je was erbij, maar daar weet je alleen geen flikker meer van.'

Pam komt weer binnen, ze werpt een blik op ons, ze raapt haar studieboeken bij elkaar. Mijn broer rolt met zijn ogen en onze zus staat daar een poosje voor ons, met die boeken tegen zich aan gedrukt. Opeens zegt ze: 'Zo, Harold. Ging jij ook nog iets doen met je leven?'

'Zoals wat?' antwoordt hij.

Ze knijpt haar ogen samen en zegt: 'O, niet proberen, joh. Ik ben echt slimmer.'

'Wat fijn voor je,' zegt hij terug. 'Of juist niet.' Hij grinnikt en vraagt: 'Ben je blij met dat goeie geheugen?'

Ze reageert niet, ze zegt: 'Blijven zitten, hè?' Ze schudt meewarig haar hoofd. 'Tsss... lieverd, hoe krijg je het voor elkaar? Ben je debiel? Ja, wat anders? Wat naar voor je. Maar hoe moeilijk kunnen de dingen zijn? Jezus, blijven bakken... Daar moet je geloof ik je best voor doen. Vertel eens? Kreeg je weer te weinig aandacht, was dat het?'

Hij lacht. 'Wanneer rot je weer op naar waar je vandaan komt?'

'Als ik dat doe, komen jullie dan langs?' vraagt ze. 'Voor de verandering...'

Mijn vader komt binnen, ze glimlachen naar hem en mijn vader lacht terug, tenminste, hij doet iets wat daarop moet lijken. Hij zegt dat hij ons iets wil laten zien. Het verbaast me hoe gedwee ze achter hem aan de gang op lopen, hoe snel de dingen weer anders zijn. Hoe ze hun woorden van zonet lijken te vergeten en pratend de trap af gaan. En ik blijf zitten, maar mijn vader komt terug en zegt: 'Jij ook. Of dacht je weer dat je er niet bij hoort?'

Die zogenaamd opgewekte vader van ons, achter het stuur, hij zet de radio weer eens lekker aan. Doet hij dat zodat hij ons niet hoeft te horen? Maar geen van ons zegt toch een woord? De dag gloeit nog na en ik kijk naar de mensen op straat, ik herken een paar jongens van school. Mijn vader rijdt het spoor over, richting de rivier, en onder een hoge boom parkeert hij de auto. Hij zet de motor uit, de muziek stopt en voor even zijn we stil.

Hij wijst over de velden, naar die paaltjes waartussen plastic linten hangen, hij zegt dat hij deze grond heeft gekocht. Hij zegt dat hij er een huis laat bouwen, hij zegt het vlak. Pam vraagt meteen heel veel, ik kijk naar haar. Ze gaat er niet eens wonen, waarom wil ze er dan iets over weten? Harold luistert ook, maar ik niet, en mijn vader draait zich naar me om en vraagt: 'Waarom ben je zo stil, Toob? We moeten... We moeten toch door? We kunnen niet terug naar waar we woonden.'

We? denk ik. Je bedoelt *jullie*.

Ze stappen uit en lopen naar dat veld waarnaar ik niet wil kijken. Ik zie ze praten en mijn vader wijst om zich heen, nu en dan kijkt hij bezorgd om naar mij. De zon verblindt me een beetje, het is warm in de auto, en nu mis ik mijn moeder zo vreselijk dat ik begin te huilen. Ik zie die familie van mij door mijn tranen heen. Ja, Nickie had gelijk, ik moet ze niet willen kennen, je schiet er niks mee op. Mijn vader loopt terug en trekt het portier open, hij hurkt, hij ziet dat ik huil. 'Jezus, jongen, laat ik je schrikken met dit nieuws? Maar het is geregeld, alles is getekend. Het gaat door. Je hoeft niet bang te zijn dat het niet doorgaat. Ik beloof het. Ik doe het... Dit keer gaan we echt weg. En ik doe het voor jou nog het meest. Jij blijft hier toch het langst?'

Ik knik en hij legt een hand op mijn schouder, ik kijk naar hem op en zie dat hij bij zijn slapen zweet. Hoe kan ik hem zeggen dat *dat* het juist is? Dat ik hier bij hem moet blijven en dat ik niet weet of ik dat wel volhoud? Dat ik daar zo tegen opzie? Wat moeten we zeggen, pap, wat gaan we de komende jaren in godsnaam tegen elkaar zeggen?

Hij zegt: 'Snuif eens diep? Snuif die lucht eens op? Het ruikt hier lekker. En op mooie dagen kan je in de rivier zwemmen. Je loopt er vanuit huis gewoon naartoe. Godver, Toob, dit is goed. Het is een goed plan. Je moet me geloven.'

Ik knik opnieuw. Maar waarom kijkt hij dan of hij er zelf niet in gelooft?

Opeens staan die anderen er, ze kijken me nieuwsgierig aan. Ik fluister naar mijn vader dat ze weg moeten gaan, dat ik hem iets wil vragen en iets wil zeggen, hem alleen. Hij stuurt ze weg, het verbaast me dat het hem lukt.

Ik kijk hem een tijdje aan, hij is geduldig, die vader van me. Ik vraag: 'Wilde je blijven, pap? Wilde jij bij ons blijven, maar wilde mamma dat niet? Dat zei Harold, maar klopt dat?'

Hij zucht.

'Heeft ze je weggestuurd?'

'Zoiets,' antwoordt hij.

'Net als toen, toen met die vakantie?' vraag ik.

Hij knikt. 'Je vader is af en toe een sukkel.'

Ik zeg ja en hij moet lachen. Hij zegt: 'Als die moeder van jou iets in haar hoofd had, dan... Nou ja, je begrijpt me wel. Geen mens kreeg het er weer uit. Mijn god, ik besef ineens hoe je op haar lijkt...' Hij kijkt om naar de anderen. 'Maar ik kwam nog wel eens. Stiekem. 's Avonds. Als jullie lagen te slapen. En dan vertrok ik weer heel vroeg, we wilden jullie niet in de war brengen. Het was nooit... Het is nooit helemaal overgegaan, tussen je moeder en mij. Gelukkig niet.' Hij tikt op mijn knie en vraagt: 'En wat wou je me zeggen?'

Ik zwijg even. Ik zeg: 'Hij bestaat niet. Die man. Het kan niet. Je had gelijk, iedereen wordt ouder. Het zat in mamma's hoofd en in mijn hoofd. Ik weet niet, pap, ik was ziek. Twee keer. Toen ik klein was, en deze zomer ook weer.'

Hij schudt zijn hoofd en steekt drie vingers op. 'Drie keer, je was drie keer ziek.'

'Nee, twee keer.'

Hij haalt diep adem. 'Het is al goed.'

Ik zeg: 'Ik had koorts, daar kwam het door. Misschien hoopte ik zo dat ik hem ook echt ging zien. Omdat mamma... Omdat zij iets zag. Wat zag ze toch, pap?'

Hij zegt niks terug.

'Is het raar dat ik het hoopte?'

Hij schudt zijn hoofd. 'Je bent een goeie jongen, onthoud je dat?'

'Ik... Niemand... Niemand is alleen maar goed.'

'Nee, dat weet ik. En dat is niet erg, Toob. Dat is het juist.' Hij gaat staan en tuurt over het dak van de auto naar de velden. 'Je moeder vond dat erg, maar ik niet.'

'Heb jij gekke dingen gedaan, vroeger?'

'Wat denk je zelf?' antwoordt hij. 'Ik doe ze nog steeds.'

Ik kijk hem aan. 'Ik bedoel echt gekke dingen. *Enge* dingen. Van een hoge brug af springen, zo hoog dat iedereen denkt dat je hartstikke dood zal zijn. En misschien dacht je het op dat moment zelf ook.'

Zijn gezicht vertrekt. 'Heb je dat gedaan?' vraagt hij.

'Nee. Iemand anders.'

'Zie je?' zegt hij.

'Of een meisje van je fiets af duwen, zodat ze...' Ik kijk naar Harold.

'Zodat ze wat?'

Ik schud mijn hoofd.

'Heb je dat gedaan?' vraagt hij opnieuw.

'Nee. Maar zij dacht van wel.'

'Wie?'

'Mamma,' antwoord ik.

'Kom eens hier?'

Hij trekt me op en nu komen die andere twee er ook bij staan. Mijn vader wijst. 'Kijk dan naar ze. Kijk eens goed naar ze. Pam is slim. Pam is verdomd slim. Maar soms worden we gek van haar. Toch, Pam?'

Ze glimlacht stil, ze knikt.

'En hij daar,' zegt hij en hij wijst naar Harold. 'Die prutser heeft zijn zaken heel slecht voor elkaar. En nou moet hij nog een heel jaar langer blijven. Zin in, Harold?'

Mijn broer begint te lachen.

'En ik?' vraag ik.

Mijn vader kijkt naar de andere twee. 'Nou, wat is er mis met Tobi?'

Harold stapt op me af en steekt zijn handen voor zich uit en zegt: 'Die ziet dingen die er niet zijn.'

Ja, ze trappen erin. Ze trappen er alle drie in, net zoals we erin trapten bij mijn moeder die laatste dag. Ik doe of ik moet hoesten, of ik moe ben, of ik duizelig ben. Ze kijken, ze voelen, ik ben niet warm, maar zij beweren alle drie van wel, ze voelen het denk ik ook echt, ze voelen dingen die er niet zijn. Ik sla hun bezorgde handen weg, ik hang maar op die bank in de verduisterde zitkamer, ik zeg dat ik honger heb, dat dat het is. Aan tafel werk ik dat eten naar binnen, mijn vader slaat me op mijn schouder, hij heeft niet door dat ik er bijna van moet kokhalzen. Hij heeft gelijk, hij is een sukkel, hij heeft niks door.

En als we klaar zijn met eten kijk ik ze een voor een aan. Ik knipper met mijn ogen, ik zeg dat ze misschien toch gelijk hebben, dat ik maar moet gaan slapen, ze moeten om me lachen. Mijn vader helpt me de trap op, net als een paar dagen geleden. Hij zegt dat hij morgen een dokter haalt, dit is niet goed. Hij kleedt me uit, legt me in bed en zegt dat hij een plan heeft. Dat we, als ik weer beter ben, alsnog met vakantie gaan. 'Dit keer echt...' zegt hij. 'Lijkt je dat wat?'

Ik sluit mijn ogen. 'Maar niet naar zee, oké?' zeg ik. 'Ik hou niet van de zee, ik weet niet waarom.'

'Dat is goed. Wat je maar wil,' hoor ik hem zeggen.

Ik merk dat hij lang naar me kijkt. Misschien moet ik hem zeggen dat mamma daar ook altijd zat, dan is hij vast meteen weg.

Hij trekt het laken over me heen, klopt op mijn borst, en dan staat hij op.

Na een tijdje hoor ik ze in de tuin en ik kijk door de kier van de gordijnen, het is volop zomer, het is nog licht. Ze praten zacht over me, net als die ene keer aan de vuurkorf, ik versta niet wat ze zeggen. En ik sta op, kleed me weer aan en ga stilletjes de trap af. Ik zie ze zitten door de openstaande deur van de keuken. Mijn zus slaat mijn broer, die geeft een mep terug, mijn vader zegt: 'Hé, hou eens op.'

Nee, geen oog voor mij, gelukkig niet. Ik loop de gang in, doe voorzichtig de voordeur open. Nog een laatste keer kijk ik om, de keuken door, de tuin in, naar mijn vaders rug. En ik hoor de lach van Pam en glip naar buiten.

Als ik de tuin van ons oude huis in kom is er de avondzon die in de stilte tegen ons huis aan kleeft, ik mompel meteen haar naam. Ik loop over het gras, dat gelukkig toch weer hoog staat, en ik kijk naar de bomen om me heen. Het is alsof ze al die tijd hebben gewacht. Ik schiet in de lach om die gedachte – wat moeten bomen anders doen?

Ik loop verder, maar mijn lach verdwijnt meteen wanneer ik bij het zwembad ben. Het zeil is weggetrokken en opgevouwen. Uit het hok klinkt gebrom, de pomp staat aan. Het water is al een stukje gezakt en alle bladeren zijn eruit gevist.

Ik kijk kwaad om me heen, ik scheld mijn vader uit en plotseling hoor ik stemmen bij de buren. Ik ga naar het hek en klim eroverheen, ik loop een eindje langs het hekwerk, naar het begin van hun tuin. En in dat zachte licht zie ik ze staan, die mensen met wie we nauwelijks een woord hebben gewisseld. Hoe lang wonen ze daar nu? Ik zie het jongetje zitten in het gras, de buurvrouw zit op de lage stenen trap die leidt naar het terras, ze zit te huilen. Het jongetje kijkt ernaar en opeens richt het zich op. Hij loopt met gekke stappen op zijn moeder af, hij kan lopen nu. De buurvrouw strekt met een moeilijk gezicht haar armen naar hem uit, je merkt dat ze het eigenlijk niet wil. Hij valt in haar omhelzing, hij moet erom lachen en zo blijven ze een poosje in elkaar verstrengeld. Ze bewegen niet, ze praat tegen hem. Dan neemt ze hem op schoot en hij begint haar meteen te slaan, je ziet haar schrikken. De vader loopt erop af en trekt hem weg. Hij gilt en stompt zijn vader tegen zijn benen, die tilt hem op en neemt hem onder zijn arm mee naar binnen.

De vrouw zit daar nog even, ik pak het hekwerk vast, ik begin er bijna aan te rammelen, ik wil haar zo graag vragen wat ze allemaal bij ons heeft gezien. Of ze over ons praatten. Of ze wel wist wie we waren. Waarom ze zich nooit echt hebben voorgesteld toen ze hier kwamen wonen, durfden ze dat soms niet, hadden ze dingen gehoord?

Als ze naar binnen is gegaan hoor ik iets achter me, iemand pakt me vast en drukt een hand op mijn mond, ik schrik, maar ik snap tegelijkertijd dat zij het is. Ik draai me om en wil Nickie vastpakken, ze slaat tegen mijn hand en doet een stap naar achteren. Ze wankelt erbij, ze is dronken.

'Sta je daar al lang?' vraag ik.

Ze kijkt me alleen maar met die bloeddoorlopen ogen aan.

'Waarom sta je in het bos, waarom niet in de tuin?' vraag ik.

Ze omhelst me, ze zoent me ook en ik proef de alcohol, ze zoent me zodat ik niet doorvraag. En als ze stopt met zoenen fluistert ze dingen in mijn oor, iets over die buren, over dood, eindelijk dood, beter zo, ik versta het maar half. Ik druk een kus in haar nek en snuif aan haar haar en schrik, want ze ruikt anders. Ze merkt dat ik schrik, ze duwt me ruw van zich af. Ik moet denken aan die honden. Hoe ze hun snuit in haar kruis drukten.

Ik zeg dat ik uit het huis van mijn vader geslopen ben, dat

ze denken dat ik lig te slapen, ik wil haar vrolijk, maar ze luistert niet. Ik vertel dat ik ziek was, dat ze gelijk had, hartstikke ziek. Ze staat daar gapend voor me en zegt: 'En toen?'

Ze is zo vreselijk in de war, ze is net zo in de war als Ciel Taminiau op die kamer, heeft ze misschien ook zo'n pil geslikt? Ze giechelt, ze draait om de stam van een boom, ze valt er bijna bij en lacht nog harder. Ik wil dat het stopt en zeg de stomste dingen. Ik zeg dat we elkaar pas een paar weken zien, maar dat ik haar toch heel goed ken, hoe krijg ik in godsnaam zoiets uit mijn strot? Ze lacht en steekt haar vinger in haar keel. Ik zeg: 'Zag je het gras? Het is weer hoger, precies zoals je het wilt. Precies als de allereerste keer.' Ze kijkt me leeg aan. Ik wijs naar achteren en zeg: 'Het jongetje kan lopen.' Opeens bukt Nickie voorover en geeft ook werkelijk over, ze kotst een beetje over haar platte schoenen. En als ze zich opricht, veegt ze met een hand langs haar mond en zegt: 'Sorry, ik moest even over mijn nek van jou.'

Ze grijnst, maar de grijns verdwijnt meteen ook weer. Ze rilt en steekt haar tong uit en zegt dat ze zich nooit zo vies heeft gevoeld als op dit moment.

Ik vraag waar ze is geweest.

'Geweest? Dat vraag je me nog? Aan die andere kant, nou goed?'

En ze loopt langs de struiken in de richting van onze tuin.

Nickie staat daar klaar in haar ondergoed als ik haar achternagekomen ben. Ik zie die fles op de rand van het zwembad staan, hoe kan het dat ik die zonet niet heb gezien? Ze kijkt over haar schouder en doet haar beha uit, ze duikt het water in.

Een tijdje sta ik besluiteloos op de rand te luisteren naar het gebrom van die pomp, te kijken hoe Nickie haar armen schoon probeert te boenen, haar oksels, haar gezicht, ze neemt een hap water in haar mond en spuugt het weer uit, ze kijkt me watertrappelend aan. Ze zegt zacht: 'Nou, je kijkt al minder verliefd. Goed zo. Je vindt me smerig, hè? Ook heel goed. Dat ben ik ook. Het gaat snel. Alles gaat sneller dan ik dacht.'

Ze wenkt, maar nog steeds ga ik het water niet in en het ergert haar. Ik loop met gespreide armen over de rand, ze volgt mijn bewegingen met haar boze blik. Ik zeg dat ik ben gestopt een pleaser te zijn en ze scheldt me uit, ze zegt: 'Hoe dan? Hoe dan? Je bent iets of je bent het niet...' Ze vloekt naar me, ik laat haar begaan. Ze spat water in mijn richting als ik haar nader, ik blaas haar een kus toe.

Ik zeg dat ik net zo lang wacht tot ze die ene Nickie weer is, en ze wordt nog kwaaier. Ze trekt haar onderbroek uit en gooit het natte ding tegen me aan. 'Pak dan,' zegt ze. 'Hij is voor jou.' En ze begint met die valse blik te lachen.

Ze zegt: 'Kom erin, je wil het, dat zie ik... Je wil naar die andere kant. Je wil alles zien en alles weten, je wil mij... Jij kan niet zien hoe je naar me kijkt, maar ik wel. O jee, is-ie toch een beetje bang? Saaie Tobi. Gadver, wat heb ik me in jou vergist. Rot maar op.'

'Is dit jouw huis dan?' vraag ik.

Ze antwoordt: 'Nee, maar het jouwe is het ook niet meer.'

Ze waadt door het water, ze wacht tot ik weer kijk en zegt: 'Naar de andere kant... Kijken of je dan nog leeft of dat je dan dood bent. Even dood als je moeder, even dood als je vader en Pam en Harold, stelletje freaks!'

Ik kleed me uit en spring in het water, ik zwem op haar af en pak haar beet, ze laat het gek genoeg toe. Ik zeg dat ze kan blijven schreeuwen en kan blijven schelden, maar dat ik haar toch niet echt hoor. Dat mijn moeder veel ergere dingen zei. En opeens begint ze te huilen, ze knelt haar armen hard om mijn nek. Ik zeg dat het haar schuld niet is, ik weet niet waarom ik het zeg en ze huilt nog heviger. Dan laat ze me los en duwt me weer weg, ze zwemt naar de kant. Ze kijkt naar me en zegt: 'Geen schuld? En dat komt uit jouw bek? Maar daar weet jij toch alles van? Heb je geen schuld aan het feit dat mammie niet meer leeft? Je zei toch niks? Je zei toch niks toen ze je nodig had daar aan je bed?'

Ze begint te lachen en zegt: 'Hoe weet ik dat, hè? Hoe kan dat nou? O, maar Harold praat, hoor. Hij praat heel graag. Hij vertelt alles over je. Helemaal als je hem beloont met iets. Iets... Hé Tobias, zeg 's, wat zou dat zijn, dat *iets*? Hé fucker, denk je nou echt dat je de enige bent?'

Ik zwem op haar af en spuug naar haar, net zoals Harold mij heeft gespuugd. 'Zie je?' zegt ze lachend. 'Daar komt hij tevoorschijn, die andere Tobi.' Ze slaakt een gil van plezier, ze laat water opspatten als een kind van vier.

'Hou op! Hou *op*!' bijt ik haar toe.

Ze staat daar in het ondiepe en doet me alleen maar na.

Ik zwem opnieuw op haar af, ze slaat me, ze krabt me, ze knijpt me, ze pakt mijn vingers en probeert erin te bijten, ik geef haar een klap. En dan weet ik haar polsen beet te pakken, ik duw haar naar de rand. Ik houd mijn gezicht vlak bij dat van haar en zeg: 'Iemand doet iets. Iemand slikt pillen en gaat lopen. Dat doe ik niet, dat doet zij. Dat doet *zij*! Dat kan mijn schuld niet zijn.'

‘Ja, maar waarom doet ze het?’ zegt ze. ‘Dat is de vraag. Waarom? Schrok ze van je? Ze schrok, hè, pleasertje?’

‘Hou op me zo te noemen.’

‘Fucking pleaser. Fucking schooljongen.’

‘Rotwijf.’

‘Ja, toe maar, ga zo door. Dan krijg je me.’

Ik kijk in die donkere blik. ‘Ik wil je niet. Jou niet. Ik wil die andere.’

‘Wie?’

‘Die andere Nickie,’ zeg ik.

‘Droom maar lekker door, die is dood,’ zegt ze.

‘En waarom huilde je dan net?’

‘Ik huilde niet,’ antwoordt ze.

‘Waarom snotter je dan zo? Waarom zijn je ogen rood?’

Opnieuw doet ze me alleen maar na.

Ik weet niet wat ik moet zeggen, wat ik moet zeggen om haar weer te krijgen zoals ik haar wil, ik weet het echt niet. Ik zeg: ‘Nickie? Nickie, zeg ’s?’

Ze kijkt me niet aan, ze staart omhoog naar de bomen. Ze zegt zacht: ‘Het is warm, het is verrekte warm. Dan is hij erger. Hij houdt er niet van. Hij doet me pijn. Hij doet ruw. Fuck, mamma, waarom doe je niks? Waarom doe je helemaal niks? Ik wil niet meer. Ik wil gewoon niet meer. Iemand moet het doen, maar wie doet het? Wie slaat eindelijk mijn hersens in zodat het ophoudt.’ Ze kijkt me aan. ‘Jij, Tobi?’

Ze houdt haar handen voor haar gezicht, ze huilt weer. Ik pak haar vast, ik voel haar tieten, haar tepels, ik zeg dat ik haar niks doe, dat ik ook niet met haar wil zoenen, dat ik vrienden wil zijn, alleen maar vrienden. Ik lieg me een ongeluk daar in dat water, dat steeds ondieper wordt. En nu kijkt ze me verdomd droevig aan en zegt: 'Echt?' Ik knik. Ze buigt haar hoofd naar voren en zoent me, we zoenen heel lang, ik krijg een stijve, ze voelt hem, ze wrijft erover en laat me dan los.

'Zie je? Vrienden? Wat dacht je zelf?' Ze lacht somber. 'Hoe dan? Zoals bij je broer zeker? Zeg 's? Waarom moest hij verliefd op me worden? Waarom moest hij alles zo nodig verpesten? Waarom kon het niet blijven zoals het was? Jullie verpesten alles. Jullie zeggen dat jullie vrienden willen zijn. Beste vrienden. En twee tellen later zeggen jullie dat jullie me willen, jullie zeggen het allemaal!'

'Je bent mooi,' zeg ik, er komt niks anders in me op.

'Flikker op, jij kan het dus ook niet laten. Je bent even erg. Je bent een engerd. Je moeder had gelijk. Ze had verdomme gelijk. En misschien ben je nog wel erger. Met je lieve smoeltje. Je slanke lijfje. Ja, je lijkt een baby, maar dat ben je niet, dat ben je niet, hè, Tobias?'

Ik sluit mijn ogen en schud mijn hoofd.

Ze trekt me mee, naar het diepe, ik hou nog steeds mijn ogen dicht, ik zeg dat het me spijt, ik weet niet of ik het tegen mamma zeg of tegen Nickie. En nu deinen we door het water zoals ik hier deinde met mijn moeder. Ik snuif in haar nek om haar te ruiken, die moeder van me, het is belachelijk, maar ik doe het toch, en nu vraag ik me af of ik bij mamma ook een keer een stijve kreeg, zoals ik die nu krijg, en of ze het misschien gevoeld heeft en dat ze schrok en ongelukkig werd, ik heb echt geen idee.

Ik pers mijn ogen dicht, ik wil haar voelen, ik wil het echt en nu hoor ik Nickies stem die zegt: 'Je hoort haar zowat, hè?

En je ziet haar ook. Dat merk ik. En nu wil je iets zeggen. Toe, zeg het dan...' Ik kan haast niet denken door die woorden, ik stamel maar wat, ik zeg dat ik niet kwaad ben en ik hoor haar zeggen: 'Nee, niet dat. Niet liegen. Want je bent het wel.' Ik lach en knik, ik huil, ik zeg dat ik het wel ben, heel erg, heel erg kwaad, maar niet om die pillen, niet daarom, maar omdat... Ik fluister: 'Omdat je niks hebt gezegd. Nooit hebt verteld over die dag, want ik weet dat er een dag was, ik weet het best. Een dag dat alles voor ons veranderde. Ik heb het altijd gevoeld. Ik ben niet gek. Ik ben het niet. Heb je iets slechts gedaan? Maar dat vind ik niet erg, en pappa ook niet, hij wilde niet weg. Hij vond je niet vies. En ik ook niet. Je bent niet slecht, dat zei je op het balkon, toen ik verbrand was, waarom zei je dat? Alsjeblieft, zeg het me dan?'

Opeens die hand die me onder water duwt, ik open mijn ogen en het water prikt, ik probeer hem weg te slaan, die hand, maar het lukt me niet, ze duwt me alleen maar verder omlaag. Ik krijg een slok water binnen, ik hoest onder water, ik spartel, ik sla, ik knijp, maar ze is sterk, Nickie is sterk, veel sterker dan ik dacht, en nu zie ik haar, mijn moeder, ik zie haar helemaal, terwijl ik het uitschreeuw, terwijl Nickie me nog verder onder water duwt. Mijn moeder is donker en heeft die felle ogen en ze lacht en knikt, ze doet al die dingen, en de hand trekt me bij mijn bovenarm weer omhoog, ze sleurt me mee, en ik sta daar proestend in het ondiepe, die pomp is het eerste wat ik hoor, ik geef over, ik geef water over, ik kokhals nog een paar keer, nog steeds krijg ik geen lucht. Ik geef nog eens over en haal dan diep adem. Ik hoest me gek. Ik adem nog eens. Ik zie bijna geen kleur meer. Ik kijk haar aan.

Ze staat daar bij de rand met haar blote tieten, ze zeg niks en ik ook niet, we hoeven niks te zeggen.

Ze knikt goedkeurend, dat is wat ze doet.

'Leef je nog?' vraagt ze dan.

Ik hoest opnieuw. 'Ja,' antwoord ik.

'Wil je het nog eens?'

Ik schud mijn hoofd.

'Wil je mij nog?'

'Nee,' zeg ik.

'En als vriend?'

'Ook niet,' antwoord ik.

'Maar het is net zo gezellig, schooljongen.'

Ik knik. 'Ja, dat wel.' Ik hoest opnieuw.

Als ik om me heen kijk valt me op dat de schemering is ingevallen, dat het bos daar langzaam donker wordt. En Nickie laat zich in het water zakken en zwemt om me heen met die zogenaamd lieve blik, ik zie soms haar blote kont, haar benen, haar slanke bruine armen, ik kan het niet laten naar haar te kijken, dat is het erge. Dan zwem ik op haar af, en ze merkt het, ze zwemt harder naar de rand, en het water is nu zo gezakt dat je hem bijna niet kan aanraken, die rand, en ik weet niet hoe ze het doet, maar ze maakt een sprong uit het water, grijpt die rand, weet erop te klimmen, draait zich naar me toe en zit daar naakt boven me, ze is zo godvergeten mooi. Ze lacht en ik kijk naar haar terwijl ik watertrappel.

'Niet liegen, je wil me wel.'

Ik knik.

'Ik ben drie jaar ouder, sukkel. Wat is je plan?'

'Geen plan,' antwoord ik.

'Tsss.' Ze reikt naar de fles, ze pakt hem op en neemt een slok.

'Nickie?' zeg ik.

Maar ze wacht de vraag niet af, ze zet de fles weer neer, ze gaat staan, ze pakt haar natte onderbroek en trekt hem aan. Ze raapt haar andere kleren bij elkaar, ze steekt haar hand op. Ik zeg 'Wacht!' en probeer bij de rand te komen, maar het lukt niet. Ze lacht me uit. Ze gaat op de rand staan, zakt door haar knieën en strekt haar hand naar me uit. En als ik hem vast wil grijpen, trekt ze hem snel weer terug, en richt zich weer op. Ik blijf daar watertrappelend naar haar kijken, ze buigt haar lichaam naar de fles, neemt weer een slok. 'Kom dan?' zegt ze. Ik maak opnieuw een sprong uit het water naar de rand, en weer lukt het niet. Ik krijg een slok water binnen en hoest.

'Ga niet weg,' zeg ik door dat hoesten heen. 'Waar kan je naartoe? Niemand moet jou. Ze moeten mij ook niet. Blijf hier.'

'Jij wil mij helemaal niet kennen,' zegt ze. 'Jij wil alleen je mammie terug.'

Ik zeg: 'Ik zal...'

'Je zult wat?'

Ik weet niks terug te zeggen.

Voor even verdwijnt die blik en is ze terug, die goeie ouwe Nickie, die ene, en ze zegt zacht: 'Jij hebt één gezicht, Toob. Eentje. Niet twee of drie of vier, zoals de rest. Je hebt één gezicht en daar zit alles in.'

Ze kijkt om zich heen. Haar blik wordt bang, ze kijkt me weer aan. Ze probeert te lachen, maar het lukt haar niet. Ze zegt: 'Hij kijkt. Pappa kijkt. Geloof me. Ik ken hem. Hij staat nu naar ons te kijken. Straks is het donker, en dan... Hij weet al veel te veel. Van jou. Van je moeder. Je wil hem niet in je kop. Dat wil je echt niet, Toob. Geloof me. Die wil je niet in je binnenste hebben, die... die... Die mag jou niet hebben. Je bent van mij. Van *mij*! Jij bent Tobi. Fuck, het komt... het komt allemaal door mij. O, alsjeblieft, geloof me, ik heb het geprobeerd. Weet dat ik het geprobeerd heb. Onthoud je dat? Wat er ook gebeurt. Ik ben verliefd op je. Het is belachelijk, je bent een schooljongen, ik ben drie jaar ouder, maar ik ben het echt. Heel erg. Wat ik straks ook zeg. Wat er straks ook gebeurt. Je bent het beste joch dat er bestaat. Iedereen vindt dat...'

Nog eens probeer ik de rand te pakken en nog eens lukt het me niet.

Ze fluistert: 'Please, laat me gaan. Ik... Ik ben niet meer te redden. Ik dacht het even, maar het is niet zo. Ook niet door jou. *Juist* niet door jou. Ik weet wat ik moet doen. En één ding, Toob, schrik niet van degene die je straks met mij zult zien. Je snapt het nu niet, maar schrik niet van diegene die daar staat. Je kent diegene, maar je zult hem niet herkennen. Maar hou niks tegen. Ik wil het zo. Beloof je dat? Ik wil het zo. Als je ook verliefd op mij bent, laat het dan gebeuren. En vertel diegene later dat ik het wilde. Dingen gebeuren. Ik heb je maar een paar dagen gezien en het waren de beste dagen die ik heb meegemaakt. Echt. Vraag niet verder. Vraag gewoon niet verder. Er is iets gebeurd op die dag. Meer niet. Niemand kon er wat aan doen. Je moeder niet, je broer niet en Pam, zelfs je vader niet. En jij al helemaal niet.'

Ik begin te stamelen: 'Nickie... Alsjeblieft. Blijf hier... Zeg me wat je weet.'

'Wat ik weet?'

Haar blik verandert weer en ze wenkt me en ik zwem op

haar af en ze steekt kwaad haar wijsvinger naar me uit. Ze gaat staan, keert de fles om en giet lachend de inhoud over me heen, ik zwem naar achteren.

Ze kijkt naar de fles, houdt hem omhoog bij de hals met haar duim en wijsvinger, doet een stap naar achteren en laat hem vallen op de tegels, terwijl ze naar me kijkt.

Dan bukt ze zich en raapt de scherven bij elkaar, ze snijdt zich, maar gaat toch door. Ze gooit de scherven een voor een in het water. We kijken beiden hoe ze naar de bodem dwarrelen.

'Voor de volgende bewoners,' zegt ze. Ze kijkt me heel lang aan. Ze zwaait met die bebloede hand. Ze zegt: 'Ik ben je mamma niet.'

Ze trekt haar kleren aan en haar schoenen, en ik spring opnieuw naar de rand. Ik grijp hem vast en trek me op, maar ik schiet in de hoest, ik moet me weer laten zakken.

'Toedeloe, pleasertje,' zegt ze.

En ik zwem snel naar het ondiepe, klim uit het water, maar ze is al uit de tuin verdwenen.

Het gebrom van die pomp waar ik als verdoofd naar zit te luisteren, ik hoop zo dat ze zich bedenkt, dat Nickie toch weer terugkomt. Ik staar naar het water, dat nu tot de helft is gedaald. Ik begin te rillen, ik wacht op de wind die me droog blaast, maar er is geen wind. Ik mompel: 'Overdag is hij van haar. En 's nachts is zij van hem.' Ik spuug.

Opeens hoor ik geritsel in de struiken aan de andere kant van het hek. Ik kijk niet op, ik weet dat hij daar staat. Ik glimlach, ik zeg zacht: 'Kom dan. Klim eroverheen, dat wil je toch al jaren?' Ik wenk zonder te kijken, maar hij komt natuurlijk niet. Ik houd mijn handen voor mijn ogen, trek ze weg en kijk. Niks.

Ik sta op, trek mijn kleren over mijn vochtige lijf en sta daar aarzelend met mijn handen aan het hek, ik tuur de schemering in. Ik sta daar zoals mamma die ochtend moet hebben gestaan. Ik kijk om naar het huis zoals zij ook moet hebben omgekeken. Het is gek, maar ik mompel mijn eigen naam. En dan klim ik over het hek, en ga het bos in.

Ik weet waar ze haar hebben gevonden, bij de beek, het is een heel eind lopen. Ik kom langs het hotel, ik zie het onder aan de heuvel liggen in de schemering. Ik roep, ik weet niet precies wie, maar ik roep.

Het pad stijgt, het pad daalt. 'Als je slaapt ben je dood,' zeg ik in mezelf. Ik hoest, ik ril, ik heb weer koorts, een paar keer is het alsof ik gefluister hoor. Ik blijf staan om te luisteren, hoor alleen maar vogels.

Als de schemering dieper is geworden zie ik hem liggen, de verlaten spoorlijn, en ik hoor de beek beneden me ruisen, daarachter zie je de bomen, de straatweg en de lichten van de huizen. Even verder lopen, Tobi, en je komt bij school, maar zo ging ze niet, ze sloeg hier af. Ik ren naar de rails, ik heb er moeite mee, met rennen, maar ik weet dat ik op moet schieten, over een kwartier is het donker.

Liep mamma hier? Liep je hier? Liep je hier zo over de bielzen? Ik hoor mijn eigen stappen, ze dreunen ellendig na in mijn hoofd. Alsmaar hoor ik die beek, ik houd mijn handen tegen mijn oren. En dan lach ik, opeens lach ik, want dat ding doemt op, die kapotte wagon, waar altijd zwervers in liggen. Ik loop erop af en schuif de zware deur opzij. Ik kijk voorzichtig naar binnen, het stinkt er. En toch ga ik zitten in de deuropening. Zal ik afdalen naar de beek? Mijn hoofd tolt, jezus, alles draait. Ik laat me zakken en ga op mijn rug liggen.

Weer dat gefluister, gefluister om me heen. Ik probeer het te negeren, het zit in mijn hoofd. Rot toch op, rot op, rot *op*. En jij ook, Nickie, ga weg uit mijn hoofd.

Dan die bons op het dak van de wagon, ik richt me meteen op. Er loopt iemand op dat dak, ik hoor het echt, mijn hart klopt in mijn keel. Ik durf niet omhoog te kijken, ik durf me niet te bewegen. Ik hoor die stappen, ik hoor ook opnieuw gefluister. Ik spring de wagon uit, er klinkt een stem boven me, het is een zware stem, ik ren over de bielzen terug. In de bocht sta ik stil. Ik kan het niet laten, ik kijk om, ik zie hem in het halfduister staan op die wagon.

Ik ren verder, ik ren terug naar ons huis. Ik hoor gejoel van opzij, ik kijk die kant op terwijl ik ren. Zie ik daar een jongen tussen de bomen, even groot als ik? En op dat moment hoor ik belletjes van alle kanten. Ik schuifel die heuvel af naar het hotel. De bladeren zijn droog en glad, ik glijd uit en rol zowat die heuvel af, ik krabbel overeind en spuug de aarde uit.

Als ik omhoogkijk staan ze op de kam van de heuvel, in het halfdonker. Vijf jongens. Ze kijken naar me. Ze houden hun armen omhoog en de belletjes klinken. Ze schreeuwen.

Snel ga ik het hotel binnen, ik snap meteen dat het het stomste is wat je kunt doen. Ik probeer te luisteren, ik probeer op adem te komen, maar dat lukt me zo slecht. Mijn hoofd bonkt als een gek. Ik hoor de jongens roepen, ze roepen mijn naam. Ik weet dat ze naderen.

Ik wankel de trap op, ik houd de verrotte trapleuning vast, hij schiet een eindje los, ik kom bijna niet boven, waarom ben ik zo dom om het hotel binnen te gaan? Ik stap de overloop op en ga een kamer binnen. Ik zak door mijn benen. Ik moet bijna lachen, of ik moet huilen, of misschien wel allebei. Ik houd mijn adem in en luister.

Dan klinkt vanuit de hoek van die kamer dat gemiauw. Ik loop erop af, die kat ligt daar, het is de kat die Nickie en ik steeds zagen in onze tuin. Ik ga door mijn knieën. Ja, het moet haar zijn, ze was zwanger en deze heeft jongen gekregen. Ik aai haar, en ze begint meteen te spinnen. Ik voel of ze een vlooienbandje heeft, maar het is niet zo. En terwijl ik voel zie ik die jas, ik buk, ik kijk er heel lang naar, ik voel aan de rits, aan de stof, het is Harolds jas. De kat miauwt opnieuw.

Gefluister van die jongens beneden. Het glas dat onder hun schoenen kraakt. Opnieuw klinkt mijn naam en ik verroer me niet. Ik kijk naar het zwarte gat van de deur. Een van hen komt langzaam de trap op gelopen. Opnieuw gefluister. Gelach. Belletjes.

Ze schreeuwen haar naam: 'Ciel Taminiau. Weet je nog?' De jongensstem heeft hetzelfde accent als Ciel. Is het haar jongere broer? Is het een van die tweeling?

Ik verroer me niet.

'Kom dan, kakker!' Het is een andere stem.

'Durf je niet?' roept weer een ander. 'Je durft haar toch wel van je fiets af te duwen?'

Weer die eerste stem die roept: 'Hoe is het met je mammie?' Gelach.

Dan een bons, een vloek, gejammer, trekt iemand die jongen de trap nu af? Ja, de halve trapleuning gaat mee, lijkt het wel. En er klinkt geschreeuw, een stem, het is een lage stem.

Er klinken voetstappen, een paar rennen het hotel uit, ik hoor ze weglopen door het open raam.

Opnieuw gekerm van een van die jongens. Hij kermt zachtjes, hij is bang nu, dat hoor je. De stem klinkt opnieuw. '*Ksssjt!*' doet de stem. Voetstappen die klinken, glas dat kraakt. En dan is het een tijd lang stil.

Ik kruip naar een hoek van de kamer, langzaam komt die ander de trap op gelopen. Hij is zwaar want hij stapt door een van de treden. Hij vloekt. Ik veeg het zweet uit mijn gezicht. Ik kan niks doen, ik kan alleen maar kijken wie daar naar boven komt. Hij staat daar op de overloop. Hij kijkt naar me, maar zijn gezicht kan ik niet zien. Ik hoor hem lachen, hij komt naar me toe gelopen, ik hef mijn handen op, ik kan geen woord uitbrengen, die man stapt de kamer in. De gedaante is groot en hij heeft grote handen, ik zie het meteen. En de man haalt iets uit zijn zak tevoorschijn, stapt op me af en hurkt. Hij doet hem aan, die aansteker, en ik kijk recht in de ogen van Eduard Nowak.

'Zo, sukkel,' zegt hij. 'Laat je je gek maken?' Hij lacht, houdt de aansteker opzij, loopt naar de hoek en kijkt naar die kat en naar haar jongen die aan haar buik liggen te drinken, het zijn er vijf. Ik mompel mijn broers naam, ik zeg dat die jas waarop die beesten liggen van hem is, dat hij ze juist gered heeft, terwijl ik dacht dat hij ze had gemept. Eduard kijkt naar me op, laat de aansteker zakken en hij fluistert in het donker: 'Gemept? Die broer van jou? Waar heb je het over?'

'Heb je het niet gehoord?' vraag ik.

'Nee, ik denk het niet.'

Ik vertel over die gemepte katten. Dat er een zelfs was opgehangen. Dat zij dat deden, die jongens, en ik wijs naar buiten. 'Snap je niet waarom?'

'Nee,' antwoordt hij.

'Zag je niet wie het waren?'

Ik zie dat hij zijn hoofd schudt en ik vertel dat het Ciels broertjes waren. Dat ze niet wisten wie van ons iets met haar had geflikt, en dat ze onze katten maar pakten. 'Dankzij jou, Eduard. Dankzij jou zijn al die katten dood. Om wat je hebt gedaan met Ciel.'

Hij zwijgt, ik merk dat hij nadenkt, dat hij knikt, dat hij iets wegslikt. Hij pakt mijn schouder en zegt dat hij een lul was, toen, en nu nog steeds, maar dat hij het nu tenminste van zichzelf weet. 'Toen niet,' zegt hij.

Ik vraag wat hij hier doet, of hij straks met vakantie gaat, met zijn ouders en met David, hij schudt zijn hoofd, hij zegt: 'Nee, jongen, ik ben hier voor jou... Ik zoek je al een hele tijd. Wat doe je toch allemaal?'

Hij speelt weer met de aansteker.

'Je komt voor mij?'

Hij knikt. Hij zegt dat hij 'm gepeerd is, een week geleden, uit het internaat. Vanwege mij. Dat iedereen hem zoekt, maar dat hij me wilde zien. 'Ik wou je gewoon zien, Tobi. Ik *moest* je zien. Niet Harold, of Pam.' Hij stompt tegen mijn borst. 'Jou... David belde me. Hij vertelde het. Over... Fuck... Over dat met je moeder. Godver, weet ik veel, ik wilde je zien. Ik wou je iets zeggen, en nou zit ik hier en weet ik niet meer wat.'

Hij gaat zitten in kleermakerszit, hij vraagt hoe het met me gaat, ik zeg niks terug. Eduard Nowak loopt voor mij weg uit dat internaat? Hij doet de aansteker weer aan. 'Trek je het wel? Je ziet er niet uit,' zegt hij. Ik zie zijn rustige donkere ogen en ze staan anders, anders dan toen. Ik weet niet wat ik terug moet zeggen. 'Nee,' zeg ik dan.

Hij zegt: 'Ik ben geen horzel, Tobi, zoals je zus altijd zegt. Ik lijk het misschien, maar ik ben het niet. Ik wou... Weet ik veel... Ik wou opvallen bij je moeder. Ze was zo'n goed wijf. Zo ontzettend... mooi gewoon. Niet zo'n moeder. Snap je wat ik bedoel? Niet zo'n *moeder*. Niet zoals die van mij. Dat kutwijf. Dat nooit echt iets vraagt. Jezus, zoals jouw moeder dingen vroeg aan jou, hoe ze naar je keek. En ik probeerde zo op te vallen als ik bij jullie was, ik wou dat ze zo ook eens naar mij keek. Maar hoe vaker ik kwam, hoe viezer het gezicht werd dat ze trok. En ik deed er alleen maar dommer door. Stoerder. Ja, dat kan ik goed, de dingen erger maken.'

We zwijgen. Ik zie hem weer rennen over die spoorbrug, en ik begin erover, maar hij kan er niet om lachen.

Hij zegt: 'Ja, ik deed dat. En dat met Ciel ook, en nou zit ik in dat internaat. Met die gore jongens die allemaal honderd keer erger zijn dan ik. Jezus, de dingen die *zij* hebben geflikt, ik ben er helemaal niks bij. Ik verzin soms maar iets, iets heel ergs, anders red ik het daar niet.'

Hij verbergt zijn gezicht in zijn handen, richt dan zijn blik weer op mij en zegt: 'Altijd daar zijn, Toob. Ik word gek. Ik ben nooit alleen. Ik mag nooit weg. Soms vinden mijn ouders het zelfs te gortig, dan bellen ze op en vragen of ik niet een weekend terug mag komen, maar ze weigeren gewoon. Je kan er niet weg. Ja, als je uitbreekt, dan wel. Ze zoeken me. Hoe lang zal het duren voordat ze me vinden?'

Ik vraag of hij dat was, bij de tennisbaan bij zijn huis. Met zijn handen aan het hek, een paar dagen geleden, hij reageert eerst niet.

'Ja, jij was dat,' zeg ik. 'Wie anders?'

Hij lacht. 'Dat is goed, Toob. Wat jij wil,' zegt hij.

En dan vraagt hij: 'Wat deed je daar met Nickie? Wat zat je met haar te stoeien in dat zwembad? Jongen, waar ging dat allemaal over? Het was freaky hoe jullie naar elkaar keken. Niet doen, Toob. Ze is goed. Ze is het beste wijf dat ik ken. Ik meen het.'

Ik zeg dat hij de eerste is die zoiets over haar zegt, hij moet om mijn woorden lachen. Hij staat op, gaat bij die kat zitten en aait het dier. Het is heel stil, je hoort haar spinnen.

'Ken je haar goed?' vraag ik.

Eerst zegt hij niks. En dan: 'Goed genoeg. Hoezo?'

Zou hij het weten? Zou hij het weten van die vader?

'Hoe is het met David?' vraag ik.

Hij haalt zijn schouders op. 'Dat weet jij beter. Wil je hem even niet zien of zo? Niet nadat... Dat snap ik.'

Ik zeg niks terug.

'Hij was zo gek op je moeder.' Hij glimlacht.

'Ja,' mompel ik en wijs in de richting van ons huis. 'Hij wilde altijd maar daar zijn.'

'Maar op een ander was hij nog gekker, hè? Weet je nog?'

Ik kijk hem aan.

'Weet je dat niet? Jezus, op Pam. Jongen, zijn hele leven is hij al verliefd. Nooit gemerkt? Hoe kan dat nou? Dacht je dat hij voor je moeder kwam?'

Hij kruipt naar me toe en pakt me vast. 'Ik weet weer wat ik je wou zeggen. Doe geen domme dingen. Trap daar niet in zoals ik daarin ben getrapt. Geen rare streken, alleen maar omdat je kwaad op anderen bent. Zoals ik. En zorg je ook goed voor David? Let je goed op? Hij trekt het toch wel een beetje op school? Hij zegt van wel, maar is dat ook zo? Die sukkel is nog kleiner dan jij. Ik hoop wel dat hij meekomt... Zeg 's, lukt het hem? Vertel het me eerlijk. Als hij me belt vraag ik het, of het daar wel goed gaat. En weet je wat hij dan zegt? *Ik heb toch Tobi? En ik heb nog veel meer vrienden, dankzij hem.* Is dat zo? Goed van je, Toob... Dan doe je het beter dan ik. Want ik heb hem zo laten barsten. Ik heb hem laten barsten, terwijl hij me nooit iets heeft gedaan.'

Negen

Ik ben zo raar blij wanneer ik de trap op sluip. Als mijn vader daar staat om me een klap te geven. Ja, want hij sleurt me de overloop op, hij slaat me en hij houdt niet in, het doet echt pijn, maar ik vlieg hem om zijn middel als een kleuter en ik zeg dat hij niet kwaad moet zijn, nu even niet. Hij pakt me bij mijn schouders en rammelt me door elkaar, hij zegt zowat huilend: 'Waarom houd je niet op? Waarom stopt het niet? Wat is er toch met jou?!'

Ik lach en zeg: 'Maar het stopt wel, pap! Er was iets ergs gebeurd, dat was het. Ik had iets ergs gedaan op school met David, maar hij is niet boos! Hij is mijn beste vriend. En Harold is een aardige jongen. En de man aan dat hek bij de tennisbaan bij Nowak, dat was Eduard, Eduard Nowak. Wie kon het anders zijn?'

Mijn vader moet niet lachen na die woorden, terwijl ik het wel verwacht, en ik vraag of ik er misschien slecht uitzie. Hij schudt zijn hoofd. 'Nee, dat niet... Maar...'

Ik zeg: 'Nou dan. Mamma is dood. Ik niet.'

'Alsjeblieft, zulke dingen moet je niet zeggen. Ik schrik van je.'

Nu komen Pam en Harold de gang op en ik zie hun slaperige koppen en ik zeg tegen mijn broer: 'Het zijn er vijf. Vijf jonge katjes. Je had de poes meegenomen en haar verstopt, hè? Je bleef wachten tot ze ging bevallen, ze mocht niet worden gevonden, wat goed van jou. En? Heb je gezien hoe die katjes werden geboren? Heb je dat bij Panter misschien ook gezien?'

Hij knikt vaag, maar ook hij lacht niet. Waarom niet?

Ik zeg tegen mijn zus dat de zomer nog heel lang duurt, en dat ze zo lang mag blijven als ze wil, van mij wel, dat er tenminste iemand van ons moet zijn die studeren leuk vindt, ze gaapt me aan.

Mijn vader zegt tegen Harold: 'Jij ligt op *mijn* kamer vannacht.' Mijn broer doet wat hij zegt en pappa trekt me mee naar mijn bed.

Mijn zus blijft in de deuropening staan.

'Net als toen, Pam,' zeg ik, terwijl ik langs mijn vader kijk. 'Na mamma in dat lege zwembad, toen stond je daar ook zo. Je luistert graag, hè? Je wil altijd alles horen, is dat een tic?'

Mijn vader kijkt om, en kijkt dan weer naar mij. 'Jezus, dat olifantengeheugen van jou. Hoe oud was je toen? Het is gewoon eng.'

'Eng?' zeg ik.

'Toe nou, Toob,' zegt hij. 'Word kalm. Nee, niet eng. Je geheugen is bijzonder... Luister eens. Houd op met praten. Je zegt dat het stopt, maar het stopt niet, het wordt steeds erger. We denken dat je slaapt, we denken dat dat goed voor je is, dat je dan aansterkt, en we komen niet kijken, want als we bij je komen word je altijd wakker, dat word je al je hele leven. Dan ga je weer zo praten. Harold gaat naar bed en schrikt zich rot, want je bent er niet. Hij durft het eerst niet te vertellen, hij blijft hier alleen op jullie kamer. Omdat hij dat eerder zelf ook heeft geflikt, hij wil je niet verlinken, dat snap ik best. Maar als ik door de gang loop, roept hij. Ik zie dat lege bed van jou. En ik denk godverdomme, dat ik meteen weet waar je bent, maar in die tuin ben je niet. Waar ben je geweest, Tobi? Ik wil het weten. Maar zeg het rustig... Vertel het allemaal rustig.'

'In het bos,' zeg ik. Ik merk dat ik erbij hijg. 'Ik krijg haast geen adem, pap. Hoe komt dat?'

'Alsjeblieft, doe kalm. Wat deed je daar?'

Ik haal mijn schouders op. 'Ik wilde...' Ik zwijg.

'Tobi, je hoeft je nergens voor te schamen.'

Ik zeg: 'Ik wilde weten hoe mamma was gelopen. Ik wilde iets vinden van haar, dat was een dom idee.'

Mijn vader sluit zijn ogen even, hij zegt: 'Jongen toch, in het stikdonker door dat bos?'

'In het begin was het nog licht. Of, licht. Het ging. Het was schemerig. Ik had het koud, dat wel. Of warm, ik weet het niet.'

'En toen?'

'Ik vond natuurlijk niks,' zeg ik. 'Maar eerder wel, eerder vond ik wel iets.' Ik haal die trouwring uit mijn zak en stop hem in zijn hand. 'Die is voor jou. Iemand anders kan ik niet bedenken. Jouw naam staat erin.'

Dat gezicht als hij ernaar kijkt.

'Wat is het, pap?' vraagt Pam.

'Niks,' antwoordt hij. Heel lang is mijn vader stil. Hij wil hem om zijn ringvinger schuiven, maar het is mamma's ring, hij past natuurlijk niet. Pam doet een paar stappen de kamer in, hij merkt het en zegt luid: 'Niet doen! Nu even niet!' Ze blijft geschrokken staan.

Hij bekijkt de binnenkant, zucht heel diep en zegt: 'Ja, jij hebt een olifantengeheugen, Toob. Maar ik ook. Dat heb je van mij. Wat een ellende is dat. Je moeder, nee, die niet. Ze haalde alle vakanties door elkaar. Ze kon geen naam onthouden. Lijkt jou dat fijn?'

Ik schud mijn hoofd.

'Jawel,' zegt hij, hij kijkt omhoog naar het plafond. 'Dat moet geweldig zijn. Een verademing.'

Hij staart weer naar de ring in zijn hand. Hij vergeet volgens mij een beetje dat wij hier ook zijn, Pam en ik, hij mompelt: 'Deze ring, ja. Ze deed hem af. Ze wierp hem voor mijn voeten in het gras. Ik zei niks. Ik zei weer eens niks.'

Nu zie ik dat achter hem Pam begint te huilen, ze staat daar met gebalde vuisten, ze schreeuwt. Mijn vader kijkt geschrokken om, ze loopt weg.

Je ziet hem twijfelen, haar achterna gaan of blijven.

Hij kijkt opnieuw naar de ring en zegt: 'Mijn god, hoe kom je hier aan? Weet je, Toob, sommige dingen zijn privé. Ik kan je niet alles vertellen... En je moeder *zei* wel altijd dat je een oude ziel was, maar je bent pas veertien. Je vindt het misschien naar als ik het zeg, maar dat is niet oud. En je wilt ook echt niet alles horen, hoe oud je ook bent.'

'Wel,' zeg ik.

'Nee. Niet,' zegt hij zonder me aan te kijken. 'Niet.'

Hij probeert me in bed te drukken. Ik weer hem af, hij laat weer los.

'Wat was dat geklets over die jonge katjes?' vraagt hij.

Ik kijk hem aan en antwoord: 'Ik kan jou ook niet alles vertellen, want ik snap de helft zelf niet. Harold is misschien wel weggelopen, maar toch moet je niet kwaad op hem zijn, want hij wou alleen die kat redden. Die zwangere kat. Hij heeft haar in het hotel gelegd. Daar zochten ze niet.'

'Wie niet?' vraagt hij.

'Ach, pap... Vraag dat maar niet. Want als ik daarop antwoord denk je weer dat ik gek ben.'

'Je maakt me een beetje bang, Toob. Je ziet knalrood. Hoor jezelf nou hijgen... Je adem piept en het is verdomme zomer. Word toch eens rustig.'

Ik zeg: 'Maar ik *ben* rustig. Snap dat nou.'

Hij kijk me bezorgd aan.

Ik zeg dat Harold hier best weer mag komen liggen, dat het mij niet uitmaakt, maar mijn vader schudt zijn hoofd. 'Ik wil jou hier in je eentje. Dat is beter.'

Hij staat op. In de deuropening blijft hij staan, hij doet zo zenuwachtig.

Ik zwaai naar hem. 'Dag pap.'

Hij schrikt ervan. Hij doet de deur dicht.

Ik hoor ze praten, ik hoor ze fluisteren op de gang. En als ik naar de wc ga zie ik mijn vader zitten, onder aan de trap, met zijn rug naar me toe. Hij belt met iemand. Opeens stopt hij met praten, hij kijkt om en houdt de hoorn omlaag. Hij legt neer en zet de telefoon op de trap, met een droevige trek op zijn gezicht. Ik daal de trap af, maar hij heft zijn hand op, ik blijf staan. Heel lang kijken we elkaar aan.

'Maakt Nickie je in de war?' vraagt hij.

'Nee,' antwoord ik.

'Maar wat zegt ze dan? Zegt ze dingen over mamma?'

Ik schud mijn hoofd.

Ik zeg: 'Ze is... Ze is zelf in de war... Ik moet...'

‘Ik weet het niet meer met jou,’ zegt hij. ‘Ik wil niet dat er ongelukken gebeuren.’

Nee, ik weet niet waar hij het over heeft, maar een paar uur later wel. Want iemand schudt me wakker en het licht gaat aan en die onbekende gezichten buigen zich over me heen, ze trekken me overeind. Ze slaan me mijn jas om, ik zie die vent staan, in de kamer, die man uit de inrichting van mamma. Mijn arm doet pijn, ik wrijf erover en ik weet niet wat het is, ik wil schreeuwen maar het lukt me niet. Die mannen afweren lukt ook al niet, ik krijg mijn armen niet omhoog. Het is net alsof er iets stroomt door mijn hoofd. Pam en Harold staan achter die man, ze huilen, ik lijk wel de oudste van ons drieën. Niet huilen, denk ik, het is niet nodig, met Tobi komt het goed. Ik probeer naar ze te glimlachen, maar zelfs dat lukt niet helemaal. Ze slepen me zo'n beetje door de kamer. Hé, kijk uit, mijn voeten, zeg ik, die moeten ook mee, mijn voeten horen erbij. Ik en mijn twee voeten.

Waar is pappa, vraag ik. Ik schrik, want ik herken mijn eigen stem niet meer. Ik kijk naar links en naar rechts, en het is net of mijn hoofd iets later meebuigt, dat ik de dingen eerder zie, of juist later. Ik knipper met mijn ogen, en verrek, nou zie ik mijn vader, ze hebben me de trap al af gedragen voordat ik er erg in heb, hij zit daar aan de keukentafel met zijn handen op tafel. Ja, pap, leg je handen daar maar neer, dat lijkt me prima. Hij praat met die man. Waar heb je het met hem over, pap? Waarom kijk je niet nog één keer opzij naar mij?

Die kerels, die sterke kerels die zacht praten, die heel aardig voor me zijn, ze tillen me over het smalle voortuinpad.

Klein is het hier, hè? zeg ik. Ik moet er ook zo aan wennen. Je zou ons oude huis moeten zien, zo groot en sjiek, Ciel Taminiau vindt het het allermooiste huis uit het dorp, ze heeft gelijk. Ciel is aardig, maar ze zag er niet goed uit die ene keer bij de rivier.

De mannen stoppen me voorzichtig in de witte auto. Ik herken de auto best, mamma zat er ook een keer in. En het leer zit lekker, die vent voorin achter het stuur vraagt of ik het niet koud heb. Koud? Het is zomer. Het is een gekke zomer, dat wel, eentje die we allemaal vast niet snel vergeten. Vooral ik niet, ik vergeet bijna niks. Ik ben een olifant. Hij knikt, hij pakt mijn hand, hij knijpt erin, het is aardig van hem, maar het hoeft echt niet, knijpen is overdreven. Ik trek mijn hand weg en kijk naar allebei mijn handen, ik moet goed kijken, het is net of ik er wel tien heb, hoeveel vingers heb je dan? Jammer, ik ben zo slecht in rekenen. Ik ben overal slecht in, maar niemand die het merkt. Ik ben geen oude ziel, pappa heeft gelijk, ik ben dom. Hoe kan je goeie cijfers halen terwijl je dom bent?

Die man komt naast de bestuurder zitten, ik kijk nog naar de voordeur, maar die is dicht. Had je geen tijd om me uit te zwaaien, Harold? Jij ook niet, Pam? Maar misschien is het beter, want jullie huilen en ik huil niet, en dan schaam je je een beetje, ik snap het best. Hoe vaak jullie niet voor me hebben gestaan en hebben gezegd: *Ga dan huilen! Ga dan huilen!* Ja, dan ga je altijd huilen. Dat was gemeen, maar zo doe je toch tegen een jongere broer? En ik heb het later ook gedaan, bij David, op het schoolplein. Het werkt goed, ook wanneer iemand veertien is.

Die man draait zich om en zegt iets, maar ik versta hem

niet. Hij herhaalt zijn woorden, ik versta hem nog steeds niet, laat me maar. Iemand slaat een arm om me heen en trekt me naar zich toe. Ha, mam, je bent mee, da's fijn.

Ik heb mijn ogen al dicht, ik snuif haar geur op, en ze mompelt dingen, aardige dingen, gewone dingen, en dan wordt alles zwart voor mijn ogen.

Zo kwaad, zo ontzettend kwaad als ik wakker word. Zo anders. Ik scheld mijn vader uit, ik scheld de halve wereld uit, maar Nickie niet. Ze duwen me terug, ze geven me iets, ze spuiten iets in me, de boosheid verdwijnt, hoe krijgen ze dat toch voor elkaar? Ik voel het wegvloeien uit mijn tenen. Als ik weer wakker word, moet ik zo hard hoesten dat ik ervan moet kotsen, iemand schiet me te hulp, ik voel zijn handen, ik hoor zijn stem. Ik kijk in dat gezicht en zeg dat er niets mis is met mijn hoofd, maar alles met mijn lichaam, dat ik koorts heb, dat ik een steek in mijn rug voel, al weken, maar hij neemt niet eens de moeite te kijken. Ze laten me slapen. Geen idee hoe lang. Iemand schreeuwt steeds. Is dat een jongen? Ben ik het zelf?

Als ik wakker word, weet ik eerst niet meer wie ik ben, ook niet waar ik ben. Ik lig daar te staren en een voor een komen de dingen terug. Ik zucht. Ik hoor die bekende stem, ik kijk naast me, hij steekt vriendelijk zijn hand uit.

Ik schud de hand niet.

'Sorry,' zeg ik nog wel. 'Te moe.'

Hij knikt en laat de hand weer zakken.

'Wil je weten waar je bent?' vraagt hij.

Ik schud mijn hoofd en zeg dat ik dat al weet.

Ik richt me een beetje op, het kost me moeite.

'Nee, doe maar kalm,' zegt hij.

'Lag mamma hier ook?' vraag ik.

'Niet hier. Wel in dit gebouw.'

'Waar is ze?'

'Weet je dat echt niet?' vraagt hij terug.

Ik richt me op en denk na. Laat me dan weer zakken en staar naar het plafond. 'Jawel,' mompel ik.

'Doe je ogen maar dicht.'

Ik doe het, maar ze gaan steeds vanzelf weer open.

'Herinner je je haar nog?' vraag ik.

Ik hoor hem zeggen: 'Natuurlijk.'

Ik zeg: 'Goed wijf was mamma. Niet zo'n *moeder*. Jeetje, wie zei dat ook weer?'

Ik richt me opnieuw op. Hij knikt en een andere man komt op me af, pakt mijn arm, hij prikt, ik zak weer terug.

's Nachts klinkt het gegil van een jongen, maar het maakt me niet uit, ik heb genoeg liggen slapen. Ik kijk naar de takken van de boom bij het raam, waar die buitenlamp op schijnt. Het is warm, ik hoest niet meer, misschien dat ze me iets gegeven hebben waardoor het stopt. Ik richt me op, ik voel over mijn rug en haal een paar keer diep adem. Is de steek verdwenen?

Iemand schijnt met een zaklantaarn in mijn gezicht. Ik mompel Nickies naam in mezelf en geef de persoon de middelvinger.

De volgende dag duwen ze me dat licht in van de tuin, het is niet de tuin waar mijn moeder zat toen we haar bezochten. Ik kijk over mijn schouder om te zien of het misschien een ander gebouw is dan waarin mijn moeder zat, maar het is hetzelfde. Er scharrelen duiven over het gras, ik hef met een zwaai mijn armen omhoog, ze vliegen weg, de bomen in.

De man zegt me te gaan zitten, hij zegt dat ik moet wachten, in de schaduw onder een pergola. Ietsje verderop zit een meisje in het gras. Ze zwaait, ik zwaai maar terug. Het is warm en ik zit daar in die stoel te wachten en te zweten, ik heb het idee dat ze straks zullen komen, mijn vader en Harold en Pam, maar het gebeurt niet, het is die man weer. En eerst gaat hij een eindje van me vandaan zitten, pal in het zonlicht, maar *hij* zweet niet. Ik kijk naar zijn korte harige vingers en hoor dat ellendige gefladder van de vogels boven me. Hij merkt dat ik er nerveus van word, dat ik alsmaar naar die beesten opkijk, maar nog steeds zegt hij niks.

Ik wijs naar het meisje en vraag of hij anders liever met haar wil praten. Geen antwoord. Alleen een blik.

Ik vraag of hij ook zo bij mijn moeder deed.

'Hoe?' vraagt hij meteen.

'Irritant,' antwoord ik.

'Wat is er irritant aan zwijgen?'

'Dat doet me aan iets denken.'

'Aan wat?' vraagt hij.

Ik kijk weg.

'Aan wat?'

'Aan thuis,' mompel ik voor me uit.

Hij verstaat me niet, hij vraagt me de woorden te herhalen.

'Aan thuis!'

Twee dagen. Drie dagen. Ik zit de hele tijd te lezen in een nis in de gang, ik lijk mijn vader wel. Ze lopen langs me, mensen, jongens, meisjes. Als ze iets tegen me zeggen keer ik ze de rug toe, druk mijn handen op mijn oren. Ik tuur door het raam naar de schittering boven de velden en denk aan Nickie.

Er loopt alsmaar een jongen door de gang die op me lijkt, hij is precies even lang en mager als ik, hij heeft hetzelfde haar, hij merkt het vast ook, want hij giechelt iedere keer als hij me passeert. En die man komt een paar keer bij me zitten, ik negeer zijn vragen, het lukt me om geen woord terug te zeggen. Hij legt een hand op mijn schouder, ik lach alleen. Ik denk: fucker, ik heb Nickie om aan te denken, ze sleept me hier doorheen, ze wacht op me en ik spreek met geen woord over haar, dat kan je vergeten.

Ik praat met haar in mijn hoofd en ik zie haar, ik zie haar donkere blik, ook die enge, ik zeg haar in gedachten dat ik me heb vergist, dat ze alle Nickies mag zijn die ze wil. Dat ik gestopt ben bang te zijn.

Mijn vader komt een keer, ik zeg tegen het personeel dat ik hem niet wil zien. Harold komt ook, die wil ik wel zien, maar als ik tegenover hem aan een tafel zit hebben we elkaar eerst zo weinig te zeggen. Hij zweet en ik ook. Maar opeens vraag ik hem waarom hij niks onthoudt, waarom hij het geheugen van mamma heeft en ik niks aan hem heb. Hij schrikt.

Hij vertelt dat ze na de vakantie al beginnen met bouwen op dat veld, hij vertelt erover, ik luister niet. 'Is ons huis verkocht?' vraag ik en hij schudt zijn hoofd. Ik zeg dat niemand zo gek is daar te willen wonen, hij grinnikt en knikt.

Ik vraag hem waarom die klootzakken van hier me per se midden in de nacht moesten meenemen, toen ik sliep, toen ik te suf was om iets terug te zeggen of te doen, hij kijkt me aan.

'Het was midden op de dag, Toob,' zegt hij.

'O ja,' zeg ik terug.

'Je hoest niet meer,' zegt hij.

Ik hoest en kijk hem aan.

'Is Pam er nog steeds?' vraag ik.

Hij knikt en zegt: 'Die kan alleen nog maar janken. Janken en roken.'

'En jij?'

Hij haalt zijn schouders. 'Ik wacht op jou...'

Ik zeg: 'Iemand wordt ziek. En hij wordt weer beter. Of niet.'

'Het eerste,' zegt hij, maar hij zegt de woorden zonder kracht.

Ik zeg: 'Niet meer weglopen, hè?'

Hij schudt zijn hoofd en lacht. 'Kunnen ze niet aan,' zegt hij.

Ik lach met hem mee. 'Nee, inderdaad. En dan zit jij straks ook hier.'

'Wel gezellig,' zegt hij.

Ik zeg dat ik weet wie het waren, van die belletjes, en we kijken elkaar in de ogen. 'Ik ook,' zegt hij. 'Hebben ze je iets geflikt?'

Ik zeg nee en denk aan Eduard, maar houd mijn mond over hem. Mijn broer gooit iets op tafel, het is de baseballpet die die man me in dat maïsveld gaf, bij de gewonde Panter. Ik vraag hoe hij daaraan komt en hij antwoordt: 'Die hing gewoon bij pappa aan de kapstok.' Ik lach en zet hem op. 'Nu past hij nog steeds niet,' zeg ik.

'Staat je anders prima,' zegt mijn broer en hij staat op. Hij loopt om de tafel, trekt de pet van mijn hoofd en geeft me een zoen op mijn wang, dat heeft hij nog nooit in zijn leven gedaan. Hij ruikt goed, ik lach. Hij zet de pet weer op mijn hoofd, ik kijk hem na terwijl een man de deur voor hem opendoet. Als hij in de gang staat en de deur weer dichtgaat, legt hij zijn hand op het glas en ik sta op en spreid voor hem mijn armen.

En Nickie zegt in mijn slaap: ga praten, beloon die man met woorden, het stelt hem gerust, en kom dan hier. Ik word wakker, hij zit daar en ik begin meteen te praten. Ik zeg dat ik me beter voel, beter en anders dan ik me de hele zomer heb gevoeld.

Hij neemt me mee naar buiten, onder die boom, de schaduw in, ik kijk omhoog maar zie gelukkig geen vogels. Ze ritselen wel een beetje, die bladeren, ze ritselen in de wind. Ik zeg hem dat ik dat misschien zocht in onze tuin, het ruisen van de bomen, omdat bomen hier langer blijven dan wij.

'Niet alle bomen,' zegt hij.

'Nee, maar deze hier bijvoorbeeld wel,' zeg ik en ik wijs. Ik zeg dat ik ook keek naar de eiken in de verte op mamma's begrafenis, dat ze bewogen in de wind. Dat dat misschien wel het enige was wat er toen bewoog, in ieder geval niet die strakke koppen om me heen.

Ik wend mijn gezicht van hem af.

'Vertel daar eens meer over,' hoor ik hem zeggen. Ik glimlach, hij trapt erin.

'Harold zat onder de pillen,' zeg ik. 'Dat moest van pappa. En nou weet hij van die hele begrafenis niks meer, hij heeft al zo'n kutgeheugen. De hele dienst lang pulkte hij dromerig aan dat dikke verband om zijn hand, *gek* werd ik ervan.'

'En Pam?' vraagt hij.

'Pam was goed,' zeg ik. 'Die durfde tenminste te voelen dat ze dood was. Die huilde. Jezus, wat moest ze janken. Ik wist helemaal niet dat iemand zo kon huilen.'

'En je vader?'

'Die deed of er iemand anders in de kist lag. De werkster of zo. En als je iets zei of vroeg, luisterde hij niet. Hij stond nog net niet een boek te lezen voor dat graf.'

'En jij?'

'Ik dacht steeds: wat willen de mensen dat ik doe?'

'Maar je kan niet weten wat mensen willen. Nooit echt. En misschien wilden ze ook niet echt iets. Keken ze alleen maar.'

'Nou en of,' zeg ik. 'Die keken zich een ongeluk.'

'Is dat zo erg?'

'Op school, als mijn moeder daar weer eens stond, als ze Panter weer eens kwijt was en ze op het schoolplein stond, dan keken ze ook. Aan het graf was het precies dezelfde blik. Ze wilden niks missen.'

'Maar je dacht op de begrafenis dus aan de mensen om je heen, niet aan je moeder.'

Ik kijk hem aan, ik zeg: 'Zij was dood, en die mensen keken. Had ik het anders moeten doen?'

'Je moet niks.'

Ik kijk opzij naar hem. 'Ik moet van jou hier blijven.'

Hij glimlacht. Hij knikt. 'Je at niet meer, zei je vader.'

Ik denk aan Nickies woorden: ben je in hongerstaking? Dan buk ik me, ik pak dat stokje en ik strijk dat teken in het zand op de grond. Het teken dat Nickie me liet zien, ingekerfd in de boom.

Hij kijkt ernaar.

‘Weet jij wat dat betekent?’ vraag ik.

Hij kijkt er beter naar. Hij schudt zijn hoofd.

‘Is dat een snavel?’ vraag ik. ‘Ik denk het steeds. Wat betekent het?’

‘Waar zag je dit?’

‘Een keer in het bos. In een boom. Iemand liet het me zien.’

‘Waar? En wie?’

‘Dat ben ik vergeten,’ antwoord ik. ‘Harold, denk ik.’

Hij kijkt nog eens, hij mompelt: ‘Iets... iets onbetrouwbaars. Geloof ik. Denk ik. Ik weet het niet.’

‘Mensen als jij weten zulke dingen toch zo goed?’

Hij schudt zijn hoofd. ‘Niet per se. En het gaat er vooral om wat jij er zelf in ziet.’

Een tijd lang kijk ik naar het poppetje zonder iets te zeggen. Dan veeg ik erdoorheen met mijn schoen.

‘Zal ik je eens iets zeggen, Tobi?’

Ik kijk hem aan.

‘Iets wat ik eigenlijk niet tegen je moet zeggen. Eigenlijk niet mag zeggen...’

Nu is hij opeens eerlijk volgens mij, hij zegt: ‘Toen ik het hoorde van je moeder, dat ze dood was, toen schrok ik van mezelf. Om wat dat nieuws met me deed. Ik werd... Ik werd kwaad. Heel kwaad op mezelf. Ik vroeg me eerst af waarom ik dat werd.’

‘Dat weet ik ook niet.’

Hij zegt: ‘Nee, maar ik weet het nu wel. Ze was slim. Heel slim. Ik herinner me de dag waarop ze hier weer wegging. En dat ik mijn hoofd schudde terwijl ze met je vader wegliep. Dat ik naar binnen ging en toch weer omkeek. Steeds omkeek. Begrijp je wat ik zeg?’

'Nee,' antwoord ik.

'Toob?'

Ik kijk hem aan.

'Wat is het eerste wat in je opkomt wat je moeder ooit tegen je heeft gezegd?'

Ik haal mijn schouders op.

'Nee, niet dat doen. Het eerste wat in je opkomt.'

Ik schud mijn hoofd, ik kijk om me heen en mompel: 'Dat ze zei dat ze slecht was.'

'Wanneer zei ze dat?'

'Op het balkon. Toen ze... Nou ja, je weet wel. Die keer. Dat ze...'

'Die keer met jou alleen?'

Ik knik en hij knikt terug, hij kijkt naar dat half uitgeveegde teken.

'Wat is er?' vraag ik.

Hij schudt zijn hoofd en hij veegt het teken nog verder uit.

Een poosje luisteren we samen naar het geritsel boven ons, we kijken naar het zonlicht dat het gebouw in brand lijkt te zetten, naar die mensen even verderop bij de vijver en de hoge hekken rondom. Ik zeg dat het hier goed zou kunnen zijn, en hij zegt nu even niks, hij is slim. Ik vraag of hij dat niet ellendig vindt, dat niemand van deze mensen in de gaten heeft hoe mooi het hier is, omdat ze eigenlijk allemaal weg willen.

'*Jij* ziet het toch?' zegt hij.

'Ja, maar ik ben niet zoals zij.'

Ik zie hem glimlachen.

'Of wel?' vraag ik.

Hij schudt zijn hoofd.

Ik wijs hem op het tenue dat ze me hebben aangetrokken. 'Waarom moet ik dan ook deze idiote kleren aan?'

'Jij hebt je pet,' zegt hij.

Ik kijk omhoog naar de klep en ik knik.

Hij vraagt: 'En vertel eens, wil je hier nog steeds weg, net als zij?'

Ik weet niet meteen wat ik daarop moet zeggen.

'Misschien wel,' zeg ik. 'Maar ik weet ook waar ik dan naar terug moet.'

'Kom, kom,' zegt hij.

'Het is zo.'

'Kom. Sta op, Tobi. We zijn voor even klaar.'

Hij heeft zich al opgericht en staat met zijn rug naar me toe.

Ik zeg: 'Maar ik wil dat je me nog iets laat zien.'

Hij draait zich naar me om.

'Die tuin,' zeg ik. 'Waar mamma zat toen we haar die ene keer bezochten.'

Hij aarzelt een kort moment en dan lacht hij. Hij knikt en wenkt.

Even later lopen we door de zon, langs bloemperken vol gonzende insecten, langs de vijver, langs de zijvleugel van het gebouw, hij maakt gehaaste stappen. Hij opent een deur en we gaan de spoelkeuken in. We komen langs de kok, hij kijkt niet om, er staat een radio aan. En we gaan een korte gang door en stappen weer naar buiten, de schaduw in, waar die vuilcontainers staan. Heeft hij door hoe goed ik in me opneem waar we lopen? Ja, want hij kijkt steeds naar me. Hij haalt een bos sleutels tevoorschijn, maar aarzelt. Dan doet hij een stap naar het hek, opent het en neemt me mee, hij trekt het hek weer in het slot. Hij houdt mijn nek vast, ik zeg dat het niet nodig is, hij laat niet los. Zou hij sterk zijn, vraag ik me af.

We lopen dat glooiende grasveld af, ik herken het, ik zie de maïsvelden, ik voel weer hoe ze me oppakt en zegt dat ze mijn moeder nog niet helemaal is. Ik voel ook weer hoe de anderen kijken. Ik ga zitten op een van die stoelen en hij blijft staan, met zijn handen in zijn zij, hij verliest me geen seconde uit het oog. Ik zie die deur naar de lange gang waar we ten slotte weer naar binnen gingen, ik wijs ernaar, maar hij kijkt niet om.

'Mijn moeder was mager toen ze hieruit kwam,' zeg ik.

Hij zegt niks terug.

'Het stond haar niet,' zeg ik.

Hij kijkt me aan en zegt dat we beter terug kunnen gaan.

'Het was jouw schuld,' zeg ik.

Hij schiet in de lach en pakt me daarna bij mijn kraag. 'Toe, opstaan.'

Echt, ik zou het willen. Opstaan. Maar het lukt niet meteen. Ik probeer het, maar ik ben opeens zo duizelig als ik weet niet hoe. Ik duw mezelf uit de leuning omhoog, maar val weer in de stoel.

Hij tilt me op, ik voel een scheut kots mijn mond in schieten, ik slik het weer terug. Hij sleept me mee over het gazon en terwijl hij me stevig vastheeft, pakt hij zijn sleutels en opent het hek, hij duwt me erdoor. Ik sta daar gebukt, ik hoor hem zeggen dat ik moet gaan staan, dat ik moet ademhalen, ik luister of ik het hek in het slot hoor vallen. Ik kreun en houd mijn buik vast. En ik kijk pas naar hem op als mijn overgeefsel tot vlak bij de neuzen van zijn schoenen ligt.

Ik heb die deur niet in het slot horen vallen, denk ik steeds. Ik lach als hij me dat hele eind terugbrengt terwijl hij me ondersteunt, de keuken door die nu verlaten is, de deur door naar buiten en het grasveld over, het gebouw in. We staan daar in de lange gang. Hij zet me neer op een houten bank, ik ga liggen met opgetrokken knieën en hij roept iemand, ze staan op een afstand te overleggen. De man wijst naar mij, verdwijnt even, en komt dan terug. Hij praat opnieuw met die ander. Op dat moment komen die jongens langsgelopen, die ene die op me lijkt is er ook bij, hij loopt achteraan, kijkt naar me en giechelt weer. Ik wenk hem. De man en de ander met wie hij praat letten niet op, ik schuif die jongen mijn pet op, ik fluister hem toe: 'Loop eens terug?' Hij lacht en doet het meteen. Snel sta ik op van de bank, schiet die kamer in, twee tellen later hoor ik ze mijn naam roepen. Ze rennen langs de kamer waar ik sta.

Ik schiet de kamer uit, naar buiten, over het grasveld, terug die keuken in, de kok is er nu weer wel, maar hij merkt me niet op, ik loop in vlugge passen langs hem. Ik stap naar buiten, ik duw tegen het hek. Het is dicht. Ik vloek zachtjes, hoe heb ik dat kunnen denken? Ik probeer mezelf tussen de spijlen te wurmen, ik ben misschien wel mager, maar zo mager nou ook weer niet. Ik kijk omhoog naar de scherpe punten van het hoge hek en verberg me daarna achter een vuilcontainer. Ik hoor ze roepen, ik hoor ze iets vragen in de keuken, ik zit daar te huilen.

Ik kruip achter die container vandaan, stap de keuken binnen, hij is verlaten. Ik loop langs de fornuizen en kijk voorzichtig boven de radiator naar buiten. Er rent iemand over het gras mijn kant op. Ik ga snel terug, door de andere deur, ik verberg me opnieuw. Iemand stapt naar buiten en rammelt aan dat hek, ik durf niet te kijken wie het is. Er klinkt een vloek.

Dan, wanneer het al een tijdje stil is en ik begrijp dat wat ik wil niet gaat lukken, stap ik naar de deur en duw de klink omlaag, hij zit op slot. Ik roep, maar niemand hoort me. Ik roep harder. Ik luister en hoor iemand in de keuken, ik verberg me opnieuw, en nu gaat de deur van het slot en wordt de deur opengeduwd, ik hoor gegiechel.

Langs de vuilcontainer zie ik die jongen, hij staat daar te klooien met die bos sleutels bij het hek, hij heeft mijn pet nog op. De eerste sleutel past niet. De tweede ook niet, hij laat de sleutelbos vallen. Hij raapt hem op, ik hoor voetstappen, hij gilt en wurmt de sleutel erin, hij probeert hem nog om te draaien, maar nu komen die mannen naar buiten gedenderd, ze grijpen hem vast, de pet valt op de grond, hij wordt opgetild en meegesleurd en opnieuw klinkt zijn hoge giechel.

Meteen kruip ik achter de container vandaan, ik draai de sleutel om, open het hek, ga erdoorheen, gooi het dicht en zet het op een rennen over het gazon. Een moment sta ik hijgend stil, dan ren ik terug, gris de pet tussen de spijlen van het hek vandaan en zet hem op.

Ik kom niemand tegen in die lange donkere gang. Ik ga de hal in, waar een vrouw zit. Ze roept als ze me ziet, maar voordat ze achter haar balie vandaan kan komen ben ik al buiten en ren over het grindpad weg.

Ik ren over de velden in die achterlijke kleren, het duurt uren. Af en toe kan ik bijna niet meer, ik loop een stuk, maar iedere keer begin ik weer te rennen, hoe lukt me dat? Ik mijd de paden. Als ik in de verte mensen zie lopen verstop ik me. Een paar keer sta ik van de honger half te kotsen in de struiken. De zon verdwijnt langzaam achter de heuvels, ik zie vogels, ik scheld naar ze. Ik loop een tijd lang over het spoor. Bij het naderen van een trein stap ik opzij, hij raast langs, daarna de wind.

Als ik de rand van het dorp bereik ga ik het bos in, de schemering is ingevallen. Ik loop en loop en zie op een gegeven moment de lichten van de huizen, maar bij één huis is het donker, het is ons huis.

Ik nader het voorzichtig. Ik wacht. En door het hek zie ik mijn vader en mijn broer bij de gevel staan, ze roepen, mijn vader vloekt. Ze lopen mijn kant op, staan daar bij het zwembad, mijn vader zegt dingen, hij klinkt wanhopig. Hij roept opnieuw, ik deins terug.

Ik grinnik zachtjes en kijk omhoog naar de dichte bewolking, die donker is, er hangt slecht weer in de lucht. Harold en mijn vader verdwijnen, ik luister naar hun voetstappen op het grind. De duisternis valt nu bijna in en ik zit daar nog steeds. En als het doodstil is, als er alleen dat heel kleine beetje licht is van de huizen rondom, klim ik over het hek. Ik kijk over de rand van het zwembad, het water is nu helemaal verdwenen. Ik laat mijn ogen wennen aan het donker.

'Nickie?' zeg ik zachtjes, het is belachelijk, want waarom zou ze hier zijn? Ik kijk om naar het huis, knipper met mijn ogen, ik schrik omdat er iemand op het balkon staat. Ik doe een stap naar voren en zie dat het de rieten hoge stoel is.

Na een poosje voel ik de regen een beetje, de druppels voelen warm aan. Ik weet niet, ik heb niks te doen, ik pak het zeil, ik wil mijn vader helpen, ja, misschien wil ik dat. Ik trek het over het zwembad, maar opeens laat ik het los, want ik hoor iemand, ik hoor het knisperen van het grind bij ons huis. Ik loop snel weg, de struiken in, de donkerte in.

Eerst verschijnt er niemand en ik twijfel eraan of ik wel iemand heb gehoord. Ik wil iets roepen, maar houd me in, straks is het mijn vader weer. Ik blijf daar zitten kijken, het hart klopt me in de keel. En dan verschijnt die ander toch, het is Nickie, ik herken haar meteen, ook in het donker. Ze neuriet. En ik wil uit de struiken vandaan komen, maar ik weet niet, ik aarzel, ik wil niet dat ze zich rot schrikt en gaat gillen omdat er een halvegare in die belachelijke kleren voor haar staat. De regen zet aan, Nickie staat daar in het midden van het grasveld en ze legt haar hoofd in haar nek, ze opent haar mond nu volgens mij, ik kan het niet goed zien. Ze blijft daar maar midden op het grasveld staan, op wie wacht ze daar?

Ze neuriet opnieuw, ze loopt voetje voor voetje met gespreide armen door het gras. Ze wankelt en giechelt. En dan fluister ik, ik fluister haar naam, ze kijkt meteen op en die lach van haar klinkt. Ze zegt mijn naam en ik lach ook. Ik wil opstaan, ik wil al uit die struiken tevoorschijn komen om haar alles te vertellen wat ik heb meegemaakt. Haar trots vertellen hoe slim ik ben geweest. Hoe ik aan haar heb gedacht om niet werkelijk gek te worden. Maar die stappen op het grind klinken weer. Ik deins terug de struiken in.

Jezus, die stem die ik meteen herken, die stem van mijn zus, die haar naam roept, en Nickie draait zich direct met een verrukte kreet om. Ik weet niet wat ik doen moet, ik sta op en bijt op mijn hand, omdat die twee daar tegenover elkaar staan in dat gras. Eerst zeggen ze niks en Nickie wankelt, ze is weer zo dronken als ik weet niet hoe. Ze giechelt. Ze valt, ze staat weer op.

'Wat doe je hier?' vraagt Pam.

'Tsss...' klinkt het terug.

'Rot op hier,' zegt mijn zus.

Nickie neuriet plagerig, maar dan stopt ze en zegt: 'Net als toen, hè? Opeens moest ik oprotten. Waarom? *Ik* had toch niks gedaan?'

'Houd je bek,' zegt mijn zus.

'Weet je nog, Pam? Nooit vergeten, toch?'

Nickie doet een paar stappen naar achteren. Mijn kant op. Pam loopt mee.

'Ik had toch niks gedaan?' zegt Nickie met een lief stemmetje. 'Ik niet.' Ze begint te lachen.

'Ga alsjeblieft naar huis, je bent bezopen.'

'Klopt. Maar ik ga niet naar huis.'

'Naar je pappie,' zegt mijn zus.

Nickie zwijgt. Dan begint ze te lachen en zegt opnieuw met dat stemmetje: 'Lieve Pam. Slimme Pam. Vals wijf van een Pam.'

Mijn zus zegt: 'Jaja, het is al goed. Echt, ga nou maar...'

'Maar we hebben het net zo leuk.'

'Uhuh,' zegt mijn zus.

'Precies. Ik blijf. Kan je lachen.'

'Zie je me lachen dan?' zegt Pam.

'Het lukt niet, hè?'

Mijn zus vraagt: 'Wat lukt niet?'

'Om Tobi weg te stoppen. Daar is hij te slim voor. Zoeken jullie hem?'

Pam zucht en staat naar haar te kijken met de handen in haar zij.

Nickie doet weer een paar stappen naar achteren. Mijn zus niet, ze blijft staan.

'Waar is Tobi nou, hè?' vraagt Nickie. 'Waar is-ie nou? O jee, Tobi is pleite. Wat nu? Was het jouw idee, Pam? Ja, natuurlijk. Zeker omdat hij te veel ging vragen. Vertel eens, Pam, ben jij de baas nu? Heb jij het voor het zeggen? Doet pappa wat je zegt?'

'Het gaat je niks aan.'

'O, maar wel,' zegt Nickie plagerig. 'Ik was er toch bij? Weet je nog, slimme suffe Pam? Of ben je het soms vergeten? Nee, hè? Jij vergeet niks. Net als je kleine broertje. Jammer, hè? Gaat niet weg, hè? Die fucking dag. Jammer, hè. Hè? Hè?'

Mijn zus doet een paar stappen naar voren, ze houdt haar vuisten omhoog.

Nickie begint te lachen en zegt: 'Wou je me nou gaan slaan? O, doe maar, hoor...'

Mijn zus schudt haar hoofd, laat haar handen weer zakken. Huilt mijn zus nu? Ja, want Nickie bijt haar toe: 'Wat sta je daar nou te janken, rotwijf!'

'Please, ga weg,' zegt Pam zacht. 'Gewoon alleen maar weg. Laat ons. Je was...' Ze verbergt haar gezicht een moment in haar handen.

'Ik was wat...'

Mijn zus stamelt iets.

'Ik versta je niet.'

Pam loopt op haar af en zegt: 'Ik was gek op je, nou goed? Vroeger... Je was geweldig. We waren blij als je er was. Ik weet niet, door jou werd het vrolijk. Door jou gingen mijn ouders weer praten. Echt, Nickie. Is dat niet genoeg? Alsjeblieft, ga weg. Het spijt me. Het spijt me wat mamma deed. Wat pappa deed.'

'Het *spijt* je?' zegt Nickie. Ze giechelt. 'Hoor je dat, Tobi? Het spijt haar.'

Mijn zus kijkt om zich heen en zegt meteen: 'Toob? Toob, ben je hier?'

Ik beweeg me niet. Ik durf het niet.

En Nickie kijkt omhoog naar de regen en dan weer naar mijn zus. 'Wat denk je nou, Pam? Dat je hem kunt sparen? Hij moet toch... Kijk me aan!' Ze wacht tot Pam haar aankijkt en ze zegt: 'Hij moet toch weten wie zijn moeder is?'

'Houd je smoel!'

Nickie begint opnieuw te lachen. Ze zegt: 'Hij is verliefd op me, wist je dat? Was zo gepiept. Niks aan.' Ze kijkt om zich heen. 'Toch, Toob? Waar zit je nou?' Ze kijkt Pam weer aan. 'Ja, arme Tobias. Met zo'n zus. Zo'n idioot van een broer. En dan die vader van jullie. Wat hij deed. O nee, wacht even, hij deed juist niks. He-le-maal niks. Man, wat een stakkerig gezin. Dat ik daarbij wilde horen! Snap jij dat nou? Snap jij dat nou, Pammetje? Zeg me eens? O, please, please, toe dan, toe, zeg het! Ik kots van jullie, behalve van hem. Wie had dat ooit gedacht... Die kutmoeder van jullie... Ik haat haar... Ik haat haar nog steeds!'

Dan haar lach. En die korte kreet van Pam. En mijn zus schiet naar voren, ze pakt Nickie bij de schouders, ze duwt haar naar achteren, het gras over, de tegels op, ze vloekt, ze gilt, ik spring op uit de struiken, ik wil mijn zus toeschreeuwen dat er geen water in zit, maar Pam geeft nog een laatste duw, en Nickie valt dat zwarte gat van het zwembad in, zonder dat ze schreeuwt, ze laat zich bijna vallen, met gespreide armen, en we horen die dreun, die gekke zucht en daarna is het stil.

Pam kijkt naar mijn kleren als ik voor haar sta. Ze kijkt over de rand met dat verbaasde gezicht. Ze zegt niks. Ze draait zich om, rent over het gras en verdwijnt in het donker.

De warme regen die tikt op het zeil, ik kijk over de rand en zie Nickie liggen. Het is of ze naar me kijkt en misschien doet ze het ook wel, maar ik kan het in het donker niet zien. Ik daal het trappetje af, ik glijd een paar keer uit, ik kniel bij haar neer. Ik til haar nek een beetje op, ik voel de glasscherven in die nek.

Fuck, Nickie, ik kan niks voor je doen, want er is geen hond die dit nog kan fiksen. Ze gorgelt. Ze hoest, ze hoest bloed volgens mij, ik kan het niet zien. 'Niet praten,' fluister ik. 'Niet doen.' Knikt ze nu?

Ik til haar nek nog eens op en trek die glasscherf eruit, ik wil geen Nickie met scherven in haar nek. Ik kijk omhoog de regen in. En ik sleep haar naar het ondiepe gedeelte, onder het zeil, ik zeg dat het droog is daar, ik moet toch iets doen? Haar arm steekt zo vreemd uit, ik voel eraan, ik voel het bot, maar wat kan ik uitrichten? Ze gorgelt weer. Hou op met dat ellendige geluid, Nickie, kan je niet iets zeggen?

Ik pak haar vast, ik voel bloed aan mijn handen. Ik luister naar haar adem, haar adem is het enige wat ik nog heb. Het duurt lang, het duurt zo verrekte lang voordat ze dood is, ik vraag maar dingen. Ik vraag of ze taai is. Of ze pijn heeft. Of dit pijn doet. En nu ben ik zo verrekte moe dat ik ga liggen, ik ben bekaf van dat geren over die velden. 'Alsjeblieft, Nick, zeg nog iets,' mompel ik. En ze probeert het nog ook, die prachtige Nickie, ze maakt geluid, haar adem gaat tekeer, ze hoest opnieuw. Ik kan het niet aanhoren, en ook niet aanzien, die borst die schuddend omhooggaat, dat gehoest. Ik kruip van haar vandaan en zit daar in de hoek van het diepe gedeelte in de regen, voor weet ik het hoe lang. Hou op alsjeblieft, beweeg niet meer, denk ik, maar die arm gaat steeds een eindje omhoog, en haar vingers bewegen, haar benen ook. Die geluiden blijven klinken, ik begrijp dat ze wil dat ik bij haar blijf. En ik kruip weer terug en ga naast haar liggen, ik pak haar vast en praat met gesloten ogen. Ik praat en praat en als ik ophoud is het stil.

Ik schrik wakker in de ochtendschemer. Ik kijk opzij en kijk meteen ook weg, want het is zo'n bende wat ik zie. De regen roffelt op het zeil. Ik zie het spoor van bloed dat met het verslepen van haar lichaam getrokken is. Ik kijk een poosje naar haar schoenen. Ik richt me op, kruip onder het zeil vandaan en klim bij het ondiepe gedeelte uit het zwembad.

Ik haal hem op, ik ga naar David, heel vroeg in die ochtend, wat kan ik anders doen? Mijn vader halen? Ik gooi steentjes tegen zijn raam en hij verschijnt achter het glas, hij kijkt naar beneden, hij ziet me. Ik bedenk dat het idioot is dat het me lukt. Even later staat hij aangekleed tegenover me in dat gras en hij kijkt naar mijn kleren, hij ziet het bloed, maar ik geloof niet dat hij schrikt.

Ik zeg: 'Pam. Pam... Ze is... Ze heeft.'

Hij zegt niks terug.

'Jezus, Skunk,' stamel ik. 'Nee, David... Je bent David. Het spijt me zo. Ik deed niks. Ik keek toe.'

'Op school?' vraagt hij.

'Ja...' Ik begin te huilen. 'Ja, godver... Daar ook.'

‘Wat is er, Toob? Wat is er gebeurd?’

‘Dat weet ik niet... Ik zat... Ik zat in de struiken. Ik bleef daar maar zitten. Fuck, Daaf. Alles is... Ze wilde het zelf. Dat wijf wilde het zelf!’

Ik doe een paar stappen naar achteren.

‘Moet ik meegaan?’ vraagt hij.

Ik schud heftig mijn hoofd. ‘Nee... Nee... Alsjeblieft, niet doen.’

‘Maar wat is er dan? Wat is er met Pam?’

Ik krijg het niet voor elkaar om het te vertellen.

‘Het spijt me, Daaf. Echt. Het spijt me van die bijnaam. Ik...’

Hij loopt op me af, stompt me zachtjes en trekt me mee.

En dat gras staat weer eens te dampen, maar er zijn gelukkig geen vogels. Ik duw David de tuin in, ik laat hem kijken, over de rand van het zwembad. Hij kijkt om naar mij, hij vraagt niks, ik ga zitten in de regen.

Als hij bij me neerknielt, zeg ik: ‘Wat moeten we nou? Dit... Alles gaat... Hoe kan dit nou?’

‘Pam?’ vraagt hij opeens. ‘Heeft zij...?’

Ik kijk op en knik.

Hij vloekt zacht.

Ik stamel: ‘Pappa... Jezus... Die wordt gek... Dit er ook nog bij. Dat mag toch niet? Eerst mamma... Toen Panter... Nu zij... Ik wil niet terug, Daaf, ik wil niet terug naar dat gesticht. En jezus, Pam... En Pam dan? Ze is mijn zus... Mijn *zus*!’

Hij knikt en kijkt om naar het zwembad.

‘Ik wil niet terug... Ik wil het niet.’

Dan loopt David langzaam op het zwembad af, even blijft

hij staan en kijkt omhoog naar de lucht. Draait zich vervolgens naar mij om met die blik.

Ik zeg het nog eens: 'Het spijt me zo. Van die bijnaam.' Maar ik zeg het te zacht, hij verstaat me niet volgens mij. Hij loopt door en trekt het zeil terug. Hij doet er lang over, het is zwaar en het regenwater klettert ervanaf, maar het lukt hem toch.

Hij springt aan de ondiepe kant het bad in. Hij trekt zijn jack uit en legt het op de rand. Ik hoor hem iets zeggen en sta op. Ik blijf daar maar op de rand staan zonder naar beneden te kijken.

David zegt dat ik moet helpen, ik schud mijn hoofd. Hij zegt haar naam, hij zegt: 'Pam.' En meer hoeft hij niet te zeggen, ik ga op de rand zitten en laat me zakken. Niet kijken, Toob, denk ik, je wil het niet nog een keer zien.

David bukt zich, hij neemt haar bij de schouders en ik pak haar voeten vast, echt, we zijn veertien en we doen dat. Ik voel haar slanke enkels. Hij is ontzettend sterk, die gekke Daaf, het is belachelijk, waarom laat hij zich op school zo pesten? Ik wil het hem bijna vragen.

We tillen Nickie steunend op die rand, ze is zo achterlijk zwaar. David klimt eruit en sleept haar bij haar arm naar het gras. Ik vraag: 'Waarom help je mij, Daaf?'

'Waarom?' zegt hij terug.

Ik vraag: 'Doe je het voor Pam?'

Hij antwoordt niet en kijkt omhoog de regen in. Ik geloof dat ik weet wat hij nu denkt: dat die regen mee zal helpen. En hij loopt naar het zwembadhok, haalt de tuinslang tevoorschijn. Hij loopt terug en zet hem aan, hij hangt de slang over de rand van het bad.

‘Je doet het voor Pam, hè?’ mompel ik weer.

Ik wankel naar het diepe, waar die grote plas ligt. Ik voel voorzichtig en veeg met mijn handen door het regenwater die glasscherven bij elkaar. Ik leg ze een voor een op de rand. David kijkt ernaar. Ik klim uit het bad, ik graaf met mijn handen een kuil, naast de plek waar we Panter begroeven. Ik raap de scherven bij elkaar, loop naar de kuil. Ik staar naar het glas in mijn handen. Ik wil mijn handen dichtknijpen, met al dat glas erin, ik wil zoiets wat Harold heeft, ik pers mijn ogen dicht en denk: alleen maar knijpen en het is gebeurd, maar ik doe het niet. Ik werp de scherven in de kuil en schuif de aarde met mijn schoenen terug.

Als ik omkijk heeft David Nickie al naar het hek gesleept. Geen idee hoe hij het voor elkaar krijgt, maar even later ligt ze aan de andere kant. De andere kant.

Ik weet nog dat ik hem vraag of hij bang is, maar David zegt niks terug. Ik begin over Eduard, ik zeg dat ik hem heb gezien, hij knikt. Hij begint te huilen en ik ook. En we lopen met Nickie te sjouwen door het bos en een paar keer laten we haar vallen, ik vloek wanhopig. We leggen haar ergens neer en ik trek haar schoenen uit. Ik zie haar blote voeten en ze zijn niet vies, ik mompel dat dat tenminste nog iets is. Nog een laatste keer kijk ik in Nickies gezicht en al het bloed is eruit verdwenen, ook uit haar lippen. Ik bedenk dat ze toch mooi is, misschien *zeg* ik het wel.

Daarna nemen we afscheid onder de hoge druipende bomen, we stellen dat afscheid allebei een beetje uit. Ik kijk omhoog en het is grauw en donker. David groet me stil en loopt weg en ik kijk hem na, na een paar passen komt hij terug. En hij zegt: 'Jij blijft mij het hele schooljaar door pesten, nog veel erger dan afgelopen jaar, hoor je me? Je doet dat en niemand gelooft ooit dat wij dit samen hebben gedaan.'

Tien

Dan de terugtocht in mijn eentje, langs de huizen, die alsmaar kleiner worden, het kan me geloof ik niets meer schelen of ik in die gekke kleren iemand tegenkom. Het ochtendlicht doemt op tussen de kruinen van de bomen, de regen is gestopt. Ergens geef ik over. En als ik voor de achterdeur van mijn vaders huis sta blijf ik heel lang staan. Ik doe de deur heel voorzichtig open, ik sluip de keuken in. Ik trek mijn kleren uit en duw ze diep in de afvalemmer, haal ander vuilnis naar boven. Ik warm mijn handen bij de kraan en moet al bijna janken. Ik kijk naar de dingen om me heen, er is niks wat ik herken.

Ik loop de gang in. Pam zit boven aan de trap, ze kijkt me aan zonder iets te zeggen, zonder te glimlachen, of te huilen, niks. Ik sta in mijn hemd en onderbroek klappertandend naar mijn zus te kijken, ze daalt de trap af, ze trekt me de zitkamer in. Ik vraag waar Harold en pappa zijn, ze antwoordt niet.

We zitten samen op de bank, de gordijnen halfgesloten, ze heeft zo'n loze blik. Ik vraag nog eens waar ze zijn, ze staart naar het plafond. 'Wat kan het je schelen?' mompelt ze.

Opeens kijkt ze me aan en zegt: 'Ik wist niet dat het zwembad leeg was, ik wist het niet. Ik dacht: ik duw haar. Dan word je nuchter. Dan rot je weer op.'

Ik kijk in dat vertrokken gezicht en wil iets zeggen, maar ik weet niet wat.

Ze zegt: 'Waarom, Toob? Waarom moest je weglopen uit die uitrichting? Vanwege haar?'

Ik kijk weg.

'Nou is ze dood...' zegt ze. 'Is ze dood?'

Nog steeds kijk ik haar niet aan.

Ze roept uit: 'En nu?! En nu?!'

Ik zeg dat ik het niet weet. Dat ze in het bos ligt.

Ze schrikt. 'Hoe bedoel je?'

'We hebben haar daar neergelegd. Bladeren over haar heen geschopt.'

'Waarom? Wie zijn *we*?'

'David en ik.'

'Jezus christus,' zegt ze. 'Ze zullen haar toch gaan zoeken? En ze zullen haar toch ook vinden?'

Ze staat op en gaat in de stoel tegenover me zitten. Ze zit te huilen, ze zegt: 'Ik word gek. Ik word gek van jou. Hoor je me? Wij allemaal! Wat moest ik in jezusnaam komen doen in die tuin? In de rotregen. Ja, van pappa... Van pappa moest het. En dan staat zij daar! Ik heb haar geduwd. Geduwd!'

Nu voel ik weer die steek in mijn rug en mijn hoofd tolt, ik doe mijn ogen dicht. Ik stamel: 'Ik weet het niet, Pam. Ik...'

'Nee, jij weet niks. Jij weet niks! Pleaser. Altijd maar dat pleaser. *Gek* werd ik daarvan. Weet je hoe het voor mij is?! Ik mis mamma! Ik mis haar ook! Ze schopte pappa in de gang! Ik mocht weer toekijken. En pappa die terugschreeuwt: waarom slik je je pillen niet meer, doe het dan voor je kinderen als je het niet voor mij doet!'

Ik zeg niks terug.

'Ja, jij was drie!' bijt ze me toe. 'Je was jarig. En natuurlijk weer eens ziek! Altijd ziek als het warm is. Waarom ben jij zo zwak?! Wat heb ik voor een broertje...? En wij leuk voor je zingen, en jij kotst meteen de hele tafel onder met die... met die feestmuts op je kop. Wat vond mamma je weer zielig! Nee, niet naar bed, niet naar bed, zoals Harold en ik dat moeten wanneer we ziek zijn. Tuurlijk niet, want jij bent speciaal, jij moet op de bank in de zitkamer. Mooi dekentje erbij. Speciaal dekentje erbij. Rot op, Toob.'

'Pam, ik weet niet... Waar heb je het over?'

'Die dag! Wat anders?! Waar niemand over praat! Ja, iedereen weet, maar niemand praat, weet je hoe dat voelt?! Tobi mag niet weten... Nee, want Tobi, die moet mooi blijven! Goed blijven. Lief blijven. Dat was het toch?! Dat was toch mamma's plan?! Ik moest het allemaal... Ik... Ik moest het allemaal zien! Maar *dat* was niet erg. Niemand heeft ook maar één keer gevraagd hoe het voor mij was. Voor *mij*!'

'Ik... Sorry... Mijn hoofd...'

'Ik was negen! *Negen*! Ik kon toch geen flikker uitrichten? Maar ik zag het meteen, ik zag die vent met dat kind, dat dove rotjoch, onze tuin in lopen en ik *voelde* het gewoon... O, pappa, dacht ik, kunnen die niet weg? Waar komen zij opeens vandaan? Wie zijn dat? Wat moeten ze hier?' Ze schreeuwt. 'Godver, ik heb haar geduwd! Ik wist niet dat het water eruit was! Ik wist het niet! Waarom ben je nu pas hier? Wat is er met jou?! Heb je... Waarop heb je zitten wachten?'

'Ik weet niet...' zeg ik. 'Ze bewoog nog... Ik moest toch iets...? Ik wilde...'

'Je wilde wat?'

Ik begin ook te huilen. Ik heb het gevoel dat ik weer moet kotsen, ik hoest.

'O, fuck,' roept ze uit en ze houdt haar handen voor haar gezicht. 'Wat heb je gedaan? Nickie was zo'n goed kind! Zo'n goed kind!'

Ze zit daar weer te huilen in die stoel. Ze stamelt: 'Echt, ik... Zo blij als Nickie bij ons was... Zo blij... Dan hield het gezeik voor heel even op.'

'Welk gezeik? Hou op, Pam. Waarom zeg je dat?'

Ze kijkt me weer aan en schreeuwt: 'Wat *heb* jij?! Snap me dan! Wat zit je nou stom naar de vloer te staren? Daar is niks... Daar is niks... Kijk me aan! Ik bedoel pappa en mamma, natuurlijk! Dat gezeik tussen die twee! Weet ik veel hoe Nickie het voor elkaar kreeg, dat ze weer gingen lachen naar elkaar. Zij kon dat, *zij* wel... Kijk me aan!'

Ik wil opstaan van de bank, maar het lukt me niet. Ik zeg: 'Ik moet terug... Ik moet zo terug, die kraan... Die kraan moet uit!'

Ze schreeuwt: 'Jij houdt je bek! Jij luistert naar me!' Ze staat op. 'Ik kende ze echt niet... Die man en dat dove joch, dat zoontje van hem. Pappa had die man... Hij had hem nodig... Om dat stomme tuinhuis af te breken. Godver, waarom hem en niet iemand anders?!'

Ik stamel: 'Wat... Welk...? Pam, we hebben helemaal geen tuinhuis.'

'Nee, dat weet je weer eens niet, hè? Tobias weet iets niet... Het tuinhuis waar ze altijd ruzie over maakten, nou goed?! Dat lelijke krakkemikkige ding. Honderd plannen had mamma ervoor, maar kwam er ooit ene flikker van terecht? Op jouw verjaardag, hij brak het af op jouw ver*jaar*dag! Fijn cadeau, hè? Maar had ik pappa niet 's ochtends in de slaapkamer horen schreeuwen dat hij wegging?! Dit keer echt! riepie... Dit keer echt! Waarom brak hij het dan nog af? Mamma stond toe te kijken en te huilen, en ik maar praten. Het hout is rot, mamma. Het dak lekt, mamma. Ze schold me uit. Waarom schold ze *mij* uit? O, jezus, en het was zo warm. Getver, en die man met zijn glimmende rug op het dak. Ik... ik zie hem nog staan... Mamma trok haar ring af en gooide hem in het gras, voor pappa's voeten. Die man zag het en lachte... Hij zwaaide naar mij. Waarom hadden ze dat helemaal niet door?!'

Opnieuw houdt ze haar handen voor haar gezicht. Ze stamelt: 'Nee, je ziet niks, mam, je bent alleen maar kwaad... Je ziet niet hoe die man naar je kijkt... En je gaat wel honderd keer naar binnen. Naar Tobi. Naar Tobi kijk je wel om!'

Opeens stapt ze op me af, pakt me hard bij mijn arm en trekt me omhoog. 'Mij stuurt ze naar het zwembad! Naar de anderen! Naar dat joch! Dat niks hoort en niks zegt! Ik moet op Harold en Nickie letten, omdat ze die jongen de hele tijd aan het pesten zijn. Ik ben weer eens de oudste. Ben lief voor die stakker, zegt mamma, hij hoort niks, hij kan niet praten, zorg voor hem. Hoe dan?! Want als je met hem gaat zwemmen houdt hij onder water zijn handen niet thuis, ik moet hem steeds een klap geven. O, mamma, waarom zie je dat ook al niet? Je kijkt alleen maar kwaad naar pappa en die man bij het tuinhuis. En wat doe je nou zenuwachtig? Tobi is ziek, hij gaat niet dood!'

Ze begint weer te huilen, ze duwt me terug op de bank. 'Met David?! In het bos?! Waarom hebben jullie Nickie daar naartoe gebracht? Zijn jullie gek?! Waar ligt ze? Waar mamma is gevonden?!'

‘Nee, echt niet! Gewoon, ergens. We werden zo moe... Ik ben niet sterk. David wel maar ik niet...’

Ik begin weer over die tuinslang in het zwembad, maar ik zeg alles veel te snel, ik zie het gezicht van mijn zus bijna niet, zo duizelig ben ik. Ik stamel dat het zijn idee was, niet het mijne. ‘Hij liep meteen met me mee. En ik wou het niet. Ik *wou* het niet...’

Ze omhelst me en huilt weer, ik weet niet waar ik mijn handen moet leggen. Ik zeg haar dat we mee moeten zoeken, straks mee moeten gaan zoeken als ze dat hier in het dorp gaan doen. Opeens laat ze me los en geeft me een klap. En nog een, en nog een, ik probeer haar af te weren. ‘Niet doen,’ zeg ik. ‘Hou op!’

Maar Pam houdt niet op, ze gaat maar door, ik zie haar felle ogen en ze schreeuwt: ‘Hij likte over je gezicht! Hij likte over je gezicht, en ik deed niks, ik zat daar achter dat stomme gordijn!’

Ik zeg: ‘Wie bedoel je? Hij is er niet, hij bestaat niet. Pappa heeft gelijk!’

‘Die man!’ roept ze uit. ‘Die man van het tuinhuis!’

Ze grijpt mijn handen en ze drukt me hard in de kussens van de bank. Ik stamel: ‘Ik... ik heb niks gedaan! Daaf... Daaf... Ik had hem gepest!’

‘Ik was negen,’ zegt ze. ‘Wat kon ik doen?’ Ze laat me los, gaat zitten en houdt haar handen voor haar ogen. ‘Ik ging alleen maar naar je kijken.’

Ik wil me oprichten, ik zeg dat ik wegga, dat ik iemand moet zoeken, dat ik... Maar Pam duwt me meteen weer terug.

Ze kijkt me strak aan en zegt: ‘Nee, jij luistert! Jij luistert! Ik kwam alleen maar naar je kijken... Mamma had je boven gelegd. Jij mocht weer eens in hun grote bed. Harold en ik nooit, maar jij wel! Godver, Toob, ik wilde ook slapen, zo diep als jij daar toen deed, ik wilde dat geruzie niet horen. Niks horen en niks zien en niks hoeven zeggen. Ik wilde dat ook. Maar ik hoorde ze, natuurlijk hoorde ik pappa en mamma. Je hoorde ze altijd. Ik verstopte me maar achter het gordijn. Weet ik veel, dan was ik er niet. Was ik er voor even niet...'

Ze gaat zitten en kijkt me met die bloeddoorlopen ogen aan. Ze zegt: 'Hij komt binnen, Toob.'

'Wie?' vraag ik.

Ze bijt op haar lip. Ze schudt haar hoofd.

Ze zegt: 'Hij gaat naast je liggen. En hij duwt tegen je. Je slaapt gewoon door.' Ze doet haar ogen dicht. 'Hij likt over je gezicht. Je kin. Je wang. Je voorhoofd.'

Ik voel aan mijn wang.

Mijn zus opent haar ogen weer, kijkt me aan, haar handen trillen helemaal. 'Hij snuffelt rond. In de nachtkastjes. Hij pakt die spuitbus met haarlak. Hij spuit er een paar keer mee. Ook over jou.'

Ze kijkt naar haar handen en zegt: 'Waarom deed je het nou, Toob?' Er verschijnen weer tranen in haar ogen. 'Weglopen uit de inrichting. Zeg het me. Als je het niet had gedaan, dan...'

'Ik ben niet gek,' zeg ik meteen. 'Ik ben niet zoals mamma! Ik *ben* het niet.' Ik zeg dat ik ziek ben, hartstikke ziek. 'Al weken. Voel dan.'

'Wat heb je dan?' vraagt ze. Ze zwijgt even en stamelt: 'Zo fucked, Toob. Je hebt geen idee. We zijn zo fucked nu. Godver, wat is je plan?'

Ze pakt mijn hand. Ze frummelt aan mijn vingers en streelt ze. Ze veegt haar tranen weg.

Ze zegt zacht: 'Die man gaat naar de badkamer. En mamma komt binnen en gaat aan het bed zitten. Ze zit daar maar verliefd op je te zijn. Ze begint je nagels te knippen met haar nagelschaartje en de nagelranden legt ze op pappa's kussen. Wie doet er nou zoiets? Die man kijkt naar haar, ze heeft het gewoon niet door. Hij ziet me. Hij steekt zijn tong uit zijn mond. Ik... ik doe niks. Ik zeg niks...'

Ze zucht en gaat verder: 'Mamma ziet me na een tijdje toch. En ik wil haar vertellen over die man, dat hij daar in de badkamer staat. Achter ons, mamma... Maar het lukt niet.'

Mijn zus begint weer te schreeuwen: 'Ze is alleen maar bezig met jou! Ze blijft bij jou. Wat is er toch tussen jullie? Leg het me uit... En pappa, waar ben *jij*? Waar ben je naartoe? Waarom duurt het allemaal zo lang?'

Ik richt me op, het kost me moeite, ik wil haar geruststellen, ik zeg: 'Pappa komt terug, Pam. Hij is mij aan het zoeken.'

Ze zegt zacht: 'Je snapt het niet, hè? Je snapt er niks van. Tjeezus. Zie je nou naar me kijken... Je ziet er niet uit. Zo bleek. Zo bleek ben je... Ben je hier eigenlijk wel, Toob?'

Ik knik.

Ze schudt haar hoofd en staart naar het plafond. Dan zegt ze: 'Nickie was er al één nacht, Toob. En ze wilde zo graag *nog* een nachtje bij ons blijven. Ze vroeg het mamma, ze vroeg het steeds en ze ging huilen toen het niet mocht. Vanwege jou mocht het niet. O, godver, Nickie, waarom ging je niet meteen weg toen je dat hoorde? Waarom bleef je nog de hele dag?'

Ik zeg: 'Pam? Pam, ik ben niet goed... Ik... Ik kan het niet helpen... Ik zie jou wel, ik zie je gezicht nu wel. Net niet... Eventjes niet, nu wel...'

Ze luistert niet en nu ziet ze *mij* niet, ze zegt starend: 'Ik wil niet met ze zwemmen... Ik... Die man is daar toch bij jou? Maar mamma sleurt me naar beneden. Ik wil niet, hij zit aan me, ik wil daar niet naartoe! En Harold loopt de hele tijd rondjes om het zwembad. Hij rammelt met dat... dat stomme doosje... Het zijn mijn tanden, niet de zijne, de *mijne*!' Ze trapt met haar benen en vloekt en zegt: 'Ik word zo kwaad op hem... Zo kwaad. Ik stomp Harold heel hard, Toob. Ik... ik slinger hem het water in. Hij zakt meteen naar de bodem, hoe kan dat nou? Hij kan gewoon zwemmen, schrikt hij zo? Dat joch redt hem, dat enge dove joch redt hem en mamma begint hem meteen te slaan. Maar hij redt Harold toch juist?! Is ze zo in de war? Waarom slaat ze mij niet?!'

Ik kijk weg.

'Wat praat je nou?' vraagt ze opeens. 'Tegen wie heb je het?'

'Ik praat niet. Jij praat...' zeg ik terug.

'Jawel. Je mompelt. Aan wie zit je te denken? Aan haar? Aan Nickie?'

Ze pakt me vast, ze rammelt me door elkaar en schreeuwt me toe: 'Ze is dood! Nickie is dood en het is jouw schuld!'

'Niet!' schreeuw ik naar haar terug. 'Jullie stuurden me weg. Ik moest naar dat gesticht. Ik ben alleen maar ziek. Waarom, Pam, was het jouw idee?'

Ik begin te hoesten, ze kijkt ernaar en lacht ellendig. Ze zegt: 'Ja, alleen maar ziek! Dat was toch alles, hè, Tobias? Maar daardoor had mamma niks in de gaten. Want ze slaat dat dove joch en ze ziet gewoon niet dat die man daarom moet lachen! En hij kijkt naar haar, de hele tijd, het is gewoon goor hoe hij kijkt. Maar zij noemt hem maar steeds die lieve man. Hoe kan dat nou? O, als jij niet ziek was geweest, Tobi... Want mamma gaat weer naar binnen, tuurlijk doet ze dat, en Harold en Nickie gaan naar het bos. Ja, *zij* tweeën hebben het leuk, want zij zijn jong en dom, zij wel! Maar ik mag fijn alleen zijn met die man en dat joch, bij het zwembad... Weet je hoe dat is?! Weet je wat hij zegt en mij laat doen?!'

Ze huilt weer en zegt: 'Hij noemt me een boos katje. Hij vraagt of ik hem aardig vind, ik knik, ik *knik*... Hij wil dat ik voor hem ga duiken. Ik doe het nog ook. Nee, mooi duiken, zegt hij. Ik doe het nog een keer. Nee, mooier, zo mooi als je kan... Nee, nog mooier... Hij wordt kwaad. Je best doen, je benen *bij* elkaar, niet *uit* elkaar... Ja, zo! Goed zo, katje! En dat enge joch maar kijken. Die lach... Denk je dat het leuk is om die aan te moeten horen terwijl die man zo naar je kijkt?!'

Ik hoor mijn zus vloeken, ik hoor haar snelle adem. 'Die man... Hij zwemt op me af. Hij wil dat we gaan schoonzwemmen. Hij pakt me bij mijn middel en zegt: goed zo, katje... Kan je goed, katje... Kan je hartstikke goed... Niet boos zijn op mamma, hè? Niet boos zijn, ze is veel te mooi om boos op te zijn... Ben maar boos op pappa, strakjes...'

Pam zucht en fluistert bijna: 'Hij doet me pijn. Hij... godver... Hij voelt... Hij voelt! Hij vraagt: hoe laat is het, katje? Is het al tijd? Waar is je pappa nou? Komt hij terug? Doet hij dat vaker? Houdt hij niet van jullie?'

Ze staart naar de vloer. 'Zo opgelucht als hij me loslaat. Ik kan eindelijk weg. Ik ga naar het bos, ik weet niet... Harold... Misschien kan hij... kan *hij* iets doen. Jezus, wat ben ik dom. Want Harold is zes en ik vind hem ook niet. Ik vind Nickie. Voor dat hotel. Niet doen, zeg ik, niet doen, het kan instorten, pappa wil het niet... Ze doet het toch. Ik ga haar achterna en vind haar in een van die kamers. Ze zit te huilen, Toob. Ze aait die dode hond. Ze hebben hem aan de verwarming vastgebonden. Er liggen puppy's bij. Ook dood... Eentje leeft nog. Eentje. Ze pakt hem op en laat hem zien. Net een panter, zegt ze.'

Mijn zus zwijgt en kijkt me aan. 'Fijn aandenken aan die dag, hè?'

'Ik weet niet, Pam. Jij haatte dat beest. Ik... Ik niet.'

Ze zucht. 'Alles gaat zo snel daarna. Ik ben negen, ik vergeet alles even, die man, dat joch, we hebben een hond, een hond! We laten hem aan Harold zien, die weer bij het zwembad is. We rennen met zijn drieën naar binnen. We geven Panter water uit de kraan. We maken ruzie over wie hem mag vasthouden. En Harold is zo bang dat we Panter niet mogen houden, hij rent met hem weg naar de zitkamer, we rennen hem achterna.'

Ze zwijgt even, ze zoekt mijn blik. 'Toob?'

Ik kijk haar aan.

'Waarom kijk je de hele tijd weg?'

'Doe ik dat?' zeg ik.

'Ja.'

'Ik... Ik weet niet, ik wil... Mamma... Ik bedoel, *mamma*.'

Ze pakt me vast.

Ik stamel: 'Je bent zo kwaad, Pam. Ik... Op haar, bedoel ik, op mamma...'

Ze laat me weer los en kijkt me met die felle ogen aan. 'Wat anders?!' schreeuwt ze. 'Wat anders? *Jij* ligt daar lekker boven. Jij maakt het allemaal niet mee! Maar wij staan in die zitkamer te vechten om Panter, en dat dove joch is er ook opeens bij, met dat schaartje, mamma's nagelschaartje. Hoe komt hij daar aan? Waar is mamma? Twee seconden later weet ik het, want nou krijgen we allemaal ruzie om Panter, en dat rotjoch knijpt me en schopt me en ik pak dat schaartje af en wil hem steken, ik wil hem echt steken. Mamma staat daar achter ons. Waarom ziet ze alleen maar dat ik wil steken en niet dat hij me pijn deed?! Waarom duwt ze me naar buiten, naar die man?! Ik krijg ook nog een mep van haar. En die vent staat daar te lachen en ik houd dat schaartje voor me uit, ja, *ik* probeer tenminste nog iets, ik wel. Godver, hij is zoveel sterker dan pappa. Hij sleurt me mee naar het zwembad en gooit me met kleren en al het water in. Loopt rondjes om het zwembad en steekt zijn vinger naar me uit. Hij zegt: katjes kunnen zwemmen... Daar blijven! Wat kan ik doen?'

Ze pakt mijn schouders beet en schreeuwt: 'Die klootzak! Ik lig daar in het water! Ik zie hoe hij steeds op zijn horloge kijkt. En hij loopt naar binnen. Enig idee hoe je dan vanuit het zwembad naar ons huis kijkt? Nee, hè? Nou, ik wel. Maar dacht je dat het daarmee ophield?! Nee, want opeens staat er iemand bij het hek. En ik denk met mijn stomme kop eerst nog dat het pappa is, dat hij daar... weet ik veel, gewoon, dat *hij* het is en dat het ophoudt. Maar het is een andere man en hij zoekt iets. Hij loopt langs de boomstammen, hij zoekt en kijkt dan naar mij. Hij steekt zijn hand naar me op, Toob. Klimt over het hek. Komt op de tegels staan en kijkt me aan. Hij vraagt: is je moeder thuis? Daarna gaat hij ook naar binnen.'

Ze begint opnieuw te huilen. 'Pappa komt. Pappa komt de tuin in. Natuurlijk wil ik roepen, maar het lukt me niet, er komt gewoon geen geluid uit mijn keel. Ik zwaai me een ongeluk, maar hij ziet me niet. Alsjeblieft, pappa, één keer opzij kijken, naar mij in het zwembad, wat is nou één keer? Nee, niet doen, niet naar binnen gaan, je moet met meer mensen zijn, want hij is zo sterk. En er is er nog één. Nog één!'

Ze vloekt, ze zegt: 'Hij gaat de keuken in! En ik ga het zwembad uit, ik doe het toch, ik ren over het gras, met dat schaartje. Dom wicht, wat wil je met een schaartje uitrichten? Ik hoor die schreeuw van pappa. Ik durf eerst niet meer. Maar jij bent daar binnen, Toob, je bent hartstikke ziek, je kan niet wegrennen zoals ik. Ik moet toch iets doen? Mamma wordt gek als jou iets overkomt. Ik trek de serredeuren open. Harold zit daar aan de eettafel, hij zit daar zo raar, hij zit met zijn ogen dicht en zijn handen ineengevouwen. Ik raak hem aan, hij schudt zijn hoofd. Naar buiten jij, Harold, naar buiten, maar denk je dat hij doet wat ik zeg? Hij zegt dat hij moet bidden, moet bidden van die man. Ik schreeuw naar hem, ik zeg dat we helemaal nooit bidden, ik probeer hem van die stoel af te trekken, hij wordt kwaad. En ik laat hem, ik ren de trap op en pappa zit daar halverwege, hij zit daar ook zo raar. Hij wil me aankijken.' Ze haalt diep adem. 'Ik weet het, pap, je wil me aankijken, je wil me zien, maar het lukt niet... Dat lukt niet als ze een bus haarlak in je ogen hebben gespoten. Je trekt aan die trapleuning waaraan je vastgebonden zit. Ik weet dat je je best doet, je kan er niks aan doen, je ziet niks. En ze hebben je geslagen, ik zie bloed tussen je tanden. Het spijt me, pap, het spijt me dat het niet in me opkomt om je los te maken, maar ik ben pas negen, en ik hoor mamma boven jammeren, snap je dat?'

En dan vliegt ze me aan, ze duwt me, ze slaat me ook weer, ze schreeuwt: 'Je laat het mij weer doen, hè?! Jij had godverdomme toch ook iets kunnen doen?! Iets! *Iets*! Zodat het stopt! Godver! Hoe denk je dat het is om in die deuropening te staan en die dingen te moeten horen?'

'Hou op!' zeg ik. 'Hou op!'

Maar mijn zus houdt niet op, ze schreeuwt: 'Weet je wat mamma zegt?! Ze zegt: doe mijn kind niks aan... En die klootzak lacht en zegt terug: doe je benen dan uit elkaar, dat kan je toch zo goed? Dat horen we toch van iedereen in het dorp? *Dat* zegt hij. En jij hoort die woorden ook, maar je doet niks. Je zit gewoon alleen maar naar het bed te kijken, vanaf de bank waar ze je hebben neergezet. Je kijkt, Toob, je kijkt alleen maar, net als nu. Wat ben jij voor iemand! Je laat mij alles doen. Die andere kerel staat voor je te zwaaien met de ceintuur van mamma's ochtendjas. Was het fijn wat je zag?! Ja, lekker kijken, en vervolgens alles weer vergeten, omdat je drie bent. Maar ik niet, ik niet! En ik wenkte je godverdomme toch? Toen die kerel het balkon op ging? Waarom zag je me niet, Toob? Waarom keek je je alleen maar een ongeluk naar het bed? Waarom liet je me naar binnen lopen? Godver, zeg het! Ik wilde het niet zien, het horen was genoeg, maar ik zie het allemaal toch, door jou! Door jou! Ik zie mamma en die vent, ik onthoud het, ik denk er later iedere dag aan. Klootzak! Ik gooi dat nagelschaartje op mamma's bed, ik deed dat, ik deed dat!'

Ik duw haar heel hard en schreeuw: 'Ik was ziek! Ik was ziek! Ik keek misschien, maar ik was alleen maar ziek!'

Ze stopt met slaan, ze huilt alleen nog maar. Heel lang is er niks anders dan het huilen van Pam.

Ze haalt diep adem. 'Ik til je op, Toob. Mamma ziet het me doen. Je bent zwaar. Ik ga de trap af, langs pappa, hij kreunt. Ik ga met je naar buiten en ren het grasveld over. Ik leg je in het gat van de heg en klim er zelf overheen. Ik ga het bos met je in en hoor dat geschreeuw uit ons huis. Ik weet niet wie daar schreeuwt, ik weet het verdomme echt niet, ik weet alleen dat ik met jou in de struiken lig, heel lang. Dat je zo ziek en warm bent en dat je weer gaat liggen maffen. Dat er iemand over het hek klimt en het bos in rent, ik... Ik heb niet gekeken.'

Ze zwijgt en kijkt me aan. Dan zegt ze: 'Zo lang, Toob. Het duurt zo lang. Zo lang voordat ik pappa's stem in de tuin weer hoor. Ik durf nog steeds niet terug te gaan.'

Ze laat zich zakken in de kussens van de bank en zegt: 'Zo moe... Ik ben zo bekaf van die dag... Ik kan echt niet meer...'

Ik buig me over haar heen. 'Het spijt me, Pam. Het spijt me dat ik ziek was. Ik... Ik doe mijn best... Ik probeer echt te luisteren.'

Ze richt zich op en omhelst me.

'Wie schreeuwde daar, Pam?' vraag ik.

'Ik weet het niet. Die man, denk ik. Ik weet het gewoon niet.'

'Heeft mamma...'

Ze omhelst me steviger. 'Niet vragen,' fluistert ze.

'Ga je terug?' zeg ik. 'Ga je het bos weer uit en met mij terug naar de tuin?'

Ik voel dat ze knikt. 'Ja,' zegt ze.

'En dan?'

Ze antwoordt: 'We moeten op het terras gaan staan. Mamma telt ons. Steeds opnieuw. Ze kan niet denken. Ze ziet ons bijna niet.'

'En dat joch?' vraag ik.

'Weg.'

We zwijgen allebei.

Ze zegt: 'En die mannen ook. Ze komen niet meer terug. Nooit meer.'

'Wat doen jullie daarna?' vraag ik.

'Jezus, ik weet het niet goed meer. Het wordt donker en niemand doet de lichten binnen aan. Mamma geeft ons eten. Waarom? We hebben geen honger. Ik zit met Harold en Nickie aan tafel. Pappa en mamma zijn steeds buiten. Nickie ziet bleek, Toob. Lijkbleek.'

'Pam?' vraag ik.

'Ja?'

Ik zeg: 'Harold was in de zitkamer. Pappa op de trap. Maar waar was Nickie?'

Mijn zus begint schokschouderend te huilen. Ze kan eerst geen woord uitbrengen. Maar als het langzaam stopt kijkt ze me aan en zegt: 'In de badkamer. Ze vertelt het huilend tegen mij en Harold aan tafel. Ze deed Panter in bad. Omdat hij zo vies was. Ze had Panter aan mamma laten zien en mamma had hem zo mooi gevonden, Nickie mocht het van haar doen. Wel stil zijn, had mamma nog gezegd, voor Tobi. Jezus, ze heeft het meeste gezien van ons allemaal...'

Zo lang daar nog gezeten. Naar elkaar gekeken en zitten denken en niks gezegd. Maar op een bepaald moment sta ik op, ik ben duizeliger dan ooit, maar het kan me niks schelen.

Ik trek mijn zus omhoog uit die bank. Ze stamelt: 'We kunnen geen kant op, Toob. Geen kant. Ze is dood. Mamma ook. Waar kunnen we nu naartoe?'

Ik kijk haar aan en zeg dat we naar boven gaan. 'We gaan naar boven, Pam. Naar jouw kamer. Daar gaan we zitten. Daar komt pappa straks als laatste. Nog even. Dan hebben we nog even.'

We lopen naar boven, mijn zus en ik, en ik weet niet wie er wie de trap op duwt. Voor het eerst hoor ik de regen weer, ik zie het vale zonlicht door het raam op de overloop, de dingen komen langzaam terug. Ik duw mijn zus voorzichtig haar kamer in, ze gaat meteen liggen op haar bed, ik kom bij haar zitten aan het voeteneind.

'Ik ben geen pleaser,' zeg ik.

Ze kijkt naar me op en glimlacht.

'Nee,' zegt ze zacht.

Ik steek mijn hand naar haar uit, ik druk haar hoofd tegen het kussen.

'Pam?'

Ze heeft haar ogen al dicht. 'Ja?' zegt ze.

'Je moet weggaan. Naar de stad. Je blijft daar een hele tijd, oké? Als ik weer beter ben kom ik langs, dat beloof ik. Ik wil weten hoe je daar woont.'

Ze opent haar ogen even. Knikt dan. Ze zegt dat dat haar fijn lijkt.

'Je hebt me meegenomen uit dat huis, Pam. Dat was goed van jou.'

'Ja,' klinkt het zacht.

'Ik hield me ook goed, hè? Daar in de struiken. Ik hield me stil.'

'Ja.'

Beneden gaat de voordeur open.

'Net als nu,' fluister ik. 'We houden ons stil. Dan duurt het langer. Zullen we morgen zwemmen?'

Ze zegt niks terug. Ze luistert naar de voetstappen beneden.

'Morgen zwemmen?' vraag ik nog eens fluisterend.

'Ja.'

'Het weer is vast mooi. De zomer is nog niet voorbij.'

'Oké,' fluistert ze.

'Nog één dag blijf je. Daarna ga je weg. Ik zet je op de trein. Alleen ik. We doen het stiekem. Moet je nog hard studeren?'

'Een beetje. Valt mee. Ik ben slim.'

We horen hem lopen, mijn vader, zijn voetstappen klinken door het huis. Ik buig me over haar heen en fluister: 'Toch niet zo slim als pap en mam?'

Pam fluistert: 'Hè, nee. Gelukkig niet.'

'Pam?'

'Ja?'

'Heb je het ooit verteld? Aan pappa en mamma? Over dat je moest duiken, en moest zwemmen met die man?'

'Hoe dan?' vraagt ze terug.

Ja, hoe dan? denk ik.

Mijn zus richt zich op en zegt: 'Het spijt me, Toob. Ik kan je alleen maar vertellen wat *ik* heb gezien.'

'Niet erg.'

We zwijgen een tijdje.

Ik vraag: 'Waarom heeft Nickie nooit iets gezegd? Hoe kan dat?'

Ze sluit haar ogen. 'Ik weet het niet. Ik zag pappa met haar praten. Heel lang. Ik verstond het niet. Misschien was ze bang. Ik weet het niet.'

'Wat heeft pappa met dat joch gedaan?'

Ze richt zich weer op en vraagt zacht: 'Ga jij het hem vragen?'

Ik geef geen antwoord. Pam zakt terug op haar kussen en zucht. 'Die twee mannen, Toob. Waar waren ze ineens?'

Dan horen we mijn vader de trap op lopen en zijn we stil, we luisteren ernaar. Voor Pams deur blijft hij even staan, dan loopt hij de kamer van mij en Harold in. Hij blijft daar lang.

Ik kijk naar Pam en zij kijkt terug.

Er verschijnen tranen in haar ogen, ze richt zich op en fluistert: 'Toob? Ik hoop zo dat die mannen Nickie daar niet zagen. In de badkamer, met Panter. Ik hoop zo dat ze haar niks hebben gedaan.'

Ik schud mijn hoofd. 'Vast niet, Pam. Nickie is slim. Nickie is cool.'

En dan mijn vaders stappen die weer klinken op de gang, ik doe mijn ogen dicht. Nog één keer aan haar denken, Toob, aan Nickie, voordat de deur opengaat, voordat mijn vader daar staat en alles begint. Nog een laatste keer denken aan de zon en de wind in de bomen en Panters blaf. En dat ze omhoogkijkt, die goeie ouwe Nickie, en de zon de middelvinger geeft. Toe maar, Nickie, geef alles en iedereen de middelvinger, dan doe ik dat ook. En ze neemt een aanloop en duikt in haar ondergoed het water in, ik volg haar silhouet, ze maakt slagen met haar slanke armen en haar slanke benen. Toe maar, Nick, blijf lang onder water, zo lang als je kan. Onder water hoor je niks. Ik duik haar achterna, ja, dat wil ik, haar achterna duiken en haar achterna zwemmen en haar bij haar enkels pakken, echt, Nickie, ik pak ze, en daarna komen we beiden proestend boven, er is geen hond om ons heen, er is niemand die ons ziet, we moeten lachen, we fluisteren elkaar de stomste dingen toe. We vergeten de hele klereboel. De zon voelt warm, niemand is thuis in de huizen rondom. Echt, Nickie, dat gaan we doen. En het water is helder en het bos is gewoon het bos en de vogels houden hun irritante snavels.